謊言

거짓말이다

韓國世越號沉船事件
潛水員的告白

金琸桓——著
胡椒筒——譯

紀念　海虎金冠灯（김관홍）

目錄

第一部

第二部

事　件：業務過失致死
嫌疑人（被請願人）：柳昌大
請願人：羅梗水
主　題：無罪判決請願

第一部

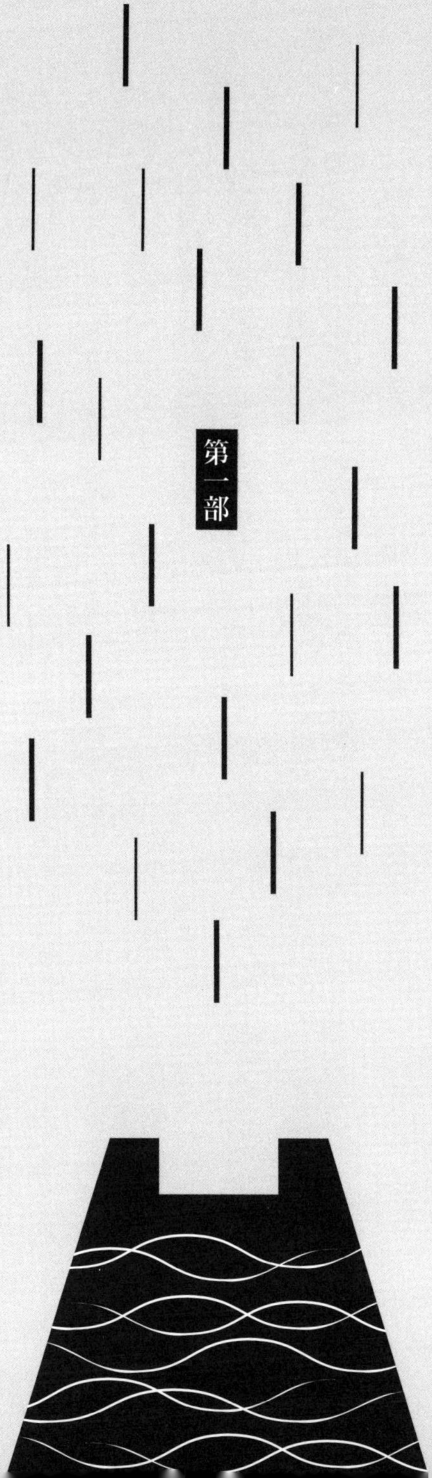

我為什麼要去呢？

法官大人：

潛水員是沒有嘴巴的。即使沒有簽保密合約，專業的潛水員也絕對不會在現場透露自己曾經做過的工作內容。因爲這個行業的市場小，昨天一起工作的潛水員搞不好明天還會再遇到，要是對做過的工作說三道四，只會扯自己的後腿。所以對潛水員來說，話越少越好——最好當個啞巴。

您好，我是從二〇一四年四月二十一日至七月十日之間，在孟骨水道[1]參與沉船失蹤者搜救行動的潛水員羅梗水（37歲）[2]。這封請願書是我爲了因涉嫌刑法第二六八條「業務過失致死」，遭到不拘留起訴的柳昌大（60歲）潛水員而寫的。

從此刻起，我決定做一個有嘴巴的潛水員。這絕不是因爲我有多了不起或實力超群，而是我不能眼睜睜看著一起在孟骨水道的駁船上出生入死的柳昌大潛水員被判有罪。如果柳昌大是罪人，那我羅梗水也是罪人；如果柳昌大犯下過失致死罪，那我羅梗水也犯下了過失致死罪，還有那些往返於孟骨水道與沉船之間、幫忙搜救失蹤者的民間潛水員們也都犯了同樣的罪！就結論而言，柳昌大潛水員是無罪的，眞要說他有罪，也是罪在他看到即時新聞後就立即趕去孟骨水道，罪在他以經驗豐富的前輩身分帶領我們，罪在他掩護政府事故對策本部以及海警的失職，默默承擔了一切。以怨報德，狗咬呂洞賓、不識好人心，這些諺語還眞是不無道理呢。

昨天夜裡我打電話給宋恩澤律師，向他請教請願書該怎麼寫。凌晨時，他帶來幾份寫得不錯的請願書供我參考，所有請願書的開頭都以「尊敬的法官大人」開始。「尊敬的」這個形容詞，直到死我也不會再用在任何人、任何職稱之前，並不是我不尊敬您，只是我想用其他詞語來表達罷了。

二〇一四年七月九日，爲了躲避浣熊颱風，潛水員暫時轉移到木浦[3]。那時，大家的手機不約而同響起，收到命令我們終止搜救、撤離孟骨水道的簡訊。

尊敬的羅梗水先生：

距離事故發生已經八十五天了，您能在事發後趕到現場，並在條件艱困的情況下冒著生命危險參與搜救失蹤者的工作，對此我們深表感謝。

1：位於韓國西南方的孟骨島與巨次島之間的水道。水道指連結兩片或多片水域的狹窄水域。
2：登場人物年齡以二〇一四年為基準。
3：位於韓國西南部的城市。

雖然目前搜救工作尚未完成，但因為改變搜救方式而未能與您共事到最後，我們感到十分遺憾。但各位的獻身與努力，不僅是一同參與搜救的我們，全體國民也會給予您高度的評價。

再次對您在這段期間的辛勞表示感謝，請調理好因長期潛水作業而備感勞累的身心，並祝福您的家庭幸福美滿。

您知道看到這則簡訊時潛水員們的反應嗎？在水深超過四十公尺的深海，依然堅定不移完成任務的男子漢，紛紛用手背抹起眼淚。大家哭了好一會兒，這不是因爲難過而流下的眼淚，這是委屈、是憤怒，是不由自主流下的眼淚。

我在字典裡查看了「尊敬」一詞，每當遇到不認識的單詞或生疏的字眼我就會查字典，久而久之已養成習慣。雖然面對這個世界不需要那麼廣泛的知識，但對我來說覺得重要的單詞和數字，便會鑽研到底，如果經常放聲朗誦還可以幫助理解其涵義。深海潛水所需的用語和數字，我幾乎都背下來了，因爲在緊急狀況下，單詞和數字必須很快在腦海中浮現才行。這次我翻閱字典，看到「尊重且恭敬」的解釋。

如果是眞心尊重我們潛水員，就不會只傳來一則簡訊了。請問法官，您會在表揚尊敬的人的勞苦時，只發一則簡訊嗎？我們並不期待大張旗鼓的慰勞和鼓勵，但至少應該代表政府，對這些冒著生命危險進行搜救的潛水員，表達最基本的禮節吧？

七月十日，潛水員爲了整理各自的裝備再次返回駁船，我以爲那時至少會派海洋水產部的長官或海警廳廳長來，代表政府事故對策本部到駁船上，至少握一握這些自願趕來參與搜救失蹤者工作的民間潛水員粗糙浮腫的手，看看他們的雙眼；至少應該請大家吃碗熱呼呼的湯飯。雖然不知道是誰下令發出這則單薄的簡訊，難道他們連從彭木港[4]趕到孟骨水道的時間都沒有嗎？從各個小島搭乘客輪再久也用不了兩個半小時，搭快艇連四十分鐘都不用，還是他們根本就不想花時間和潛水員坐下來、面對面的聊一聊？

這感覺就像是無緣無故被提分手，潛水員也只能把一肚子悶氣嚥下去，大家整理好各自的裝備便迅速從駁船上撤離。從撤離駁船的那一刻起，我便下定決心，一直到死也不會使用「尊敬的」這三個字。如果有人稱呼我「尊敬的羅梗水」，我會反問他：「為什麼尊敬我？尊敬我的理由是什麼？」如果是出自真心的尊敬，我會請他選擇其他詞語代替。因為對我來說，「尊敬」這個形容詞，猶如世界上最髒的空罐子一樣。要求更換形容詞，應該不會太失禮吧？

法官大人！首先我想說明的是——我們直到最後都沒有放棄搜尋！不管是秋天或冬天，都一直不斷的潛水搜尋，撤離只是單方面下的命令，我們根本沒想到會像被解雇一樣被趕下駁船。至今仍有十一名失蹤者被困在我們每天潛入的船裡，這教我們怎麼能放棄呢？包括柳昌大

4：位於韓國西南部的港口，距離孟骨水道，即事發海域直線距離約三十二公里。

潛水員在內的所有民間潛水員，大家每天二十四小時、不眠不休的尋找失蹤者，一心只想找到他們、帶他們上岸。隨著四月、五月和六月就這樣過去，臨近七月時，這份心情變得更加迫切。

直到現在，這份心情也還是一樣。不管是在家裡還是在公園或超市，我走著走著就會突然停下腳步。不用閉上眼睛，便可以在腦海裡浮現出船艙詳細的圖面，一百一十一間客艙和十七處公共空間一下子就從腦子裡又過了一遍。接著，我想像著再次潛入船內，朝準備進行搜索的客艙伸出手臂。因爲不想放棄那十一名失蹤者，所以每天作的夢都是一樣的，昨天夜裡也是一樣：穿上潛水服，戴上全面罩，穿好蛙鞋，戴上手套，最後把配重帶[5]纏在腰部潛入船內的潛水員——羅梗水。

還眞是有些尷尬，我在負責記錄時，只要在潛水紀錄簿上寫下潛水員的名字和裝備、入水及出水時間就可以了，怎麼也想不到有一天我會親自寫請願書。高中畢業後，我連一封簡短的信都沒有寫過，雖然有的潛水員會在臉書或推特上傳水中照片並寫下些什麼，但我對手機、電腦甚至連電視畫面都不太適應。我不喜歡將視線只鎖定在一個框架中，我喜歡前後左右上下隨心所欲的感覺，這也是爲什麼我喜歡當潛水員的原因。潛到水下，視線所及的地方都是風景，不必只關注某一處特定的景色，只要移動一下身體便會有新的發現，可以慢慢去品味。對我而言，潛水就等於「自由」。

從字典裡查到「請願書」的意思是「傾訴事實，懇請能夠得到幫助的文字」，這讓我感到更加沒有自信，原本還期待會有其他潛水員來代替我寫，當然我這不是在埋怨其他人，不是有戰友情誼一說嘛！潛水員的友誼也和戰場上的士兵差不多。我會擔當此一重任，完全是受因涉嫌過失致死而被起訴的柳昌大潛水員的託付。

「梗水啊！你來寫吧！」

爲什麼沒當場拒絕呢？在寫這封請願書的當下我還在反問自己。在收到撤離命令簡訊的八十天前，我和昌大大哥私底下都稱兄道弟的。柳昌大潛水員是我們的老大哥，大家都聽他的。大哥要我們做準備，我們就穿戴好潛水服；大哥說下水，我們就下水；大哥說休息，我們就去減壓艙減壓。當我們潛入船內搜索時，耳機裡會傳來大哥粗魯的謾罵聲，對每個潛水員來說那就像最後的纜繩一般。有關大哥特別的罵人方式，日後有機會我再詳細的寫一寫。

我隱約可以揣測昌大大哥指定我寫請願書的理由，但我很擔心自己是否有能力勝任，這感覺眞有點像是潛入沒有一絲陽光的六十公尺深海，在深海裡要如何移動、應當小心什麼，從理論和經驗上我都懂，但唯獨寫東西我不在行。每寫下一個單詞，我的心就噗通噗通跳得厲害，要不是爲了讓昌大大哥能獲得無罪判決，我可能早就放棄了。

要「傾訴事實」，就要知道什麼是事實；「懇請能夠得到幫助」，就必須把被告的冤屈當作

5：潛水時佩戴的鉛帶。深海潛水時，潛水服及身上其他裝備會產生浮力，配重帶可提供下潛的重力，保持身體平衡。

是自己的事情一樣感同身受。單憑這兩點而言，能說會寫的辯護律師是不及我的。事實到底是怎麼樣，我爲什麼會把柳昌大潛水員的判決當作是自己的事情呢？我打算一一寫下來。

早已聽聞全羅南道孟骨島與巨次島之間的海峽「孟骨水道」的惡名。孟骨，不覺得光看名字就很可怕嗎？我作夢也沒有想到二〇一四年的春天和夏天會在那裡度過。潛水員之間流傳著「就算給億萬巨款，也不想在孟骨水道和鬱陶項[6]潛水」的玩笑，因爲這一帶水勢猶如猛獸般兇猛，能見度也非常差。

二〇一四年二月十五日，我暫居在麗水海邊，直到四月五日才回到首爾。我與全羅南道的海似乎很有緣分，直至今日，我一共在那裡完成了五次工作。回到首爾後，我生活得十分放鬆，因爲打算休息一個月不再潛水，還和未婚妻計畫著四月十九、二十日要去江原道春遊兩天一夜。休息的時候，睡懶覺是一定要的，還要約好久沒見的朋友去咖啡館聊天，牽著未婚妻的手去逛菜市場，到健身中心做一些簡單的伸展和有氧運動。唯獨酒我一滴未沾，因爲完成任務、回到首爾後，至少要禁酒十五天，如果不想得減壓症[7]，不僅要在潛水現場確實休息，工作結束回到家後也要充分休息。而且從五月開始，我還答應人家要到大川海邊完成水中海參養殖場的工作，因此所剩的休息時間變得更加珍貴。

四月十六日星期三，我還在睡懶覺，半夢半醒之間手機響了，我拿起手機看了下時間和打來的電話號碼：上午十點三十分，曹治璧（32歲）。曹治璧的老家在京畿道坡州，我們曾在麗水一起共事。別看他年紀比我小，他可是擁有海外潛水作業所需的「國際海洋建設救助協會

IMCA潛水資格證」的潛水高手。

我剛按下通話鍵，就聽到曹治璧緊張的聲音：「哥，你看新聞了嗎？」

「什麼新聞？」

「孟骨水道那裡有艘船翻了。」他以沙灘上海鷗蹦跳的節奏快速講解了一番。

「翻了？什麼船？」

「仁川出發開往濟州島的客輪，載了四百五十多人呢！」

「四百五十？那應該是艘大船了，人都救出來了吧？」

當時我還不知道事態有多嚴重，心想如果是往返於仁川與濟州島的客輪，至少應該是六千噸以上的大型客輪，即使遭遇事故要沉沒了，也絕不可能在一瞬間就沉下去，會有充足的時間進行營救。

「哥，據說只救出不到兩百人，還有一半以上的人困在船裡！」

「什麼?!不是說船翻了嗎？怎麼可能還有人困在裡面？」

6：位於珍島附近的海灣，形似玻璃瓶頸，水勢兇猛。

7：又稱潛水夫症。若從壓力高的海底突然升到壓力低的海面而沒經過減壓程序，血中溶解的氮氣會形成氣泡，如栓塞般到處傷害身體，嚴重可能死亡。

我一邊聽著手機、一邊打開電視，即時新聞正在連線報導中，客輪已經翻了過去，只剩下船首露在水面上。那畫面即便親眼目睹，也難以置信。

悲慘的日子就這樣開始了。您也了解，四月十六日後的每一天都如同地獄一般。事發當日從船上逃出來的一百七十二名生還者就是全部了，電視畫面右上角標示的生還者人數，永遠都沒有再改變過。

因爲看到全國各地聚集了五百多名潛水員的報導，我並沒有馬上趕到孟骨水道。雖然一開始我並不認爲聚集的五百多名水員都是深海潛水員，因爲揹著氧氣瓶上上下下的潛水員根本無法勝任搜索船內的工作。想在孟骨水道進行作業，必須要有潛水所需的個人裝備，以及具備資深深海潛水的經驗，還要有可供大家輪班交替作業的駁船，因此我推測確切的人數應該只有新聞報導的十分之一，也就是說最多只有五十名左右的潛水員能夠進行深海潛水。全國上下把視線都集中在營救失蹤者上，我想，政府應該也會下令海警和海軍調配一些資深潛水員。

七十二小時被稱爲生還機率最大的黃金救援時間，我一直等待著在這段時間進入船內成功營救失蹤者的喜訊。但是直到四月十八日，整段寶貴的營救時間裡卻未能進入船艙，無法及時展開營救，其原因至今仍令人費解。前面我提到過孟骨水道的兇險，但那裡每天至少有四次停潮期[8]，七十二小時內就會有十二次停潮期。以數字計算，至少有十二個小時可以潛入船內。後來我才得知，那段時間裡完全沒有展開任何營救工作，這個消息讓我的心隱隱作痛。雖然這不是此次判決中應該談論的問題，但我認爲放棄營救的原因是一定要調查出來的。

我收到請求支援的電話是在二十一日凌晨，仍然是曹治璧潛水員打來的，他請我召集組員們一同前往。商業潛水員[9]在需要緊急補充人力的時候，就會召集認識的人組成新的小組參與作業。

我問曹治璧：「那裡的人手不是綽綽有餘嗎？怎麼還打電話找我？」

「綽綽有餘？大哥，你也相信那些報導了？現在能潛入船內的潛水員只有八個人，而且大家都已經筋疲力盡了！」

「八個人？眞的只有八個人？」

雖然我也猜到新聞多少有誇大報導，但五百人和八個人簡直是天壤之別！用八個人充當五百人的新聞，這分明是在對全體國民說謊啊！如果潛水員只有八個人，就表示很難進行交替作業。爲什麼這種荒誕無稽的謊言，竟然可以在事發五天後還持續若無其事的報導呢？說不定他們還會根據這個數字，報導成「史上最大規模的救援工作」。

我並不是所有的工作都接，更何況這次去孟骨水道並不是做水下焊接或截斷這類我在過去十四年裡做過的工作，而是接手完全不曾接觸的工作。雖然在當商業潛水員時，也曾遇過一、

8：潮汐最平穩的時期。
9：商業潛水為以商業盈利為目的的職業潛水，工作種類很多，最常見的是從事水下維修石油或天然氣管線、探查等工作。

兩具被海草纏繞或卡在橋墩上的屍體。把他們帶上岸後，我都會往大海裡撒些酒，以此慰藉亡者的靈魂，但遇到這種事情心裡總是會很難受。去孟骨水道、每天潛入船內搜尋失蹤者再把他們帶上岸，在我們國家沒有一個潛水員擅長這項工作，因爲我們都只是在產業現場工作的商業潛水員。

不去的理由正如前面所提，至少可以列出二十條，必須去的理由卻怎麼也找不到。但我還是召集了在麗水一起工作的三名潛水員，他們都把我當成大哥看待。我們各自帶好裝備，向珍島[10]出發。所謂的個人裝備除了潛水服，還有呼吸管、蛙鞋和通信設備等。我還得打電話把之前講好五月初的大川養殖場工作往後推遲一個月。

老實講，我不是A級潛水員，國內有很多比我更優秀的潛水員。但七月九日收到命令撤離的簡訊，離開孟骨水道以後，疑惑越來越多，一起工作的潛水員互相發問著，我也問我自己——

我爲什麼要去孟骨水道呢？爲什麼偏偏是我羅梗水？爲什麼非我不可呢？

「就是為了賺錢才去的，再清楚不過了啊！」以一山和首爾西部地區為中心，從事代理駕駛[11]十年之久的孔煥昇（60歲），不假思索的回答我們。

我們和孔先生見面的那天，是羅梗水潛水員提交請願書的八個月前，也就是二〇一四年十二月十二日。他望向江邊北路的眼神沒有絲毫動搖，雖然先開口的人不是他，他卻親切的回答我們的提問。他說自己從事代駕前曾經在花井地鐵站附近經營英語補習班十年。可能是因為這樣，他講話時還會夾雜幾個英語單字。當問到他為什麼會認為潛水員是為了錢才去？沒想到他竟然給出一番長篇大論：

「當發生眾多人員傷亡或遇難事故的時候，總會出現一些藉機謀利賺錢的人，要舉例的話那可太多了。六二五戰爭[12]爆發後，死了幾百萬人，更多人被迫到處流浪避難，你知道能活下來有多不容易嗎？藉著這種時機，日本又是賣武器又是賣衣服給我們，掙了好大一筆錢。這次發生的慘劇不也是一樣？

10：位於韓國西南方的小島，客輪翻覆地點就位於珍島外海。
11：替酒醉民眾駕車，將人車安全送返家中並收取費用的工作。
12：韓戰，於一九五〇年六月二十五日爆發的韓半島內戰，韓國人稱「六二五戰爭」。

「我不會指責那些自掏腰包做好事的人，那些人理應得到讚揚。The Blue House Spokesman[13]不是說了嗎？潛水員的日薪是一百萬元[14]，找到一具遺體再加一百萬。以民間潛水員工作一個月，加上打撈十具遺體來計算，你說會有多少錢？月收入三千萬，再加上找遺體的五千萬，一個月少說也能掙八千萬呢！在那兩個月裡，國家還要給他們供吃供住，他們可是一毛錢都不用花喔！我呢，也只有開車這點本事，要是我也有潛水技能資格證，我也馬上趕過去。孟骨水道對這些潛水員來說，根本是會下金蛋的雞！」

二〇一四年五月二十五日，青瓦臺發言人的發言可說是誇大其詞。事後這位發言人辯稱，當時的發言是在為潛水員鼓舞士氣，沒想到反被媒體訛傳。隨後也有追蹤報導指出具體的報酬金額，不僅民間潛水員，就連負責打撈搜救的公司相關人員也予以否認。當我們提醒他後續有更正的報導新聞時，孔先生並沒有改變他的主張。反倒擔憂起我們看不清真相，向我們投來惋惜的目光。

「要是給潛水員那麼多錢，全國上下都會不滿的，哪有傻瓜會老老實實出來承認？大家都是差不多、遮遮掩掩的就那麼過去了吧。如果沒錢拿，誰要去做那麼危險的事情啊？潛水員又不是得道高僧或濟世的神父，他們也有要養活的家人吧？我每天晚上熬夜開車，堅持了十年，你知道為的是什麼嗎？很簡單嘛，為了討生活。如果不出來靠開車掙錢，別說我了，老婆和孩子都會被社會嫌棄的，這就是Capitalism[15]！」

藉著「資本主義」一詞的登場，對話得以延續下來。我們向他說明民間潛水員在孟骨水道艱苦的工作情形。大部分深海潛水都是垂直移動或水平來回，但在孟骨水道搜救，必須垂直潛入後再移開漂浮物，然後進入船內搜尋失蹤者，這種情況非常罕見。因此我們的結論是：存在生命危險的說法一點也不誇張，因為這是事實。

但孔先生立刻用自己的主張蓋過我們的結論。

「你說得沒錯啦！當然存在危險，就是因為危險所以身價才那麼高嘛！越危險報酬也越豐厚，所以才值得拚死一搏，誰會去預想自己會真的發生事故死在那裡呢？等到活著回來又掙了一大筆錢，就能讓家人吃飽穿暖了，這就是男人的命運。不要把人生想得太複雜，有利可圖的事情就去做，吃虧的事情就不去做，這就是人生。我也聽到不少潛水員的採訪，他們都說身體和心理都受到了傷害，可是對報酬都隻字不提喔。吃虧的事情為什麼要做呢？難道還有其他原因嗎？別說那種什麼出自對人類的同情心、懷抱愛國心、覺得那些孩子可憐之類的話了。如果有，你倒是說說看，最後還不都是為了錢嘛！活到六十我才明白，那些說得好聽的話，最後不都是為了賺錢而打的幌子——我就是這樣確信！」

13：青瓦臺發言人。
14：約等於新臺幣兩萬七千元。
15：資本主義。

抵達

二〇一四年四月二十一日傍晚，因彭木港聚集了太多人，我們爲了避開人群，只好從西望港[16]進入事發海域。開始作業前，包括我在內的四名潛水員都怕見到罹難者家屬會更難平復心情，大家只想帶著裝備，快點趕到孟骨水道。

天氣陰沉沉的，雖然沒有下雨，但烏雲壓得極低，風也很大。平日站在甲板上聽到的海鷗叫聲，偏偏在那天讓人感到格外尖銳和悲傷。原本打算在西望港先吃點晚飯，但大家實在沒有胃口，很多潛水員都沒有動筷。在抵達駁船——也就是抵達作業現場以前，吃飽喝足再睡上一覺早已成爲潛水員的習慣。因爲不管作業現場多便利，只要上了駁船，衣食住都會變得很不方便，更何況這次任務不是焊接和截斷，而是尋找失蹤者呢！我原本想強迫自己吃點東西，卻連一粒米都難以下嚥。

在開往現場的船上，我打了瞌睡，但當晚沒有一個潛水員垂頭喪氣，大家都是以選手上陣的心態迎著海風、坐在船頭，心情彷彿早已抵達東巨次島和屛風島之間，那漂蕩著浮標的事發地點。浮標下面就是沉沒的客輪，想到要把已經往生的乘客帶出水面，食慾和睏意便消失得無影無蹤。

首先有一點要講清楚，我來到孟骨水道時已經不是為了「營救」，雖然這麼講很對不起罹難者家屬，但我們被召集來的目的是負責搜索，畢竟船已經沉沒了五天之久。

事後我才聽說，在黃金救援時間內並沒有採取任何營救行動。四月二十一日凌晨和曹治璧潛水員通話時，得知能潛入船內的潛水員只有八個人，我便覺得大事不妙，因為一般潛水員都是以三班輪替式進行潛水，也就是說一次最多只有兩、三名潛水員潛水，這個人數根本無法救出那麼多困在船內的乘客。

我問過自己很多次，如果是在黃金時間內趕到孟骨水道會怎樣？但若沒有政府的災難救援系統和專業潛水體系，以及可根據該系統調派的資深潛水員，並展開正規營救的話，即便像我這樣的民間潛水員在事發現場附近，也幫不上任何忙。政府不應該把時間浪費在報導派遣了五百五十五名潛水員的假新聞，而是應該盡快啓動機制，下達統一的指令召集深海潛水員。如果是在這種情況下，我也參與其中的話……想到這裡就不免感到惋惜。政府當時就算會遭受批評，也應該在一開始就公開營救的難處讓大眾明白，並努力改善不足之處才對。

在狹小的駁船上向我們揮手的人正是曹治璧潛水員。我看到駁船上或坐或躺的男人們，他們是民間潛水員，十七日那天便趕到孟骨水道展開與生死的搏鬥。他們用僅有的一、兩張紙箱

16：位於全羅南道珍島郡臨淮面南洞里。

墊在鐵板上，連條毛毯都沒有，衣服也無法更換，只能穿著潛水服躺在那裡。

曹潛水員看起來疲憊不堪，看著總是自誇有著鋼鐵般體力的他累成這副模樣，不難猜測這段期間有多辛苦。看著他的同時，我也爲自己十六日接到電話那天沒有馬上趕來而感到內疚。

我們剛登上駁船，便看到一位穿著黑色上衣、頭戴八角帽的男人向我們走來。他手腳細長，肩寬胸厚，雖然小腹稍稍隆起，但絕對是適合潛水的身材。他用渾厚的聲音向站成一排的我們打招呼。

「歡迎各位，我叫柳昌大！雖然搜救失蹤者是海警的管轄，但考慮到潛水調度方便，我會隨時傳達海警的指示事項，請各位聽從安排。」

柳昌大潛水員指了下臨時搭建的帳篷，我當時沒有留意，後來才知道負責指揮海警的長官正在裡面睡覺。設在彭木港的政府事故對策本部和現場指揮艦上部署的中央救援本部下達指示事項、傳到駁船後，再將現場作業的結果匯報給本部，正是現場負責長官的重要任務。他在駁船上是所有海警中級別最高的，而包括海警廳長在內的幹部們，隨時會往返於現場指揮艦和駁船之間。

我們原本有些緊張，但聽了柳潛水員的說明後稍稍放下了心。我從未想像過會和海警及海警潛水員一起共事，原本擔心海警會監視民間潛水員的一舉一動，如果那樣做起事來可就有點綁手綁腳，能由經驗豐富的前輩代替海警全面負責和傳達指令，這點我覺得安排得恰到好處。

「大家都是年輕人，我就不用敬語了，可以嗎？」

「可以。」

我心裡覺得更加踏實了。從他單刀直入、有話直說的豪邁口吻裡，可以感受到經由歲月洗練的潛水經驗。雖然還未見識過他的潛水實力，但從他在駁船上傳達的指令中，便可以猜測出他的實力。新手往往話多，愛自吹自擂。

「首先我要特別提醒兩點，大家要時刻牢記自己是爲什麼到孟骨水道來的。第一，不要閒談嬉笑。第二，精力只集中在潛水上。海軍、海警還有罹難者家屬和記者偶爾會到駁船上來，但大家不用和他們說什麼，全都由我出面，明白了嗎？」

「是！」

「還有，各位在二十二日晚上六點前不必潛水，請留在這裡待命。」

「我們不是來看熱鬧的！」

「我們好不容易排出時間趕來，只叫我們在這裡休息嗎？」

「不是說急需有能力、有實力的潛水員嗎？」

大家略顯不滿。柳潛水員用指揮棒敲了兩下告示板上標出的數字「87」，這是目前爲止找到的失蹤者人數，還有兩百一十七名沒有找到。

「我比誰都清楚人手不夠，但你們只打算潛個一天就回去嗎？到明天吃晚飯前，先熟悉一下船上氣氛。第一是安全，第二是安全，第三還是安全！檢查好個人裝備，更重要的是顧好自己的健康。現在駁船上沒有減壓艙也沒有醫生，如果需要減壓、看醫生就得去海軍艦艇，所以身體稍有不適都要立即向我報告！身體不適還繼續潛水是會出事的！大家要隨時確認好告示板上的潛水順序，順序不是我一個人決定的，而是由各個小組開會討論決定。如果想更換已經定好的順序或退出行動，也一定要向我報告。有關孟骨水道的漲潮時間、海流速度以及地形，等休息後再進行說明——還有問題嗎？」

不僅我，一起趕來的其他三名潛水員也都久仰柳昌大的大名。二〇一〇年天安艦事件[17]時，他便參與過搜救失蹤者的工作，是深海潛水界赫赫有名的資深前輩。初次見到柳昌大的潛水員都有些緊張，但我和他曾有過一面之緣。十四年前我參加潛水技能考試時，柳昌大潛水員曾擔任水中監考官，那時候的他嚴厲又縝密的指出我們的錯誤，還差點讓幾個考生哭出來。

我舉起手，在場的人都望向我。「船內情況如何？」

柳潛水員用指揮棒敲了兩下告示板，詳細的圖面占據了一半以上的告示板。

「看好了，這是第三層、四層、五層，一定要牢牢記住，閉上眼睛也要能行動自如！滿潮時水深約四十七、八公尺，船的右舷朝上，左舷向下，處於九十度傾斜狀態。現在左舷約一公尺左右已經埋進了海底，左舷船尾與海底撞擊後發生變形。

「各個客艙的人員數是以四月十五日晚間登船時的分配表爲基準。十六日早晨，乘客開始四處移動。雖然有證詞指稱，船體開始傾斜後大家都聚集到走廊，但目前還是全部客艙都沒有搜查過的狀態，所以必須以這個數字爲基準展開搜索作業。特別是參加畢業旅行的學生被分配到的客艙都集中在第四層，客艙大小和人員數都不一樣，大家要留意。目前已經設置了四條以上的垂直引導繩索，沿著繩索一直可以潛到船的右舷。」

「如果在船內發現失蹤者，接下來該怎麼做？」

「聽好！把失蹤者從船內帶出水面的方法只有一個，那就是用雙臂緊緊抱住他們！如果不是來這裡，你們一輩子都不會體驗到這樣的擁抱。往生者是無法抓緊你們的，所以這個擁抱自始至終都要由你們來完成，這比起擁抱活人還要多費五倍的力氣，而且不能停下來，你們要抱著他們從狹窄的船艙裡游出來，直到最後也不能放鬆。

「在移動過程中，往生者的身體若被障礙物劃破、割破，你們會爲那個瞬間後悔一輩子的。搜索地點是在淺則二十公尺、深則四十公尺的深海底，你們要背著氧氣筒潛入，所以那可不是什麼享受兩人溫馨的觀光景點。每一處都設有水平引導線，已經傾斜九十度的沉船內部，設備隨時都可能坍塌。這代表大家要進入最不適合擁抱的空間，把往生的失蹤者抱著帶出來。

「大家應該都聽說過孟骨水道的流速，是把東海、南海和西海加在一起都能排進前三名的快。把失蹤者帶出船艙後，若一時失手可能永遠找不回來，作夢也別想追上。所以，不要等出

17：二〇一〇年，隸屬韓國海軍第二艦隊的浦項級艦天安號，於黃海海域巡邏時發生爆炸沉沒，艦上一百零四名人員中只有五十八人獲救，四十六人下落不明。這是韓國海軍成立以來，第一次在值勤時有巡邏艦以上的艦艇折損，是韓國海軍史上最嚴重的沉艦事件。

了事再來找藉口，現在就給大家五秒鐘想一下，自己究竟有沒有盡心盡力的膽量，之後也未必有其他方法可以取代這個最簡單的方法。好了，沒有信心抱著往生者上岸的人把手舉起來吧！」

雖然沒有人舉手，但潛水員們的表情瞬間都變得蒼白。我們終於體會到將要面對的這陌生作業的眞相。聽柳潛水員講解完最重要的行動守則後，我感到背脊一陣涼——做好擁抱的準備，以及解決擁抱後浮現在腦中的殘影，都將成爲潛水員自己的事，有誰能分擔這從未體驗過的擁抱所留在心裡的創傷呢？

柳潛水員的角色十分重要。每天潛水兩次、最多三次的潛水員，除了潛水完全顧不上其他事，光是吃飯、睡覺、休息就已經夠忙了，身體和心理的倦怠也使人情緒浮躁，會因很小的事情發生爭吵。在矛盾爆發以前，需要有人善於觀察動靜、出面制止，如果缺少這樣的角色，一旦出現問題，很可能導致嚴重的事故發生，所以如果做事沒有條理，即使年紀再大也無法勝任這個角色，任何小失誤都會直接對生命造成威脅，這就是深海潛水。大家之所以認同並跟隨柳潛水員，就是因爲他的豐富經驗和一絲不苟的行事風格。

我們把各自的行李放到臨時搭建的帳篷裡。說是行李，其實也只不過是潛水裝備以外的一個黑色背包而已。

跟著我進入帳篷裡的曹治璧潛水員在我身邊坐下，小聲說道：「眞沒想到你會來。」

「不是你叫我來的？」

「十個人裡有九個沒有來，一半的人在通話時就果斷拒絕了，說好會來又爽約的人也差不多一半。」他盯著我的眼睛，語氣充滿告誡的意味：「一點也不簡單啊。」

我們少說也在一起工作了三年，但他從未這樣警示過我。他曾開玩笑的說過，如果地獄也有大海的話，也想和我一起去體驗一下呢。

「你這是想嚇唬我？」

「作業環境差到極點，柳潛水員也強調過，只要稍有異常就一定要馬上中斷返回。」

「你是在懷疑我的實力嗎？」

「我可不是在開玩笑。」

「搞什麼！你看起來很累耶，是不是哪裡不舒服？」

「腰和肩膀都痛得厲害。」

「沒去減壓艙嗎？」

「去海軍艦艇？哪有時間啊！我們如果不去潛水，還有誰能去把遺體帶上來啊！」曹潛水員皺著眉頭，左手握拳敲打著右肩膀。「我看，就連地獄也未必會有這樣的地方。」

「地獄？」

眞不像他。雖然我們在兇險的深海潛水過無數次，但他一次也沒有用「地獄」形容過。

「在駁船上哭沒關係，但下水後可要忍住啊！」

「你到底在說什麼？」

「很快你就會明白了。」

採訪漁民池秉石（52歲），是在船難一周年的二〇一五年四月十六日，地點在東巨次島海邊。身高一百八十五公分、體重超過一百公斤的體型，讓人聯想到柔道選手。他告訴我們，現在在木浦讀高中的兒子正是柔道選手。

池秉石開著他的小型漁船「風雲號」（四．九噸）從彭木港接我們抵達東巨次島海邊。連續抽了三根菸後，他才開口講話，全羅道的方言讓人倍感親切。

「我這輩子都在這裡養殖海帶，托海帶的福，我才能混口飯吃。」說著，他又拿出菸抽了起來。「別提了！要是能用橡皮擦把記憶抹掉就好了。去年的今天，也就是二〇一四年四月十六日，我也開著風雲號參與營救。別看我這船破，開起來可一點問題也沒有。兩個穿著救生衣的女學生上了我的船，她倆沒有落水，被我直接接上漁船。當時我給她倆披了三條毛毯，可孩子們還是抖個不停。能聯絡到的巨次島漁民全都開著船趕到孟骨水道，過去那邊不需要十分鐘。誰能想到那麼大一艘船就這樣翻過去了呢？漁民們都拚命趕去救人，後來聽說船裡還困著三百多人時，我們都傻眼了。孟骨水道有多危險，我們在這出生長大的，可是比誰都清楚！

「四月十六日晚上，我怎麼都睡不著。船沉了，到處在放照明彈，聲音響得不得了。電視也一直在播新聞……蓋著被子躺在那，就是睡不著啊！十七日一大早，我又開著船去事發地點，但海警警備艇和海軍軍艦已經把事發地點團團圍了起來，我的船無法靠近。

「返回東巨次島時已經很晚，正打算吃早飯時電話響了。養殖海帶是我的主業，副業是租借釣魚船。我以為是客人，所以接起了電話。但那天真是一點心情都沒有，原本打算婉拒生意的。錢雖好，但也得看時候啊，發生了那種事，哪還有心情開著船出去看海景呢？我曾開風雲號載客人到巨次島近海，沒有一個人不感嘆那裡的美景。就算運氣不好釣不上一條魚也沒有人抱怨，因為盡情欣賞到美景就不會覺得浪費時間和金錢了。來吧！睜大眼睛好好看吧！」

池秉石像管弦樂團的指揮家一樣抬起手臂指了指周圍，我們的視線跟著他指著的方向，一艘船也沒有看見。

「再也沒有遊客來這裡了，客輪沉沒後，誰還有心情來玩呢？遊客不來了，副業也就斷了。」

從彭木港到東巨次島這段路上，池秉石一言不發，原本很擔心採訪不到什麼內容，但菸一根接著一根抽完後，他一股腦的把事情都傾訴出來，這些憋在心裡一年的話，連他自己也沒想到有這麼多。

我們打起精神，生怕錯過任何細節。採訪的原則是提問與作答的脈絡要緊密相連，但池秉石的語速快到讓人氣喘吁吁，在那時間與空間裡的登場人物互相交錯。我們只好適時插入問題，讓他有喘口氣的機會，也給了我們整理內容的時間。

（以下提問以□標示，池秉石以■標示）

□您說是在四月十七日接到電話的？

■沒錯。我原本接起來是打算拒絕接客的，但一拿起來就先聽到對方的呼吸聲。你有過那種經驗嗎？對方一句話都不講，一直在另一頭喘氣？當時就是那樣，呼吸像是間斷了兩次，然後聲音顫抖著叫出我的名字。

「是池秉石船長嗎？」

「……是。」

「可以……借船嗎？」

有種預感讓我無法一下子拒絕，所以我問他想去哪裡。釣魚新手都會說請我幫忙選個好地方，老手會挑選符合自己胃口的地方，但電話另一端的人像無助的小狗一樣顫抖的說。

「……靠近屏風島的北邊海域。」

果然如我所料，這個男人的家人搭乘了那艘沉沒的客輪。他對海路不熟，島的名字感覺也是從別人口中聽來的。彭木港或西望港的生魚片店老闆那裡有很多漁夫的電話，他大概也是從那裡知道我的。

□您不是說當時沒有開船的心情嗎？

■你還真是刨根問底！沒錯，但這個人又不是去釣魚的！

我開船到西望港去接他。彭木港那邊聚集了太多人，要是把船開去那裡就別想再開出來了。他介紹自己叫崔隆才（48歲），在一家小鑄造公司當科長，參加畢業旅行的獨生子赫胥還在那艘船裡。崔隆才個頭很高，慌亂中仍能做出迅速的判斷，是個相當勇敢的父親。他不像彭木港那些乾著急的家長只等著海警派船來，為了確認事發地點，他想盡了辦法，最後才找上我這艘破船。

接著我載他去了孟骨水道，但我們無法接近事發地點，只能停在比早上我來時還要往後一公里的地方觀察。也不知道他哪裡找來的望遠鏡，用望遠鏡望著事發地點好長一段時間，然後轉過頭問我：「潛水員都在哪裡？不是說有五百多名潛水員參與營救嗎？」

我光用肉眼都能看到海面上沒有一艘橡皮艇。這些沒良心的傢伙！五百名潛水員？簡直是睜眼說瞎話！我也覺得很困惑，早上我去也是想看看他們是怎麼搜救的。

□事後調查結果顯示，從十六日船體沉沒後一直到十八日，都沒有進行過一次潛水營救工作。

■他媽的！可恥的東西！現在我也搞清楚了！但當時我們都相信了政府和海警的鬼話，以為已經展開史上最大的搜救行動，派出大批特工隊潛入船內救人了呢！

崔隆才兩腿一軟，癱坐在地，他低下頭，眼淚大顆大顆的掉下來。他得知消息趕到珍島，過去的一天裡他連哭的機會都沒有，現在卻哭得太兇，哭到直打嗝。大規模的搜救並沒有展開，他們也不知道孟骨水道有多兇險，很多家長只待在彭木港或珍島體育館心存希望的等著。直到那一刻，他親眼看到客輪沉沒的地點四周並沒有五百餘名潛水員的時候，恐懼和絕望才湧上心頭。他哭喊著兒子的名字。

「赫胥啊、赫胥啊！是爸爸！赫胥啊，爸爸來了！」

我一直等他哭完，看著他的背影，我連菸都不想抽了。今天我才第一次跟別人講，當時我也跟著一起哭了，眼淚就跟壞掉的水龍頭一樣無法控制。崔隆才的心情我完全可以理解，因為我們都是孩子的爸爸啊！我們只在那裡停留了十五分鐘左右，感覺卻比一百五十個小時還要長。

□您還載過其他罹難者家屬嗎？

■還記得二〇〇七年的泰安燃油外洩事故嗎？因為是油輪所以損失慘重。超乎想像的燃油大量流入海裡，後來聽說至少有二十萬升。雖然不知道確切的量，但那些燃油都順著海流覆蓋了海帶養殖場。那時感覺我的人生也徹底完蛋了，簡直就像吊在懸崖上一樣。

四到六月是巨次島海帶收穫的季節，你們知道這裡的海帶多有名吧？因為這裡海水流速快，加上海帶黏在一起的勁大，所以比別的地方更肥、更大。海帶養殖場的漁民們在十六日晚上互相通話，船都沉了，人都還不知道生死呢，先去反應擔心養殖場的問題顯得太沒心沒肺了。我們擔心得要命，但也只能到養殖場看看燃油有沒有漂過來，還好直到十八日也沒接近我的養殖場。

十八日就那麼過去了，十九日凌晨手機又響起，是崔隆才打來的。如果是別的號碼我可能就不會接了。說實話，十七日到海上哭了一次以後，我再也提不起勇氣去載那些家屬，所以十八日我故意把手機丟在家裡。十九日凌晨看到崔隆才的號碼，不接有點太那個了，我只好摁下通話鍵。

十九日上午，我們又去了事發現場，停在比兩天前還要再遠一公里的地方，兩人並排站著，愣愣的望著海面。那天崔隆才沒有帶望遠鏡，但他突然彎下腰、頭朝下，像是要倒立似的張開雙手，我瞬間一手抓住他的褲腰往後使勁拉，一手抓著他側腰往下拽。

「瘋了嗎？找死啊！」

我現在想起來這心還跳得厲害呢！他彎曲著背、像蝦一樣的癱坐在那，盯著自己浸濕的手上滴滴答答的海水，自言自語的說。

「海水可真涼啊！我也不想承認，可是我兒子如果還在裡面的話，恐怕是死了吧！」

吵得沸沸揚揚的黃金七十二小時早就過去，三百零四條生命就這麼沒了。

池秉石聽完崔隆才的哀嘆後，便接到附近海帶養殖場漁民的電話。他迅速開著風雲號趕過去，原本一直擔心的船用C級燃油已經漂到養殖場。自四月十九日起，為了清理東巨次島附近海域的燃油，池秉石沒日沒夜的努力著。雖然海軍出動軍艦幫忙進行防治工作，還是沒能阻止養殖場的海帶被燃油覆蓋。

二〇一四年，池秉石的養殖場沒收穫任何一捆海帶，什麼都沒了。

兩個身體一條心

法官大人：

現在我要詳細說明搜救的具體過程。雖然腦子裡一天至少會回想起十二次那個場景、味道和聲音，但想把它轉換成文字還眞是有些困難，甚至覺得寫不太出來。我讀過有關潛水員的特別報導，但覺得十個重點裡面只寫出了一、兩個。曾經我也不相信「無法用言語表達」這種說法，但是孟骨水道讓我明白，的確存在著無法用文字表達的艱苦。

幾個小時寫寫刪刪，還是沒有頭緒，也有人勸我既然自己沒有本事寫，還不如請專業的作家幫忙。可是我在水中用五感體會到的那些瞬間，即使再專業的作家也未必寫得出來。雖然無法說明，但我們還是做到了這無法言喻的任務。據說「深海潛水」本身就是長久以來不可能實現的事中，最具代表性的事情之一。

比起馬上講解進入混濁的船內，不如像剝洋蔥一樣，先從簡單的部分一一說明，好讓您可以了解。

孟骨水道的作業是民、官、軍共同進行，民指民間潛水員，官指海警，軍是海軍，其中以海難救助隊SUU為中心，包括特戰隊UDT。雖然大家都在駁船上，但SUU的潛水裝備和體系與民間潛水員不同，所以我們各自行動。

民間潛水員一直都是和海警潛水員組成一組進行作業。我留守在孟骨水道的四月二十一日至七月十日期間，海警潛水員中哪個人狀態不佳、哪個人身體不適、哪個人愛講話，甚至哪個人吃飯快，我都一清二楚。

以證人的身分站在法庭上的海警作出與民間潛水員相反的證詞，我在旁聽席上也都一字不漏的聽到了。眞教人感覺混亂，詮釋或意見可以產生分歧，但在駁船上發生的事實絕對只有一個。我不想指責那些說自己沒看到或沒聽到的證人，但說自己記不起來的證人我倒是想和他理論一下：其他事情都可以忘記，但怎麼可能忘記與潛水有關的細節呢？這還算潛水員嗎？應該反覆確認、複述到讓身體養成習慣，才算是專家啊！像那種有嚴重健忘症的證人，是絕對不能參加潛水工作的。

一直聽到正反矛盾的證詞，您一定會覺得民間潛水員和海警潛水員從一開始關係就不好吧？我在這裡想強調的是，在駁船上同甘共苦的民間潛水員和海警潛水員之間完全沒有矛盾。起初彼此會有些尷尬，但很快大家就團結在一起，爲尋找失蹤者共盡心力。

我以撤離駁船前，和我生死與共的海警潛水員來舉個例子。

民間潛水員的衣食住都在駁船上解決，每天配合四次停潮期，按照順序進行潛水作業，得空時才能吃飯或睡覺。海警潛水員與之相反，以三班輪換式往返於艦艇和駁船之間，這裡所說的海警潛水員還包括歸屬於海警的特攻隊、特殊救助團、一二三救助隊和消防防災廳的潛水員。

第一組從晚上八點到凌晨四點，第二組從凌晨四點到中午十二點，第三組從中午十二點到晚上八點，這是海警潛水員在駁船上的工作時間。結束後，他們會搭乘快艇回到艦艇上。民間潛水員二十四小時都要守在駁船上，而海警潛水員一天只待在駁船上八個小時，這是兩個團隊最明顯的差異。

我也想在反覆潛水、渾身癱軟無力的時候搭乘快艇去艦艇上倒頭大睡一覺。在駁船上的休息根本不算休息啊，請您想像一下，若您無論工作或休息都一直待在法院，會是什麼感覺？就算不工作，在法院也無法好好休息吧？既然是休息，就該把工作環境和休息環境分開。如果在孟骨水道的民間潛水員也有那樣的休息空間，得減壓症的人就不會那麼多了，工作效果也會更高。要說在艦艇上得到充分休息、再返回駁船的海警潛水員很重要，那我們這些民間潛水員到底又算什麼呢？

很多聚集在駁船上的民間潛水員和海警潛水員都有私交。我和海警潛水員朴政斗（27歲）也互相認識。以前朴潛水員是水肺潛水教練，七年前我和他在東海一起潛過水，潛水後他向我問了很多關於商業潛水的細節。當時，我通宵達旦一一爲他解答。天快亮的時候他對我說：「以後我就認你做大哥了！」他在準備潛水技能師資格證考試期間，我們常常聯絡，考試通過後還在鐘路碰面一起喝酒慶祝。後來朴政斗當上海警，但一年裡我們至少會互傳幾次簡訊彼此問候。二十一日到孟骨水道時，我就預感會遇到他，但那之前我並沒有傳簡訊或打電話給他，因爲都是朴政斗有事請教時才主動聯絡我，我主動找他總覺得有些怪怪的。

其他潛水員打著呼嚕睡得很死，我卻總在淺眠中驚醒。剛到孟骨水道的第一天，四月二十一日晚上，我便開始胡思亂想起來。如果馬上開始潛水倒還好，在駁船上待命的第一個晚上失眠了，早已塵封的記憶又浮在心頭，明知沒有答案卻又忍不住一直問自己。曹治璧潛水員說過，聯絡到的潛水員裡有絕大部分人沒來。他們應該也和我一樣，有二十多個不來的理由，然後從中適當的選擇出一、兩個爲自己開脫。可是我接到電話後就趕來了，還叫上了其他人。看著比我先趕到並進行作業的民間潛水員，眞想問問他們是怎麼下定決心趕來的，因爲我實在是找不到可以說服自己的答案。

像是颱風來襲前的寧靜，我很快就要投入搜索，在此之前我必須審視自己的內心。我不會對還沒做過的事情下結論，只是想看清楚自己那顆抵達此處的內心，它彷彿遠征航海後停泊在一個陌生的港口。像照鏡子一般，我想看清它的模樣。如果我不是商業潛水員，自然也就沒有趕來的理由了。每天新聞裡再也沒有改變過的生還者人數才是讓我悲憤趕來的理由。我坐在駁船上，身邊就是爲潛水而設置的下潛鎖。看著夜幕下的大海，沉沒的客輪就在這下面，那裡有失蹤者，在那裡遇見他們時會怎樣呢？

民間潛水員是商業潛水員，並不是專門潛入沉船搜尋遺體的，包括我在內的大部分潛水員都沒有潛入沉船內的經驗。潛入船內已經很難了，更難想像的是要去面對那些往生者。當然，找尋失蹤者把他們帶出船內、送上水面，最後送回家人的懷抱，這是世間永恆不變的眞理。我突然意識到，成爲商業潛水員以來，這是第一次在沒有簽署談好日薪、獎金的合約前，就開始深海潛水的工作，也是第一次運用長期以來累積的潛水技術不是爲了賺錢，而是搜尋打撈遇難的失蹤者。

四月二十二日正午十二點，兩艘快艇抵達駁船，海警救助隊第三組下船後，第二組的三十人迅速上了快艇離開。第三組深怕打擾到民間潛水員休息，輕手輕腳的坐下來待命。我用眼睛掃了一下海警，發現坐在最後排的朴政斗潛水員。他的臉變得消瘦、下巴也尖了，但我肯定那是朴潛水員。我們目光相對的時候，他向我點了點頭，我剛舉起的右手馬上又放下，因爲在我和他之間還站著三名海警幹部。雖然聽不到他們在講什麼，但表情看上去十分嚴肅，畢竟這裡不是慶祝我們再相會的場合。

這裡要說明一下民間潛水員和海警潛水員之間的特殊關係。海警潛水員對民間潛水員有禮貌是因爲民間潛水員們普遍年齡大，加上都是潛水經驗豐富的前輩，但他們絕對不會有超出形式上的禮節，顯露出過分的親切感，因此會讓人覺得他們是在刻意與民間潛水員保持距離。

「氣氛還眞是彆扭，怎麼回事？」

我悄悄問了從四月十七日開始便和海警一起參與作業的曹治璧潛水員，他去減壓艙接受痛症治療，凌晨時才從海軍的平澤艦回來。

「這已經好多了，以後會更好的。民間潛水員和海警潛水員一起往返沉船，可是有史以來第一次啊！」

他說得沒錯。海警與水肺潛水員之間是甲方與乙方的關係，因爲水肺潛水員是海警管制的對象，海警會逮捕超出潛水領域範圍的水肺潛水員，還會罰款，嚴重可能會送交法庭。但商業潛水員和水肺潛水員不一樣，我們大多是受到許可才在商業現場進行潛水，幾乎不會遇到海警。不僅是海警，除了作業人員，幾乎不會遇到任何人。甚至有人開玩笑的說，商業潛水就是到老都只能和用鰓呼吸的傢伙做朋友的工作。

分工合作對民間潛水員或海警潛水員來說都很陌生，民間潛水員不歸屬任何組織，所以沒有人會給我們下達指示，但海警潛水員會收到其他的指示事項。比如與民間潛水員共同作業時禁止閒談，像這種指示是一定會下達的。民間潛水員和海警潛水員三三兩兩坐在一起時也不會說上一句話，起初會覺得這沉默又長又尷尬，但越是遇到高難度、辛苦的潛水，一起配合的潛水員越會產生牢固的感情。大家在駁船上休息時雖然沒有閒談，也還是會感受到彼此的眞心，即使只有三言兩語，卻絕對帶有眞感情。

在孟骨水道的駁船上，我們並不是一開始就和海警潛水員建立起友誼，配合停潮期開始進行作業的瞬間，想和海警潛水員交心的想法便拋到腦後。儘管我有過多次在危險的深海裡作業的經驗，但孟骨水道的作業強度更是壓倒性的危險。潛水回來後，忙著減壓和休息還來不及呢！

四月二十二日晚上六點左右，開始計畫進行第一次潛水，我從四點就開始準備潛水服和裝備，因爲至少要在下水前一個小時做好準備待命。

朴政斗潛水員跟著我進到帳篷裡，臉上這才露出微笑。「今天要請您多多關照了。」

「你和我一組？」

「真沒想到大哥的第一次潛水要與我同行，真像中了樂透一樣呢！」

「你什麼時候到的？」

「十七號來的。」

趁著還有時間，我問了他一些問題：「當時真的沒辦法馬上進入船裡嗎？」

朴潛水員的表情瞬間變得複雜，而且有些僵硬。

「我們都做好了待命準備，別的小組嘗試過，但水肺潛水遇到的問題太多，也沒有機會輪到我。」

朴潛水員的回答和他的表情一樣僵硬，於是我轉換了話題。

「聽說下去了三十多人，都是管供潛水嗎？」

管供潛水是指透過送氣管從駁船向潛水員輸送空氣的水面管供潛水方式，駁船上一定要備有低壓用空氣壓縮機；水肺潛水則是背負氧氣筒進行的潛水方式。

「不是。有管供潛水經驗的海警潛水員只有十人左右。海警潛水員和民間潛水員一組，下水後我們只負責在船艙外部拉線。二人一組下水後，兩名水肺潛水員會在駁船上待命，如果民間潛水員出現狀況他們會馬上下水營救。收到找到失蹤者的信號後，他們也會潛到船艙外負責接運遺體。此外還有兩名拉線員負責在駁船上放線和收線，以及負責把遺體搬運到船上的隨行人員。」

「還記得吧？」我斬頭去尾的問他。

「拉一次是放線，拉兩次是停止，拉三次是慢慢收線。」朴潛水員毫不猶豫的回答。

幾年前，教他拉線信號的人正是我。熟練的潛水員之間是沒有必要約定的，只要手中握著線便能感覺出何時應該放線、何時應該停止，但如果遇到經驗少或第一次配合的人，就一定要事前講好。過長的線有可能被海藻纏繞進而阻礙潛水員行動，也有可能被船艙內的漂浮物卡住造成危險。相反的，如果線過短也會對潛水員的行動帶來不便。熟練的拉線員不會讓潛水員意識到線的存在，在一般的潛水裡，駁船上的拉線員與潛水員之間的拉線信號關乎到上升和下降的關鍵，也是在潛水技能資格考試時要牢記的。但如果要潛入沉船內部，則需要多增加一名拉線員，除了在駁船上負責垂直拉線的人，也要有和潛水員一同潛入水中、在船艙入口處負責水平拉線的人，這也是爲什麼除了上升和下降的拉線信號，還要另外增加拉線信號的原因。

「我知道大哥的實力，但也請不要太逞強喔！」

朴潛水員和我都心知肚明，潛入深海後就只剩下我們兩人，兩人要行動一致才能找到失蹤者。我本想握握他的手，但可能出於害羞，沒有把手伸出去。

「我會全力協助的！」朴潛水員站起身來。

我穿上厚實的內衣，拾起乾式潛水服[18]慢慢把腿伸進去，費了好大的力氣才把腳伸進連身衣的靴子裡，兩隻手臂也穿好後，朴潛水員在後面幫我拉上拉鍊。接著我戴上兜帽，在背部和腰部分別綁好十五公斤左右的鉛塊，朴潛水員又幫我穿好蛙鞋。我戴上全面罩、佩戴好頭燈，最後再把送氣管與通訊電線一體型的生命線連接在面罩上，入水前的準備才算完成。

「我也去準備一下。」朴潛水員轉身走了出去。

他的身高沒變，但肩膀比從前寬，包括大腿和小腿在內的下半身肌肉也比從前結實不少。看來他有把我的忠告放在心裡，沒有偷懶的做了不少重量訓練。和其他潛水員相比，我算是肌肉量多而且幾乎沒有贅肉的，但恐怕是要被朴政斗比下去了。雖然我羅梗水很爭強好勝，但還是很開心看到朴潛水員的改變，莫名感到很欣慰。

一直到七月撤離前為止，我和朴潛水員算是合作次數最多的一組。民間潛水員可以一起商討如何編排順序，但海警潛水員的順序則由各組組長決定。因此每次和朴潛水員編在一組時，我們都覺得感情又加深了一些。現在想想，我們也為了能編排在一組非常努力，十次裡面有五次是朴政斗協助我的。

柳昌大潛水員把我們叫到告示板前，進行最後確認。

「運氣不錯。今天開始是為期三天的小潮期，是搜索的最佳機會。早上六點到現在已經找到二十名。漂浮物大都清理乾淨，路線也設好了，能見度約四十五公分。有問題嗎？」

18：Dry Suit，能有效隔水，讓身體保持溫暖，主要於寒帶水域潛水時使用。

小潮期也只是漲潮和退潮時間最短，因此潮流最弱。但即使是小潮期，能見度也只有四十五公分。

「沒有問題！」

「首次潛水，不要勉強，進入後稍有不適，要馬上返回！」

「明白了！」

柳潛水員先坐在椅子上，在他前面擺著與潛水員通訊用的水中電話。負責通訊的人隨時透過它接收和發送指令。它是潛水員了解駁船情況的唯一裝置，也是駁船掌握水下潛水員狀況的唯一裝置。爲了今天首次行動的我，柳潛水員主動擔當起「通訊」一職。

我故意用輕鬆的語調對著話筒說：「請多罵我幾句吧！」

柳潛水員轉過頭，從頭到腳打量了我一番。

「羅梗水，你這兔崽子！你爹是暴發戶嗎？知道我罵人有多貴嗎？一句少說也要十八萬，你給得起嗎？」

「謝了，大哥！」

聽到柳潛水員罵了我一句「兔崽子」，我這才覺得準備工作徹底完成，還小心翼翼的叫了他聲「大哥」。也不知道請願書上可不可以寫罵人的話，但爲了表達出現場的眞實感，我盡可能把必要的部分寫下來。深海潛水隨時都會遇到緊急狀況，如果不及時準確做出應對，會有生命危險。以我的經驗來說，駁船上總管負責潛水的人講話都很粗魯，罵人就像吃泡菜一樣，簡直是家常便飯。這絕非是憎惡對方，而是爲了能在出現緊急狀況時迅速應對。沒有潛水員會因爲被罵上幾句就臉色難看，因爲大家都知道，注重形式搞不好會丟了性命。

我仰頭看了看天空，最多也不過一秒鐘，深海潛水所需的重要單詞和數字就像滿天的雲朵固定在灰濛濛的天上。我向站在身邊的朴潛水員豎起大拇指，他也學我做出同樣的動作。我站直身體、跳了下去，這是民間潛水員羅梗水在孟骨水道首次潛水的瞬間。

從事故發生的二〇一四年四月十六日，到民間潛水員羅梗水首次潛水的四月二十二日晚上六點，珍島聚集越來越多人。失蹤者家屬往返於珍島體育館和彭木港之間，度過最悲痛的時期。常駐珍島的記者也越來越多，還有一些包括潛水員在內的志工也陸續趕來，海洋水產部的公務員、海警以及警察都各自奔忙著。珍島竟然被不是觀光客的人們填得熙熙攘攘，這還是建國以來第一次。珍島當地人走在路上和人擦肩而過，都會好奇的看著對方。外地人的表情都是一樣的暗淡僵硬，每個人都沉浸在悲痛之中，若是臉上露出微笑，自己都會懷疑和反問：這樣好嗎？

大家帶著各自的理由來到珍島時，也有人離開了這裡。四月十六日的生還學生與一般生還者離開了珍島，他們藏起死裡逃生後與家人重逢的喜悅，因為船內還有被困住沒能回來的同學和朋友。從那天起，每天陸續出現痛哭著離開珍島的人，忽然失去兒女、父母或兄弟姐妹的罹難者家屬，抱著冰冷的遺體，無法接受事實的失聲痛哭著。

曹潭（46歲）是生還學生曹玄的父親。他在四月十六日下午五點半，於珍島體育館找到兒子後離開了珍島。曹玄與生還的五名學生被一起送進K大學的安山醫院，到這裡為止，生還學生父母的行動都是一致的。但第二天開始，曹潭的行動就發生了改變。四月十七日下午他再次返回彭木港，接著於十月辭去工作。

為了準備採訪資料，我看到很多曹潭代表生還學生家屬發言的新聞。他在正式場合代表生還學生家屬發言時，從未表露過個人的想法與感情，雖然很多媒體向他提出採訪邀請，但他把機會都讓給了罹難者家屬，一直像影子般退在後面。

我們在二〇一五年四月聯絡到他，但他態度誠懇的回絕了我們，之後我們又再三強調是在做有關民間潛水員的採訪，甚至把潛水員的名單列給他，他才接受了我們的採訪邀請。他甚至比我們更加了解柳昌大潛水員的審判情況。他向我們詢問包括羅梗水潛水員在內的民間潛水員近況。當我們告訴他有一半以上的潛水員還未能回歸到商業潛水的工作時，他的眼眶紅了。

採訪是在二〇一五年六月十七日星期三，於安山共同焚香所「416TV」貨櫃屋工作室裡進行。

（以下提問以□標示，曹潭以■標示）

□二〇一四年四月十七日，您重新回到珍島的理由是什麼？

■四月十六日我開車趕往珍島，去的路上接到兒子的電話，聽到他的聲音後，我至少反覆問了他四、五次是不是真的沒事。夜幕快要降臨時，我正打算帶著兒子回家，尹鐘煦的爸爸抓著曹玄的手哭了好一陣子。我們兩家的孩子從小玩到大，所以當爸爸的偶爾也會聚在一起喝上一、兩杯。

鐘煦爸爸問曹玄在船上有沒有看到鐘煦，曹玄哽咽著告訴他，十六日早上，他和鐘煦在第三層的食堂吃過早飯，然後一起到KTV旁的遊戲室玩了二十分鐘左右的遊戲，之後就回各自的房間了，那是他們最後一次碰面。

幫兒子辦好K大學安山醫院的住院手續後，鐘煦爸爸的臉一直在我腦海裡揮之不去，我實在無法待在病房。兒子也很擔心鐘煦，叫我再去看看，所以第二天一早我又趕回珍島。

□尹鐘煦和曹玄在學校也十分要好嗎？

■國小、國中到高中都是讀同一所學校，國二時還一起組了個樂團。鐘煦打鼓，我兒子彈吉他，他倆從早到晚形影不離。升上高中後，一年級還是同班，二年級就分班了。如果二年級也同班的話，說不定鐘煦也能活著回來。

□再次返回珍島，您是怎麼度過的？

■還能怎麼過呢？我陪在那些一心等待孩子回來的父母身邊，照顧他們的日常起居，開車載著鐘煦爸爸和其他人往返於珍島體育館和彭木港。

□生還學生的家屬中，還有再次回到珍島的嗎？

■沒遇到過，可能只有我一個人吧。

□可能是因為生還學生的家屬無法面對罹難學生的家屬吧。

■黃金救援時間結束前，父母仍懷著孩子能活著回來的希望，到處奔忙。七十二小時就這麼白白浪費了以後，整個珍島體育館和彭木港都被沉重的悲痛籠罩。我本來想默默的在一旁做些什麼，但還是遇到了難處。有兩次還被無緣無故指著鼻子質問：「你是誰？」但也不能一味怪罪質問我的人，神智再清醒的人，到了那裡也會失去理智。

沒有一個人站出來告訴大家根本沒有進入船內搜救的真相，越是高官越是站在麥克風前油嘴滑舌。可以深海潛水的人力遠遠不足，船內是否有氣穴[19]也都未經證實。已經調動陸海空進行大規模營救的謊言，竟然也沒有人來承擔責任。與事實不符的新聞更是鋪天蓋地，甚至有刑警來回巡邏、監視起罹難者家屬，所以我更加沒有辦法開口說出「我是生還學生的父親」了，只好說自己是自願來幫忙的志工。第一次這麼混過去了，再來就要我出示身分證，還有人揪住我的領口質問我是不是刑警。我報上兒子的名字和班級，告訴他們兒子活了下來。誰知他們反倒問我：「為什麼不守在兒子身邊，跑到這裡來幹嘛？」

□我們也正想問您這個問題呢。

■事故發生後，岸上所有居民不問緣由的想趕來幫忙，大家自掏腰包趕到珍島。

19：船隻翻覆後，若有一部分船身露在海面，船隻裡的空氣可能會在船內形成「氣穴」。

我以前去過孩子的學校，還曾經請幾個失蹤的孩子吃過炸醬麵。我兒子真的是運氣好才逃出來，那可是差點要了我兒子性命的事故啊！

十七、十八日我一直留守在珍島，直到接到生還學生狀況異常的電話，才馬上趕回安山。有幾個過分的記者偷偷溜進病房問了孩子們令人髮指的問題，我向醫院要求徹底隔離媒體與生還學生，之後去看了兒子，他抓著我的手懇求我：「爸爸，替我守在鐘煦爸爸身邊直到鐘煦回來。為什麼我的朋友們要死在裡面，爸爸一定要找出真相，一定會的，對嗎？」

兒子想找出沉船的真相。我答應他會一直守在鐘煦爸爸身邊，也會找出同學們為什麼要死在孟骨水道，那冰冷的大海裡！

□ 您是為了遵守與兒子的承諾才返回珍島的啊！但您在二〇一四年十月辭去工作，這又是為什麼呢？

■ 事情就像滾雪球一樣。當然，事件焦點以罹難者家屬為中心是理所當然的，但有關生還學生的事情也不少。那些孩子並不是出院後、經過研究院檢查就能順利重返校園，他們回到學校後的心理陰影變得更加嚴重。因為自己回到了學校，可是一起參加畢業旅行的同學卻再也見不到了，光是看著教室裡空著的椅子就很難過。

我和生還學生家屬聚在一起商討各種問題，決定要對外公開這些問題，必須有人負責出面面對大眾，把生還學生的家屬和罹難學生的家屬連在一起。這件事落在我身上以後，我便無法全心投入職場了。我和孩子的媽跟兒子商量後，決定直到沉船打撈上來、釐清真相以前，都暫時休息不再去工作。妻子和兒子同意後，我就辭去了工作，直到現在。

□ 曹玄最近還會提起鐘煦嗎？

■ 不會細說，但也不是完全閉口不提，只是不會先提起鐘煦了。大概因為太要好，反而沒什麼好講的。他想鐘煦的時候，偶爾會彈彈吉他，兩個孩子合奏的錄音倒是不少。他把鐘煦打鼓的部分提高音量，然後再加入自己彈吉他的部分。我們住在公寓裡，他一演奏起來噪音可真不小，樓上樓下總是來抗議，但我沒有阻止過他，怎麼忍心阻止以自己的方式懷念朋友的孩子呢？昨天夜裡他還錄了一首呢，錄好後還傳給鐘煦爸爸。常常透過這種方式，感受到兩個孩子之間的友誼。

曹潭拿出手機播放昨天夜裡曹玄錄的合奏，Green Day 的〈Holiday〉，雖然談不上演奏得多熟練，但吉他旋律柔和的融入爵士鼓的節奏裡，彷彿兩個身體一條心一樣。

第一個

我抓著下潛繩索一口氣下到船的右舷處，綁在肩膀和腰間的鉛塊加快了下潛速度。入水後，我仰望了一下上方，看著遍布在四周的光亮漸漸變暗、最後消失，自己彷彿被吸進黑洞一般，與照在整個地球上的陽光愈來愈遠。那不單純只是黑暗，潛水結束後，那種感覺也會持續重現好長一段時間，感覺自己是被驅除到沒有陽光的世界裡，獨自忍受著孤獨。最後，就連依稀可見的光暈也消失，彷彿世上根本就不存在照耀在春天大海上、泛起光亮的陽光。

朴政斗潛水員幾乎和我同一時間潛到海底，他輕輕拍了下我的右肩。

我向駁船發出第一次通訊：「抵達第四層右舷緊急待命甲板。」

柳昌大潛水員重複了一遍我說的話。

「抵達第四層右舷緊急待命甲板。沒有異常吧？」

「沒有異常，準備進入船內。」

「進入吧！」

我抓住下潛繩索，仰視上方以逆時針方向轉了個圈。潛入右舷時，因潮流的關係，身體自然而然以順時針方向轉了兩個圈，正因如此，生命線和下潛繩索纏在一起了，如果不把它們分開就直接行動，繩索繼續擰在一起會造成嚴重的危險。朴政斗潛水員也抓住自己的下潛繩索，和我一樣轉起了圈。

確認纏在一起的生命線被解開後，面罩裡又滲進了海水。戴著全面罩潛水偶爾會出現這種情況，我沉著的大口吸氣，然後用力吐出去，借助壓力把海水排到面罩外，這叫「面鏡排水」。

我與朴潛水員相對而立，我的頭燈照著他的臉，他的頭燈照著我的臉。他握住左拳放在自己的左胸上，我也把左拳放在自己左胸上。朴政斗沒有忘記，那是七年前在東海我們初次見面，一起潛水後的晚餐上，他問我深海潛水的魅力是什麼？水肺潛水只選擇景致優美的海底，但商業潛水員可沒有欣賞美景的機會。

我舉起左拳放在左胸上回答他：「這裡，能聽見心臟說話的聲音。不是用耳朵聽，而是用整個身體在聽。」

我倚靠著緊急待命甲板，原本應該踩在腳下的甲板像牆一樣豎立著，欣賞風景的客艙窗戶卻踩在了腳下。我伸開手臂摸索著，摸到通往第五層甲板的樓梯，沿著樓梯一直下去就能抵達第五層。我要進入船內的入口在靠近船頭的樓梯位置。我倚靠著甲板，腳下經過了八個客艙的小窗戶。四月十六日早晨，這些客艙裡的孩子有幾個逃出來呢？想到這，突然覺得感情不斷翻湧，每移動一步都感到無法呼吸。

經過了所有的客艙，又有一面牆擋在我面前，緊急待命甲板來到盡頭。我用手摸著它的寬幅與長度，按照圖面顯示，這應該不是牆，而是進入船內的門。咯吱——伴隨著尖銳的金屬聲，門被我打開。縱向只有一公尺，橫向卻超過二．五公尺的長方形黑洞出現在我面前。

朴潛水員抓著生命線退了下去。我在黑暗裡用大腿根部、腹部和胸部感受著海流的動向。小潮期，漲潮和退潮的潮差小、潮流較弱，但不代表潮流會完全停止，偶爾發脾氣的孟骨水道小潮期，幾乎和其他海域的大潮期不相上下。六千噸的客輪沉在這裡，從四月十六日開始便阻擋住自然流動的潮流方向，因此根據船的部位不同，潮流強度和方向也不同，太放心絕對是大忌。

潛入被黑暗包圍的大海後，現在再進入被黑暗大海包圍的船內。在這黑暗中的黑暗裡，即便使用頭燈，也只會讓黑暗更加濃郁。能見度並非四十五公分，根本連二十公分都沒有，像這樣再移動三、四步，能見度便會以二十、十五、十、九、八、七、六、五、四、三、二、一，不斷下降，最後什麼都看不見。一股恐懼爬上我的心頭，跟了我十年的頭燈從未出過問題，根據深海潛水員的經驗，大部分會出現的問題都是生平第一次遇到的問題，極其渺茫的機率，往往能左右一個人的生死。

沒有深海潛水經驗的人可能會說，多帶幾盞燈不就可以看清了嗎？但孟骨水道沉船內的黑暗可不是一般的黑暗，那是充斥著微粒沙土的黑暗，是光線無法穿透的黑暗，如果不將那些沙土全部清理掉，帶再多的照明燈也沒有用。

以前我也在這樣泥沙遍布的深海底做過焊接，焊接機接觸到鐵時，濺出的光幾乎看不見。法官大人，如果您在那種情況下會怎麼做呢？像我們這樣老練的商業潛水員會根據聲音繼續焊接，根據聲音的大小和強弱來辨認需要焊接的位置。孟骨水道的作業難度和危險性可比焊接高出一百倍。因爲焊接是潛水員自始至終都在定點工作，在孟骨水道搜索則需要潛入狹窄的船艙內不停移動。所以只用「黑暗」兩個字是不足以形容的，那是吞噬陽光、徹徹底底的黑暗，黑暗中的黑暗，極具危險性的黑暗。

進入船內前，我暫時閉上眼睛，想像了一下頭燈照不到的後腦杓、背部、臀部和腳跟，這些被黑暗吞噬掉的部位一處一處清晰的浮現在腦海。只要我的心臟還在跳動，這些部位就能以自己的方式運作，要用整個身體的觸感取代能見度極低的視線。如果做不到，在能見度只有二十公分的空間裡我是無法堅持下去的。我爲自己從頭到腳注入了力量，感受到自己一百八十公分的體積。我可以信任的只有自己的身體。

水流推著我的臀部，借助那股推力我彎下了腰，上半身幾乎放倒似的游進船內，雙手伸在前面摸索著。記得有人說，深海潛水員的手指上長著眼睛。我曾經在西大門自然史博物館裡看過幾乎失明的深海魚，在沒有光亮的深海底想用眼睛辨別根本毫無意義，所以身體的其他部位便取代眼睛的角色。對於第一次進入船內的我來說，手就是眼睛。

我再次碰觸到牆壁，與其說是牆壁，其實就是被打通的隔間。根據在駁船上看到的圖面判斷，這個空間是兒童遊戲室，兒童遊戲室下方是中央樓梯，再下面就是接觸到海底的左舷處娛樂室。柳昌大潛水員是不會同意我第一次潛水就下到四十公尺以上的，我的任務是通過兒童遊戲室和女廁，抵達盡頭的隔間進行搜索。

有什麼東西滑過我的右膝蓋，我停下來、視線跟了過去，用手摸了摸碰觸到的東西。那是長方形的硬物，還有些重量，摸到下方還有兩個小輪子，我彎下腰用頭燈照了照，是旅行箱，上面有個圓形的圖案，是米老鼠的鼻子！

旅行時，正常來說行李是放在客艙，但船快速的傾斜下沉，導致乘客的物品全部滑落堆疊在一起。這個旅行箱大概也是因此才跑到兒童遊戲室旁邊走廊的。此刻我也不能帶著旅行箱返回，因此我像哄小孩一樣，用手輕輕拍了拍它。我所碰觸到的這個地面是船傾斜前的牆壁，我抓到一塊硬邦邦的木板，那是被撂倒的桌子，我把旅行箱放在桌子的四個桌腿裡。如果在客艙裡找不到失蹤者，返回時要把這個旅行箱帶上去。雖然搜尋失蹤者是首要任務，但在船內發現的物品在可以攜帶的情況下，也必須帶上去的。有的是乘客的隨身物品，有的是船上的設備，這些東西會成爲船沉沒原因的證物，要沒有遺漏和損壞的將它們帶回駁船，還要逐一記錄發現的場所和品項。

走廊呈現被放倒的長方形，船以九十度傾斜後，一．二公尺長的走廊，左右寬幅變成上下的高度，比成人還要高的高度變成長長的寬幅，直立著身體是沒有辦法在走廊裡前行的，所以得一直彎下腰，跪在地上向前移動。再加上傾瀉到走廊上的設備和漂浮物，成爲潛水員在黑暗裡要躲避的障礙物。以這樣的狀態前行，如果生命線被折斷或絆到會造成生命危險，我能以這樣的狀態移動，是因爲之前的潛水員進行了清障和布置引導線，確保一條通路。雖然如此，還是會有無法移開的障礙物，這時就需要潛水員之間共享訊息，了解障礙物的位置、大小和危險的部位。我剛剛順利通過像三腳架一樣尖銳的鐵板，它的稜角幾乎頂到棚頂，要是從上面通過會有割破潛水服的風險，所以只能從鐵板傾斜的空隙匍匐前進的通過。

通過鐵板後，我剛直起身體，右腳蛙鞋一下子陷了下去，大腿也順勢狠狠撞到地面。爲了緩解疼痛，我只能以右大腿貼地的狀態稍事休息。都是因爲順利通過，一時安心大意才忽略了接下來的危險。我右腳陷入的地方正是女廁，船傾斜後廁所門脫落，變成一個容易陷入的陷阱。

我吃力的再次直起身體，用手撐著地面、經過右側客艙的兩扇門。第一間客艙是在十九日時搜索，第二間是二十日，都找到了失蹤者。

空間越來越小，小到大概只能通過兩個人的程度。我放低左肩、側躺著向前移動了五寸左右，突然視線變得非常混濁，海水也開始晃動起來，這代表走廊有堆積的障礙物坍塌。幾乎貼在地面的右肩像被什麼撞到，我如同靜止畫面般一動不動的喘著氣，豎起耳朵，不肯錯過任何一處發出的輕微聲響。

開闢這條通路的潛水員曾指出，在經過女廁後的分支點處，物品坍塌的危險極高。船的右舷延伸至左舷的走廊，在船九十度傾斜後變成懸崖峭壁。沉沒過程中傾瀉出來的設備和物品都堆積在此處，堵塞住通往兒童遊戲室的走廊。若出現細微的裂縫，物品便會全部掉到左舷處。潛水員們把這裡稱爲「瓶頸」。雖然這裡架起了支架，但還是有木塊掉落，甚至有潛水員被掀起的鐵板撞到頭。雖然有潛水員叮囑我不要碰觸任何東西，小心的以慢動作通過，我也盡量照做，但我這寬肩膀總是很礙事。我小心再小心，像倒帶般以剛剛的動作退回到中央樓梯，光是退出來就已經讓我呼吸困難。

這時，柳昌大潛水員突然向我傳來蜂針一樣尖銳的質問。

「你在哪裡？」

「剛從瓶頸處退回到Y字大堂樓梯。」我喘著粗氣回答。

我也曾在駁船上負責過幾次通訊工作，嫻熟的通訊員在與潛水員通話前，光聽潛水員的呼吸聲就能判斷出水下的狀況，喘粗氣就代表潛水員感到不適，如果潛水員呼吸聲平穩，通訊員也會感到安心。一定是因為我剛剛的呼吸聲，柳潛水員才會發問。

「漂浮物呢？」

「有個旅行箱滑過我的膝蓋。」

「滑過？講清楚，是不是受傷了？」

「沒有受傷。」

「還能繼續行動嗎？」

「沒問題！」

「瓶頸是不是又變小了？如果過不去，把通路整理一下就回來吧！」

船內的通路就算清理出空間，也可能在一天之內回復原樣。

「沒問題，可以通過兩個人。」

「眞的？」

「眞的！」

我用手清理了樓梯。如果腹部可以與水面保持平行，垂直順著樓梯便可以抵達三層。在四層放置好行李的孩子們會從這個樓梯到三層的餐廳和休息室。現在這個樓梯已經全部倒了下來。

我游過大堂，又碰觸到一個樓梯，這是通往五層的樓梯。我用手清理了最下面的階梯，這是將生與死分隔的樓梯，這個樓梯給了跑出去的人逃生的機會。有多少人逃出去了呢？我用手清理障礙的這個樓梯，多少人竭盡全力的用雙腳雙手支撐著爬到五層？某一瞬間，海水便從這個樓梯湧進船內，灌滿海水的樓梯，殘忍的想像湧入我的心裡和腦海。我不該是爲搜救而來，我應該是爲營救而來啊！應該在船沉沒以前，在海水灌進樓梯以前，抓住那些還有呼吸的孩子們的手，把他們救出來。海警和船員沒有一個人沿著這個樓梯去營救那些等待救助的孩子們。爲時已晚了，在這只有二十公分能見度的深海裡，當船已經沉到海底，當所有人都被困在裡面，我們這些民間潛水員才抵達這個樓梯。

我再次進入「瓶頸」，不知怎的總覺得線很緊。根據潮流的變化，船內漂浮的物品隨時可能絆到生命線。即使已經把線放到最長，還是覺得很緊，我停下來拉了一下線，這是我向在船外待命的朴政斗潛水員發出的第一個信號。因爲朴潛水員含著呼吸器，我們無法通話，只能靠拉線當作通訊手段。如果我拉了一次線而朴潛水員沒有放線，表示再前進就很危險了。還好線變鬆了，他做出正確的回應。

我跪在地上爬行著再次進入走廊，過了兩間客艙後抵達瓶頸。一個單詞從我嘴裡不自覺的冒了出來。

「泥鰍。」

「說什麼呢？」柳潛水員迅速的追問。

「現在開始不要和我說話，我準備通過瓶頸。」

這次我沒有放低左肩，而是直接把兩隻手伸向前方，確認好能夠通過的空間後，雙肩同時用力向前滑行，雙腿保持一動不動的像箭一般穿了過去。左腳的蛙鞋好像碰到什麼，但整個身體已經順利通過。我慢慢轉過身體，再次確認剛剛通過的瓶頸，還好沒有聽到任何坍塌的聲音。

小心翼翼通過瓶頸後，我又經過三間客艙，抵達要搜索的客艙，這是得向上伸展手臂才能進入的客艙。船傾斜後，地面變成了牆，牆變成地面或棚頂。左右牆壁的客艙門自然變成上下打通的空間。船在傾斜沉沒的過程中，留在客艙的人會傾瀉到走廊上。

在這間客艙裡有一名生還的學生。大部分學生在船沉沒前都穿好救生衣，聚集在走廊等待救援，所以客艙裡的人數要搜索後才能確認。我抓住門框、身體向上用力想要進入，但四方形的板子擋住了一半以上的入口。我用手摸了摸那個板子，摸到了被子。船在傾斜過程中，湧進的海水使床鋪坍塌，雙層床架也被掀了下來，直接擋在門口。受水壓影響，有的翻了過去，有的直接被掀下來，船內到處都是床鋪和櫃子。我想用力搬開那塊床鋪，但它紋風不動。我摸到只有一個人可以通過的空間，因此判斷如果入口處被這樣封住了，那客艙裡面想必更是阻礙重重。必須此刻做出決定，是要回到駁船報告情況、交手給下一位潛水員，還是繼續盡量探索內部情況。

值此當下，我感到腰部有什麼東西貼了過來，順手抓過來藉著光亮一看，是個枕頭。剛推開那個枕頭，正面又撲來一個枕頭直接擋在面罩上。清理完兩個枕頭以後，被子又絆住我的腳。這些枕頭和被褥證明這間客艙是在四月十五日晚間有乘客就寢的地方。我想像了一下枕著枕頭、蓋著被子，因爲參加畢業旅行而開心不已的孩子們。十五日晚上，船上的煙火也一定讓他們感到無比快樂吧。

我決定進入客艙內部。剛進到客艙，便摸到與擋在入口處的床鋪交叉成剪刀形狀的雙層床。我摸遍上層和下層床鋪，沒有任何發現，接著又移動到旁邊的床鋪，伸手摸了摸，但只有捲起來的褥子像水母一樣裹住了我的手，那張床鋪也沒有人。

我的心跳得越來越劇烈，難道這間客艙的男學生也都聚集到走廊了？可是昨天在走廊找到、送至彭木港的失蹤者裡，沒有這間客艙的學生啊。當我抓著床鋪轉過身時，右手突然摸到黑線團似的東西，它像海草一樣擺動著，那是人類的頭髮。我心裡咯噔一下。這是我找到的第一名失蹤者。

我的身體不由自主的往後倒退，明知道已經沒有呼吸的失蹤者是不會攻擊我的，但身體還是不由自主的向後。突然，我感到面罩裡充滿羞愧感。我伸出手撩了下失蹤者的頭髮，先是碰到他的耳朵，接著是額頭、眼睛、鼻子和嘴巴。

在孟骨水道的沉船裡找到失蹤者時，會是什麼樣的心情呢？在我抵達駁船的第一個夜晚就想到了這個問題。事實上，在找到失蹤者的瞬間，心裡想到的只有快點把他帶出水面。我哭了。參加畢業旅行的高二學生怎麼會死在這裡，這眞是荒謬到不知道該如何用言語形容。我想起曹治璧潛水員勸告過我，不要在水下哭出來。自我從事商業潛水以來，穿著潛水服哭出來還是第一次。眼淚奪眶而出後，只有二十公分的能見度也變得模糊起來。原本只擔心頭燈會出問題，沒想到讓能見度幾乎變成零的，是我的眼淚。

「沒有發現就回來！」

柳昌大潛水員的聲音像鐵鎚一樣敲打著我，雖然還剩下十分鐘左右的時間，但考慮到這是我第一次潛水，所以他才要召我回去。

「找到了！」

「找到了？」

「嗯，剛剛……在床上……線團……」

柳潛水員打斷我的語無倫次。

「梗水！喂！臭小子！」

他幾近吼叫的喊我的名字。聽到他的喊聲，眼淚便停止了。

「打起精神來，臭小子！不想死的話就不要哭！沒有信心做到就確認好位置，馬上回來！」

「不，我可以做到！」

「你是不是氮氣吸多了？暈不暈？意識還清楚嗎？」

「還可以。」

「梗水，你的生日？」

「六月二十日。」

「白頭山高度？」

「二七四四公尺。」

「眞的可以做到嗎？」

「可以！」

我伸手想確認失蹤者的狀態，摸了摸他的脖子、肩膀、胸部、腹部再到大腿以下。他直立著身子靠在傾斜的床鋪一角，左手臂夾在床鋪之間的縫隙裡。正是這樣才固定住了遺體。我準備把右手伸進那個縫隙裡，卻連拇指都塞不進去。於是我用左手抓住床鋪往外拉，然後再伸進右手，這次只伸進了拇指和食指，縫隙只拉開這麼一點點，要想搬移床鋪，單憑我一個人的力量是不夠的。

唉！我嘆了一口氣，那呼氣的聲音太大，連我自己都被嚇一跳。還是不行，我稍稍猶豫了一下。「如果沒有信心，確認好位置就回來」，柳昌大潛水員的話迴響在我耳邊。我再次伸手摸了摸失蹤者的膝蓋和腰部，當手碰觸到他的左側胸部時，似乎摸到什麼東西。我用頭燈貼近一看，依稀看到他的名字。

鐘煦，他叫尹鐘煦。

從沉船裡被帶出去的學生中，胸前戴著名牌的只有尹鐘煦一個人。他沒有穿校服卻戴著名牌，不覺得很奇怪嗎？後來我聽鐘煦的父母說，鐘煦在最後的某一瞬間怕會遭遇不幸，爲了讓父母找到自己，所以從書包裡取出名牌戴在身上。

我把右手輕輕放在鐘煦的臉頰上，對他說：「鐘煦啊，我們回去吧！跟我一起回去吧！」潛入船內的潛水員找到失蹤者時，都會這樣拜託他們。不管那句話是埋在心裡或從嘴裡講出來，潛水員都深信不疑，想要和找到的失蹤者一起穿過黑暗，從狹窄的船內游出去，若沒有他們的幫助，絕對無法實現。

我再次抓住鐘煦的手臂，這次我把雙手合併，插進縫隙之間。瞬間鐘煦的身體上升，被夾住的左手臂終於出來了，但讓我吃驚的是，有一隻手抓著鐘煦的左手腕也跟著一起跑了出來。上升的鐘煦停了下來，傾斜的床鋪後面還有失蹤者！我沿著縫隙把手臂伸進去，探索床鋪後的情況，終於摸到床鋪後狹窄的空間裡，有三個男學生互相勾著肩膀團抱在一起，加上鐘煦，四個孩子緊緊相擁，一起面對最後的時刻。我摸著他們勾著的肩膀和手，眼淚再次流了出來。

「……後面還有三個人，孩子們互相抱著……」

「羅梗水！立刻出來！你現在太激動了，後面的事交給下一組潛水員，你回來！」柳潛水員大聲叫喊著我的名字。

「我帶一個人上去。」

「臭小子！叫你不要逞強！」

接著柳潛水員開始破口大罵，但我沒有時間回應他，當務之急是要把那隻手和鐘煦的手腕分開。因爲抓得太緊，我連他的手指都掰不動。我抓著那隻手上下搖動時，後面孩子們的身體撞到床鋪。發出叮噹的聲響。我覺得這樣會有危險，於是再次拜託床鋪後的三名失蹤者。

「孩子啊！你們再等等。我先帶鐘煦回去，馬上就回來接你們，我們不是要一起去見爸爸媽媽嗎？」

我再次拉了拉抓住鐘煦手腕的那隻手，原本彷彿用強力膠粘著的手竟然輕易就分開了。我向那三個孩子道謝。

「多謝，眞是謝謝！」

我抱住鐘煦的腰，他比我想像得還要高，原本以胸貼胸的方式抱著他，沒想到他至少比我高出了五公分。後來得知，鐘煦是他們班上個子最高、體重最重的。我緊緊抱著他，但當我的腿一伸一展滑行的時候，鐘煦卻從懷裡滑了出去，我像被磁鐵吸引般一屁股坐在地上，鐘煦則漂浮了起來。我受到驚嚇，不自覺向後退，還以爲是另外三個孩子又抓住了鐘煦。

我跟鐘煦道歉，應該緊緊把他抱在懷裡的，可不知不覺出現了縫隙。我再次找到鐘煦，移動到平躺在地上的他身邊，小聲對他說。

「再相信叔叔一次，這次我絕對不會放開你！」

我把鐘煦的身體立起來抱住他，換了兩、三次體位才找出貼得最緊的擁抱方式。像摔跤選手抓住腰帶一樣，我用右手抓住鐘煦的腰帶，左手揪住他的後衣領。然後一同下降，從狹窄的出口移動到走廊。雖然危險，但還是得騰出左手摸索周圍，才能估算出空間大小。最後的難關「瓶頸」一點一點逼近了。

從客艙出來時，我就在思考要如何通過「瓶頸」，如果勾肩搭背或摟著他的腰很容易碰到障礙物，需要一個能讓我們融爲一體的好方法。抵達「瓶頸」的那一刻，我想到一個好方法。首先，我把抓住鐘煦腰帶的右手向背部移，腰帶被我拉得扭曲，如果是在摔跤場被這樣用力拉應該會喘不上氣。接著，我把鐘煦的兩隻手臂舉過頭頂，再用我的左手纏住他的兩隻手。這樣並不是擔心他的兩隻手會亂擺，而是要把僵硬的兩隻手當作箭頭穿過「瓶頸」。我的頭自然的貼在鐘煦的右腋下，以這樣的姿勢傾斜在一側。

沒有重來的機會，如果這次絆到障礙物，可能會造成無法挽回的後果。

我用力抓緊兩隻手，並對鐘煦說：「帥氣的露一手吧！」

我不假思索的擺動起雙腳向「瓶頸」游過去，非常幸運，我和鐘煦都順利通過了「瓶頸」。

抵達兒童遊戲室，我拉了三下繩索，沿著慢慢縮短的繩索從船內出來，但仍一直緊抱著他沒有鬆開。突然有道光亮出現在我眼前，我看到一雙炯炯有神的眼睛，那是在船外入口處緊握繩索等待我的朴政斗潛水員的雙眼。看到他我才放鬆下來，緊握腰帶的手也鬆開了。能見度從二十公分變成四十五公分。船外待命的兩名海警潛水員游到我身邊，從左右兩側抓住鐘煦的手。我先向柳潛水員匯報了情況。「已經移交失蹤者，確認到左側胸部的名牌，尹、鐘、煦……他叫尹鐘煦。」

「尹鐘煦，明白了，辛苦了！」

海警潛水員帶著鐘煦先游上去。朴潛水員靠近我，給了我一個擁抱。

我一邊減壓、一邊慢慢游向水面，朴潛水員陪在我身邊一起移動或靜止。來到這裡以前，每當我在減壓上升時，都在想等下要吃什麼，要叫炸醬麵外賣，拉麵也想吃，蝦味先或洋蔥圈也不能少。但是那天我腦中想到的只有「尹鐘煦」三個字。我找到的那個孩子是怎樣的孩子？他喜歡什麼、討厭什麼？講話時的語氣？誰是他的好朋友？啊！說不定是最後在一起的那三個孩子？黑暗裡，我自問自答，雖然沒有細數，但我至少問了自己五十多個問題。當然，沒有一個問題找到解答。

從那天起我養成一個習慣，找到失蹤者時，不管知不知道他們的名字，我都會向自己發問有關他們的問題。像這樣一問再問，不停發問可以減輕我進入船內時的痛苦，也讓我體會到找到每一個失蹤者的重要性。後來有人問我，爲什麼可以反覆的潛入船內，當時我沒能給出很好的答案，但我現在明白了，是慢慢升上水面時的發問，讓我一次又一次的潛入船內。

只有一次，我夢到自己的問題像浮標一樣漂浮在孟骨水道的海面上，非常非常多。我看過一部以印度瓦拉納西爲主題的紀錄片，清晨的恒河上漂蕩著無數盞花燈。來到我夢境的那些浮標都是問題開出的花。人雖已走，但問題不會消失。只要問題不曾消失，那個人便也未曾離開過。

「把客艙和走廊的情況詳細講清楚，不要漏掉任何細節。」

柳昌大潛水員要剛剛返回的潛水員做潛水簡報，用喇叭簡報是爲了將內容分享給接下來要進行潛水的潛水員。我講述了從進入船內到出來的經過，過程中若有講得不夠詳細的地方，柳潛水員還會丟來像飛鏢一樣銳利的提問。

「你潛到多少公尺？」

「肯定還有三個人？上面和下面都確認了嗎？」

「憑你一個人的力量怎麼處理的？」

「你覺得那個箱子是什麼？」

「沒有其他危險要素了嗎？」

我忙著回答這些問題的同時，黑暗也漸漸淡去。抬起頭，看到的是灰濛濛的光亮，完全看不到紅光，多是藍光。在抵達孟骨水道前，我看過一部內容講述從宇宙返回地球的電影，當時我的心情就像太空船掉在海面上，打開艙門從裡面出來一樣。雖然沒去過宇宙，但完全可以體會宇航員的心情。深海底的黑暗消失不見，看到光亮的瞬間，漸漸接近光明的心情，我想是一樣的，像那樣逐漸上升，便會清楚看到陽光穿透水面、照在水中的景色。能見度回到四十五公分，那深海中的黑暗也像謊言一樣不復存在，反倒是遮擋住光亮的長方形黑暗讓我感到陌生，那陌生的長方形正是最後的終點——駁船。

在孟骨水道的第一次潛水，第一次船內搜索，第一次找到失蹤者，就這樣結束了。

二〇一六年三月二日，生還學生曹玄如願考入自己夢想的文學創作系。

我們聯絡他的當天剛好是他收到最終合格通知的日子。除了那所大學，他還收到其他兩所大學的合格通知，分別是文化資訊系和國語國文系。曹玄是一個討厭數學和科學、只對國語和歷史感興趣的典型文科生。

我們約好一個星期後在安山中央洞碰面，曹玄在看過我們以 email 寄給他的訪綱後，反問我們可不可以把他與鐘煦的回憶寫成小說。我們回信，只要他願意和我們分享那些回憶，以什麼方式都無所謂。採訪前一天，他把短篇小說的初稿用 mail 寄給我們，讀了題目為《春遊》的作品後，來到見面場所。我們問他，是從什麼時候開始和鐘煦成為形影不離的好朋友？

「我們雖然國小在一起讀書，但那時候只是知道對方，還沒有很要好。升上瓦洞國中二年級時才走到一起的。一年級時我開始寫小說，二年級大概第三個月吧，我碰巧和他坐同桌，他很有興致的讀起我的小說。從那時候起一直到高二，鐘煦是唯一一個讀過我的小說，會和我討論並給出評價的人。如果沒有他，我應該無法堅持寫到現在。」

我們問他只寫奇幻小說的理由。《春遊》這部作品雖然題目很抒情，內容卻是去春遊的高中學生遭遇外星人襲擊的故事。故事講述兩個在學校被霸凌的學生與會噴火的火龍，一起並肩作戰擊退外星人、重返校園。曹玄說他把與鐘煦的回憶寫進小說，但無論在哪個章節，都很難找到他倆回憶的端倪。

「我沒有刻意只寫奇幻小說，自然而然就這樣了。讀國中時，放學後我和鐘煦只做三件事：讀書、去網咖和玩音樂。我們讀的書大部分都是奇幻小說，那些奇幻小說與網咖的遊戲世界相連，所以我和鐘煦約定，我寫奇幻小說，他根據小說製作遊戲。說到遊戲，鐘煦可沒有不會的呢！那時的我們充滿熱情，還會去讀英文原著。每當我興奮的一直講個不停，鐘煦就會根據我講的內容畫出他要製作什麼樣的遊戲。鐘煦在構想的遊戲如果缺少背景，我就會用上兩天時間熬夜，把內容補充給他。」

父親曹潭只知道曹玄和尹鐘煦組過二人樂團，卻從未提過小說和遊戲。看來他只知道這對好朋友三分之一的事。

「我們只跟父母講說要組二人樂團，沒有講過奇幻小說和玩遊戲的事，反正我們倆只要在一起，就會做這三件事。」

我們問起他二〇一四年四月十六日以後的學校生活，曹玄的回答卻很短。

「無聊囉。」

問他為什麼無聊，他漠不關心似的回答：「同學們都很好，但沒有人像鐘煦那樣對我的小說感興趣。所以我都一邊想著鐘煦、一邊自己埋頭寫小說。」

當我們問他寫了多少小說時，他扳起手指開始數。

「長篇的話寫了一部，用了三本筆記本；用一本筆記本寫完的有兩部。短篇小說更多，算上還在改稿的，有十幾部左右吧！」

兩年時間內，寫的量還真是不少。問他寫這麼多的理由時，他用上牙咬了咬下嘴唇。

「那天以後，我再也沒有去網咖，去了也沒人一起玩……音樂也不玩了，只有偶爾想鐘煦的時候，會配合他的鼓聲彈彈吉他。出事前，只要有空我就會把和鐘煦聊到的事情寫下來，沒想到還真多。比如用各種形象塑造的主角、冥王星上九個種族廝殺的故事，還有長到十九歲就不會再長大的人類故事，世上所有的人長到十九歲就停止成長，不用顧慮孩子或大人，只選擇和喜歡的人交往。

「和鐘煦在一起的時候未曾察覺，原來他講的每一件事都是送給我的禮物。在向文學創作系提交志願書時，他們要求連同履歷表一起把平時寫的作品也寄過去。我把船難以後寫的東西全部印出來，裝訂成兩本書，一本寄到大學，一本送給鐘煦的父母。我在裝訂的第一頁這樣寫道：『本作品是根據我的好友尹鐘煦的想法發揮完成。』」

我們說，一定很可惜未能把作品拿給鐘煦看，他露出虎牙笑了笑。

「我都講給他聽了。從開始寫到寫完，還有一部作品完成後接下來要寫什麼也都告訴他。三個長篇的順序都詳細講給鐘煦聽，告訴他以後我才開始著手寫的，而且他也同意我的寫作計畫。」

已經去世的朋友同意自己的寫作計畫？我們停止採訪，互相交換了下眼神。難道曹玄是在寫此岸與彼岸，與往生者交流的故事嗎？這個寫了六千多頁奇幻小說的文化學徒，突然讓我們略感擔心起來。穿梭在現實與想像之間的他，現在講給我們聽的故事可信度有多少，該不會也是虛構的吧？他講的話我們能否全部相信呢？曹玄似乎看出我們的擔憂，於是開始講起他向鍾煦講述寫作計畫的事情。

二〇一四年四月二十四日星期四八點半，為了見鍾煦我去了殯儀館。鍾煦是在四月二十二日晚上被送回安山的，因為要等DNA結果，所以二十三日晚上過了十一點才抵達K大學安山醫院的殯儀館。我爸是在二十二日晚上傳簡訊告訴我的，當時雖然還沒有做DNA檢查，但鍾煦的爸爸已經確認遺體，名牌也掛在身上，很肯定那就是鍾煦。二十三日晚上，我原本打算馬上趕去殯儀館，因為我的病房就在本館十一樓，殯儀館設在別館後面的建築裡。

但我媽媽極力反對，醫生也不允許我擅自外出。不僅是我，其餘生還學生的心理狀態也還不穩定，所以認為我們不該去殯儀館。我得了失眠症，正在按時吃安眠藥和其他藥物，只要閉上眼、躺在床上，總覺得像在波濤洶湧的船裡，床也總是像在搖晃。光是看到水在流，就會想到當天在船內發生的事情。您知道最讓我們痛苦的是什麼嗎？是在船裡最後看到的同學們的臉。有的是要好的朋友，有的只是認識，還有不認識的，但他們都有一個共同點，那就是都成了往生者的臉，而且說不定我也會是其中一張臉。我至少應該帶其中一個人跑出去的，但我沒有。當我夢到那些臉時，卻無力做任何事，甚至覺得我連哭的資格都沒有。

我能理解媽媽和醫生為什麼阻止我，但我不想連鐘煦的最後一面也見不到。十六日以來住在醫院的八天裡，我總是想起和他聊天的內容。我怕自己忘記了，於是要來兩本筆記本全部寫下來。我想把整理出來的內容講給鐘煦聽。

二十四日下午三點左右，爸爸到了醫院。因為珍島體育館有會議，所以他晚一天才回來。起初爸爸也很擔心，勸我以後再去看鐘煦。但我非常堅持，說如果死的人是我，鐘煦一定會到殯儀館來看我的。我懇求爸爸，最後才得到他的同意。

累了一天的媽媽七點左右就回家了，爸爸到附近的市場幫我買了褲子和襯衫。我換好衣服走出病房，避開面熟的護士快步走向電梯。晚餐過後的查房已經結束，走廊裡的人特別少，但我還是很擔心，怕有人突然從背後抓住我。還好電梯裡也沒有人，我按了一樓，伴隨著「咯噔」一聲響，電梯開始下降，平時從未察覺過的雜音突然像針一樣刺痛我的心臟，我開始冒冷汗，膝蓋也顫抖起來。

電梯下降的速度越來越快，直達地下。棚頂開始漏水了，門打不開了，四處都是高喊救命的聲音卻沒有人回應。燈一閃一閃的，水位從腳踝升到膝蓋再到大腿，我馬上就要被淹沒了！一閃，我眼前浮現浸泡在水中的臉；一閃，我看到那艘船裡最後看到的同學的臉；一閃，同學們咳嗽起來；一閃，濃血濺到我的臉上；一閃，同學們的臉向我逼近；一閃一閃，四下變得漆黑一片。

我迅速伸手隨便按了一個按鈕，食指按到了數字3，電梯停在三樓，我一跑到樓梯口便開始嘔吐。我以為自己只有失眠的困擾，沒想到內心也嚴重受了傷。我不能回到病房，只好沿著樓梯慢慢走到一樓洗手間洗了臉。我不想以紅腫的眼睛去見鐘煦的父母。用完廁所的大叔走到我旁邊的洗手檯，斜眼偷瞄了我一下，但我沒有在意他，捧起一把水潑在自己臉上。

他揚起下巴問我：「你還在住院吧？」

我手腕上還戴著住院的手環，雖然換了衣服，卻忘記摘掉手環了。

「我正在辦理出院手續，已經好了。」

我從洗手間出來，沿著走廊漫無目的一直往前走，還好那位大叔沒有跟上來，如果在這裡遇到醫生，我就百口莫辯了。

我走進殯儀館，故人、喪主還有焚香室並排顯示在牆上掛著的電子告示板，尹鐘煦的名字和B103的數字映入我的眼簾。站在通往地下室的樓梯口，我的膝蓋再次顫抖起來。我肩靠在牆上，大口喘著氣。當得知鐘煦在船上被發現，從珍島送到這裡的消息時，我甚至從未覺得他已經死了，總覺得他會推開病房的門笑著站在那裡。但是當我走進殯儀館的建築，沿著樓梯走下去時，才清楚感受到鐘煦已經不在了。我像小孩學走路一樣，慢慢一步一步走下樓梯。

花圈排滿整條走廊，那天是我第一次去綜合醫院的殯儀館。我看到很多穿著江西高中校服的男女，有幾個人我也認識，都是瓦洞國中的校友。我雖然只有鐘煦一個朋友，但鐘煦從小到大不論在男生或女生圈人緣都很好，男生們把他看作「遊戲之神」，女生們則被他打鼓時的帥氣模樣迷倒。當我走進去時，幾個同學認出我，紛紛讓出了位子。我剛脱下鞋子，身著黑色喪服的鐘煦媽媽便一把抱住我。

「玄啊！我們家鐘煦……我們家鐘煦可怎麼辦啊……可憐的孩子……我們家鐘煦可怎麼辦啊？」鐘煦媽媽一下子癱坐在地上、暈了過去，家人出來把她攙扶到其他地方。

這時，鐘煦爸爸握住我的手。「去看看鐘煦吧？」

我跟著鐘煦爸爸走進屋裡，白色菊花裝飾的檯面中央擺著鐘煦的遺照。以櫻花為背景，鐘煦笑得特別燦爛。四月十三日星期天，在去教會地下室練習演奏的路上，我幫鐘煦拍了照，鐘煦也幫我拍了照。鐘煦應該是很喜歡我幫他拍的照片，所以要我傳給他，他還把從臉書私訊收到的照片設置成電腦桌面背景，我卻沒有用他幫我拍的照片。當時鐘煦叫我笑了好幾次，我卻偏偏沒有笑出來，現在想想真是後悔。

「行禮，兩次。」鐘煦爸爸小聲對我説。

我看著遺照站了好久，跪在地上彎下腰，這是我第一次向鐘煦行大禮。我作夢也沒有想到會向朋友行兩次大禮。

「謝謝，鐘煦一定會很開心的。身體怎麼樣？」

「我能待在這裡嗎？」我沒回答鐘煦爸爸的問題，反倒向他提出請求。

來弔喪的人行完禮後都移動到隔壁房間邊吃東西、邊聊天，但我什麼也不想吃，也不想和國中同學聊天，我只想和鐘煦說說話。今天一定要把這些話講給他聽！

「好啊，那你坐在那後面。我還得招呼客人，不能照顧你了，自己可以嗎？」

我望著鐘煦爸爸的眼睛點點頭。鐘煦又高又壯，他爸爸卻很瘦小，從兩人的體型和氣質來看，很難相信他們是父子。但是他們的眼神相似極了，那是可以包容一切的眼神，是可以讓我的故事變得更加豐富的眼神，是可以看透我心底苦惱的眼神，那正是我朋友的眼神！

我倚著牆角坐在那裡，望著鐘煦的照片，從褲子後面口袋裡拿出捲起的筆記本。我用眼神靜靜向鐘煦講解著，就像只有我們兩個人可以聽到的合奏一樣。

「我打算寫三部長篇，其中一部是大長篇，另外兩部大概各一本的分量，有好多題材可以寫呢！大長篇今天開始著手，預計用一年時間完成。標題就叫《Wake Me Up When September Ends》，你覺得怎麼樣？你不是說過要用這個標題製作遊戲嗎？喜歡嗎？」

鐘煦怕嚇到大家，沒有作聲回答我。我用眼神問他，所以他也用眼神回答了我。你問他是怎麼回答的？很簡單，我看到鐘煦眨了眨左眼。

士兵不怨戰壕

我抵達後的第三天，也就是四月二十三日，一艘新型駁船抵達孟骨水道。一一七一噸級的新型駁船取代了從十九日開始使用的小型駁船。我從沒在這樣的駁船上工作過，因爲這艘新型駁船尙未通過韓國船級或船舶安全技術公會的安全檢驗。事故發生後，考慮到需要長期進行深海潛水作業，才決定正式啓用。海警是在四月十七日收到船舶救助命令，六天後的二十三日，駁船才抵達事故現場。

上到新的駁船，我先查看減壓設備、減壓艙，機械室、貨櫃屋、工具倉庫、物資倉庫和無人潛水艇也都一一仔細查看。二十二日晚上找到尹鐘煦那天，是在沒有減壓艙的情況下進行潛水，這是我潛水生涯破天荒頭一遭。雖然有的潛水員說減壓症是老天給的刑罰，躲也躲不掉，但我可不那麼認爲。盡最大努力準備好潛水所需的設備，遵守規則進行潛水，這樣即便到老也可以避免得到減壓症，而爲此必須準備的設備正是減壓艙。沒有減壓艙就不能潛水，這是我的潛水信念！

海警、海軍和公司負責人都可以到駁船上，一時間，這裡變得像菜市場一樣擁擠吵鬧，再加上以8字形堆在一起的繩索和潛水裝備，駁船上顯得更加混亂。

一層和二層的船艙也是亂哄哄一片。一層的倉庫已經被海警占據，雖然船上設有餐廳和廚房，但因爲駁船是在突發狀況下加入，所以無法使用，大家只能從距離孟骨水道最近的小島上的餐廳訂便當。民間潛水員中有一部分人使用二層的船艙，一共五個房間，站在走廊就可以清楚聽到各個房間傳出的打呼聲和聊天聲。房間不大，只能擠下四個壯漢，對面角落設有淋浴室兼廁所，在它旁邊則是海警負責人的房間，再旁邊的房間是爲造訪駁船的罹難者家屬準備的。海警幹部經常會在艦橋隔著的監控室裡開會，那裡也可以說是作業指揮中心。

直到五月初，每隔三、四天便會有一個新的貨櫃屋搬到駁船上，民間潛水員、海軍和海警還會因爲爭著想使用新的貨櫃屋而發生小小的爭執。雖然增加了十一個貨櫃屋，駁船依舊吵鬧、雜亂無章。

駁船上的每一天都是戰鬥，這絕非只是一個單純的比喻，潛水員之間常常會說這裡就是戰場，自己則是被孤立在最前線進行肉搏戰的士兵。每當我小心翼翼提起駁船上的生活，略懂深海潛水的人都會瞪大雙眼吃驚的問。

「爲什麼要去環境那麼惡劣的地方潛水呢？」

士兵不怨戰壕。如果在抵達孟骨水道前就先具體了解這裡的情況，老實說，我應該會退縮。一天潛水一次，潛水五天後休息兩天，這是最基本的；但在這裡，要根據停潮期進行潛水，每天平均潛水兩次，多的時候三次，不潛水的時候還要負責拉繩索。工作五天後想休息兩天的要求，在這裡誰都無法說出口。

前面也提過，海警是三班輪換，只在駁船上工作八小時，其他時間海警會回到艦艇上休息、補充體力，可我們這些民間潛水員只能待在駁船上，爲什麼我們不能三班輪換呢？如果三班不行，兩班也可以，爲什麼我們不能到艦艇上休息十二個小時呢？而且，海軍艦艇上有軍醫和醫務室，駁船上直到五月六日都沒有一名醫生，萬一在潛水過程中出現問題，還要到艦艇上去看軍醫，而且民間潛水員也都沒有任何潛水前的身體檢查和接受治療後開處方藥的機會。即便如此，潛入沉船內部的工作也不是由民間潛水員和海警潛水員輪替進行，如果從一開始就知道只要求民間潛水員潛入船內，如果早知道每次潛水都是在用生命做賭注，民間潛水員還會聚集到孟骨水道嗎？

在抵達孟骨水道前，我眞的不知道情況竟然惡劣到如此地步，有幾名潛水員在了解情況後便撤離現場，但我還是選擇留下。現在是特殊情況，雖然無法充分休息，作業也不符合潛水條件，但竭盡全力在最快時間內找到更多失蹤者，是潛水員的責任。我們減少潛水的次數雖然能降低身心受傷的可能性，但搜尋失蹤者的人數也會降低。如果民間潛水員放手不管，搜尋工作就會立即中斷，我們一心只想在這種特殊情況下硬著頭皮潛水，因爲我們始終相信，萬一身體眞的出現問題，國家也會提供治療！

士兵雖然不怨戰壕，但收到荒謬的命令時也會很爲難。根據潮汐時間精準計算出下水時間，可以減少潛水員的痛苦，但偶爾也會有在計算以外的時間潛水的情況，這並非駁船上的內部問題所致，而是有我們也不清楚的外部影響介入。儘管我們已經竭盡全力搜索，還是經常出現要求潛水員在不符合潛水條件的情形下潛水。起初我們有向柳昌大潛水員抗議，但他表示這是上面下達的命令，雖然心裡覺得很對不起我們，但自己也沒辦法抗命。如果狀況不佳或不願意下水也可以拒絕，但即使拒絕，仍會要求下一組潛水員下水。

那天也是如此，明明一個小時後才是下水時間，卻突然收到立即下水的命令。潛水員分爲 Alpha、Bravo、Charlie、Delta 四組，其中 Alpha 和 Bravo 組是由民間潛水員和海警潛水員組成，Charlie 和 Delta 組由海軍潛水員組成。四個小組的下潛繩索中，Bravo 組的移動工作由我負責，需要移動下潛繩索就表示搜索位置發生改變。進入船內時，由民間潛水員和海警潛水員二人一組同時下水，但移動下潛繩索的工作由潛水員個人負責。潛到二十公尺左右後，先把之前固定好的繩索解開、移動後，再重新固定好，這算是孟骨水道工作中最容易的一環。

下水前，我先用眼睛掃視一遍正在待命的兩名海警潛水員，其中一個身體魁梧的傢伙向我豎起拇指，是朴政斗潛水員。海警裡沒有幾個人能兼通管供潛水和水肺潛水，他正是其中之一。我也朝著他打了個手勢。

本來就很擔心浪大，下水後發現潮流比預想的速度更快。可能很多人會以爲所謂「潮流速度快」只是海水流動的速度稍稍快了些，但孟骨水道的流速是快到會讓身體漂蕩起來的，就好像國旗迎風飄揚一般，如果不用力抓住繩索就會被潮流捲走，但若用力堅持在那裡，也會造成嚴重的肩部肌肉撕裂或脊椎拉傷。

我沿著 Bravo 組的下潛繩索潛到約十五公尺深後停了下來，流速過快導致兩條繩索纏在一起，得先把纏住的繩索解開再進行作業。如果放在那裡不管，今天Bravo組的潛水便會遇到困難。

我向柳潛水員匯報：「纏住了！」

「看來又是那裡，怎麼每次都是那裡呢？」

設置下潛繩索時已經充分拉開距離，但還是會在兩個停潮期之間，也就是六個小時後再次出現繩索纏繞的問題。

「準備解開。」

「需要再派一名潛水員嗎？」柳潛水員問道。

「不需要，很快可以處理完。」

「不可以逞強。」

我找到結打得最嚴重的部位，只要解開那裡，兩條繩索就會各歸原位。我正要用雙手抓住打結部位的瞬間，便聽到海水的哭號聲。法官大人，您可能對「海水的哭號聲」這種表達很陌生吧，但您應該知道李舜臣將軍在珍島鬱陶項的鳴梁海戰[20]吧？海水的哭號聲就是鬱陶項的水流撞擊在海底暗礁上發出的聲響。不僅在鬱陶項，在孟骨水道這樣潮流急速的地方也會發出那種聲響，當潮流方向或強弱迅速發生轉變時，聲音就會越來越大。我突然聽到海水的哭號聲，表示有與現在不同的潮流正急速逼近。

我緊張的豎起耳朵，轟鳴聲逼近，比之前的流速還要快上三倍的潮流拍打著我的身體，水流打起漩渦，我快速抓牢繩索，但身體已經傾斜著漂動起來。突然左腳感到緊勒，漂蕩著的打結繩索纏住我的左腳，身體的擺動幅度越大，被繩索纏住的腳越是疼痛，像快被砍斷了一樣。我不自覺發出慘叫聲。瞬時，柳潛水員的罵聲便響起。

「喂！兔崽子！羅梗水！」

我清醒過來，吃力的回答：「被纏住了……腳踝……」

「抓緊！堅持住！」

兩名海警潛水員立刻下水，起初他們也是飄忽不定、無法控制自己的身體，最後才好不容易抓住繩索。兩個人迅速的分工合作開始幫助我，其中一名從身後抱住我，另一名一手抓住繩索、一手開始準備解開纏住我腳踝的繩索。如果是在陸地上，這個問題很容易就能解決，但在水中很可能釀成重大事故。解開繩索時很容易被海流捲走，而且那條繩索如果把海警潛水員也纏住，情況就會更加危急！

孟骨水道的潮流就像跳著華麗舞步的舞女，像藏著劇毒的蛇，像鞭打過往錯誤的鞭子。可能考慮到一隻手難以處理，海警潛水員把兩隻手一起伸向打結處。就在同一秒，他的蛙鞋條忽出現在我眼前，像滑過的拋物線一樣，身體猛然向上翻了過去。我迅速伸出雙臂摟住他的大

20：又稱鳴梁大捷。一五九七年，朝鮮王朝名將李舜臣與入侵的日本豐臣政權，在朝鮮半島鳴梁海峽展開海戰。鳴梁海峽是珍島與中國之間的狹窄海峽，水流湍急，每隔三個小時海流方向就會發生逆轉，是海象相當險惡的地方。

腿，如果沒抓住他就會立刻被海流捲走！他與我的體重加在一起，導致被繩索勒住的腳踝更痛了。我失聲大叫的時候，海警潛水員抓住我的肩膀，從背後摟住我的腰，我們兩人的身體依舊像旗子一樣漂浮不定，直到他抓住下潛繩索後，我所承受的重量才減去一半。他拉過繩索叫我抓緊，潮流逐漸減弱，腳踝的痛楚也消失了。纏在左腳上的繩索被剪斷了，海警潛水員晃動著頭燈查看著我的臉，我也看到他的臉，那雙炯炯有神的眼睛，原來是朴政斗潛水員。

「小腿肌肉拉傷，如果是在其他工作現場，至少也要休息一個禮拜才能重新開工。我也勸過他至少到木浦去休息一下，但被他斬釘截鐵的拒絕，真是個硬骨頭。我記得他說過這麼一句話：『士兵不怨戰壕。』」

物理治療師洪吉直（50歲）也是水肺潛水愛好者，潛水員經常使用的肌肉和容易受傷的部位，他知道得比誰都準確。起初他趕到彭木港是為了幫助聚集在那裡的潛水員，但彭木港的潛水員沒有一個人參與過孟骨水道的工作。洪吉直先是守在臨時搭建的太平間裡，治療那些見到自己孩子、兄弟姐妹遺體時暈厥的家屬。

當得知駁船上急聘物理治療師和韓醫師[21]時，他便自願前往。直到五月六日，駁船上都沒有常駐的醫生，所以治療的重擔全落在洪吉直與擅長針灸的崔正（43歲）身上，後來才又增加兩名韓醫師輪換常駐在駁船上。

21：韓醫學，又稱朝鮮傳統醫學，以傳統中醫為基礎，發展出獨具特色的治療法，如韓醫學相當注重針灸、藥物並行的治療。

沒有一個人的身心是健全的了。一般人只知道休閒式水肺潛水，對深海潛水的艱辛並不了解。特別是駁船上的民間潛水員一天至少要冒著生命危險潛入船內兩、三次，這和悠哉的在水中與魚兒玩耍完全是兩碼事。前者隨時會被不明物撞傷，即便沒有受傷也會被每瞬間的意外變化損傷到肌肉，長期積攢的疲勞嚴重時還會誘發減壓症，嚴重可能導致骨壞死，而且誘發減壓症的機率每天都在增加。再加上找到失蹤者後，不是還要把他們帶回來嗎？在幫潛水員按摩時，沒有一個潛水員能安穩的休息。不到十分鐘他們就會像被鬼壓床一樣驚醒，睡著覺也會哭出來，甚至還會慘叫。

起初我很心疼他們，到後來則非常生氣。雖然我不是醫生，但看到他們這樣糟蹋自己，患上如此嚴重的後遺症怎能不教人生氣？韓醫師崔正院長也十分擔心，不知道他們要接受多久的治療，身體才能恢復正常，而且就算這些潛水員能恢復，還能再回到深海潛水的工作中嗎？

潛水員們也感覺得到，因為他們比誰都了解自己的身體，若是身體稍稍出現異常、無法再潛水的話，會馬上影響到他們的生計問題。

「再這樣下去搞不好身體會難以恢復，需要有對策才行，不如去提提意見？」

「大哥！現在好不容易才上手，如果我們停下來，打撈遺體會遇到困難的。我們也知道治療時間會拉長，但現在正是搜救的關鍵時刻。等任務完成得差不多了，政府也會幫助我們的，要是我們只考慮自己的身體就不會來孟骨水道了，你還不明白嗎？」

羅梗水的回答倒是爽快，也讓人無言以對。

我離開駁船後，看到不少有關在孟骨水道的英雄事蹟新聞，但幾乎沒有民間潛水員的新聞。他們在知道自己身體已經受損的情況下，還是每天潛水、潛水、再潛水。我這雙手雖然能夠幫他們緩解肌肉疼痛，但對於侵入到血液、骨子裡的病症卻束手無策。我也很後悔，為什麼當時沒有強烈的提出意見。每天看著他們做著超出人體極限的工作，卻只能幫他們按摩……

我比誰都清楚，民間潛水員當時是最勇猛的，他們抱著死在那裡也心甘情願的心情，完全沒有考慮過後路。看著他們日漸消瘦的樣子卻幫不上任何的忙──不要講什麼幫助了，搞不好我其實是在為他們提供無法擺脫惡性循環的止痛劑。緩解肌肉痛症成為讓他們能繼續潛入深海的臨時手段，即便當初的用心是善意，但未必就是最好的方法。如果我不做，還會有其他物理治療師來駁船上嗎？這個問題我也想過，可那也只不過是為了自己一時舒心找的藉口罷了。

就算其他人都視而不見，但我和幾位韓醫師還是堅持把潛水員日漸惡化的情況傳達出去，並要求盡快派出治療減壓症的專業醫生來現場。為什麼後悔總是姍姍來遲，非要等到事情已經無法挽回才想出最佳方案、第二選擇或其他辦法呢？事態已經變得糟糕透頂。

七月十日，當我得知潛水員撤離駁船，心中感到忐忑不安。一方面覺得雖然已經晚了，但能停止潛水還是值得慶幸。另一方面，也很擔心潛水員很快就會發現自己身體嚴重受損的程度。雖然在孟骨水道的時光結束了，但等著他們的是病床上的生活。

不是所有人都能成為深海潛水員，這些潛水員是因懷抱對潛水的自豪和熱愛才去做的啊。這樣熱愛潛水的他們，如果知道自己的身體已經損傷到再也無法潛水的地步，會是多麼大的衝擊啊？這和結束人生有什麼兩樣？我可以毫不誇張的說，他們的地獄生活才剛剛開始。

我來到慶尚南道泗川市，他們入住的醫院門口。在駁船上，我們如同兄弟一般起居生活，因我年長，大家都把我當大哥看，我很想進去和他們熱情的打個招呼，關心他們治療的情況，但當我站在醫院門口，卻怎麼也邁不開步伐。我怕自己無法面對穿著病人服的潛水員，更怕從他們口中聽到，因為錯過治療的最佳時間才導致減壓症越來越嚴重的事實。因為我在駁船上時就已經揣測到他們的病情，像我這樣接觸他人身體的人，只要手掌碰觸到皮膚便會一清二楚。我清楚，卻無動於衷。

沒錯，我是個懦弱的傢伙，駁船上的民間潛水員才是充滿勇氣的人，命令他們硬著頭皮潛水的政府和海警，還有明知道這種作業方式有損身心，卻沒提出抗議去制止的物理治療師和韓醫師，全都是懦弱之輩。

所以，請不要把我寫進採訪裡讚美，在孟骨水道值得讚美的人只有民間潛水員，不是我。

還沒得到答案

法官大人：

我並沒有變得適應搜索失蹤者的工作，每找到一個人、把他帶上岸時，我都感到陌生、害怕、痛苦和心痛。而且在民間潛水員當中，只有我眼淚流得最多，在駁船艙內角落哭泣的日子越來越多了，若有潛水員在那裡痛哭，是沒有人敢去打擾的。

曹治璧潛水員實在看不下去，對我說：「哥，別再想了，我們現在最大的敵人就是想像。做好眼前的事情就好，承擔這些已經很吃力了，你再這樣想下去會支撐不住的，知道嗎？」

「別閒著，多找點事做，整理潛水裝備也好，洗衣服也好，洗澡也好，去拉繩索也好，能看到的事情都去做，把精神集中在做事上，心情就會慢慢平復，一定要照我說的去做啊！」Bravo組員中找到最多失蹤者的崔眞澤（45歲）潛水員也插嘴道。

他說得沒錯。在沉船裡找到失蹤者再把他們帶出來已經很痛苦了，如果再去想像自己懷中這個人的過往，是無論如何也控制不住眼淚的，更不要說找到高中生的時候。

事發一周年時，罹難者家屬中有人在學校牆上貼出這樣的貼紙：

春天來了，花開了。
花開得令人心痛。
好殘忍啊，這個春天！

春花雖然開得絢爛，但一經春雨過後便會掉落。

我現在才想起，都還沒欣賞到二〇一四年的春花，那年春天做的事情只有潛水而已。我不曾知道花蕾是否結苞、是否開花，誰走過花海停下腳步坐下來，誰折斷花枝插在客廳的花瓶裡，又有誰踩著掉落的花瓣經過？但花蕾結苞了又能怎樣呢，人都死了。花開了又能怎樣呢，人都不在了。花謝了又能怎樣呢，人再也回不來了……

我盡量不去想像、甚至避免想像，卻力不從心。做事時會減少雜念，所以返回駁船後我也不會休息，幫忙拉繩索、整理繩索或負責通訊工作，但身體再怎麼忙碌，也還是有無法迴避的瞬間。發愣的時候，我便身在別處了，開始想像帶上來的那個人最美好的時光。想像不需要多少時間，一分鐘都不用，只要十秒鐘，就可以想像出那個人美好的時光，從含苞欲放到綻放凋零。

想像讓一切變得不一樣了，我不知道失蹤者上船以前住在哪裡、做過什麼——當然現在也不知道。但僅憑抱著每個人上岸的過程，我便可以知道他們都是不同的存在。身高與體重自然都不同，每個人面對死亡的姿勢也都不同。極度的恐懼與停止呼吸的最後一刻，最後一瞬間是完整屬於自己的。那種差異，那獨一無二的特別，潛水員能透過碰觸、擁抱和一同游動時感受到。他們絕不是數字。撤離駁船後，我聽到最過分的問題是「你找到幾個人」，我在乎的不是找到的人數，而是沉船內還有多少人。

＊＊＊

之前講了找到尹鐘煦的故事，這次我來說說找到江娜萊的故事。

我的小腿肌肉受損後，雖然行動有所不便，但沒有表現出來，因爲只要有一名潛水員休息，就會影響到其他潛水員的順序。韓醫師幫我針灸，物理治療師幫我按摩，但還是讓人覺得不放心，也有人勸我到木浦接受精密檢查，但我拒絕了，我不想在戰鬥中因爲這一點小傷就被送到後方，所以自己判斷雖然略有不便，但不會對潛水造成影響。

「給你放幾天假如何？」柳昌大潛水員斜睨著我的小腿問道。

「那還不如趕我回家算了。」

「眞是牛脾氣。」

又輪到和朴政斗潛水員一組的日子，他也很擔心我，幫我穿潛水服時，視線一直盯著我的小腿。

「羨慕啊？我這肌肉可比你大兩倍呢！」

「去艦艇治療一下吧！我可以去申請。」

「那我不如趁這機會休息十天半個月？開玩笑啦。不能現在休息，你不是也很清楚嗎？別說那麼多沒用的了，好好拉你的線吧！」我突然覺得自己話說太重。「能和政斗你一起潛水，眞是萬幸。」

「你知道就好。」他故意眨眨眼。

抓著下潛繩索，我一口氣抵達了四層，先向駁船報告，再與朴潛水員交換完眼神後，我進入船內。在我休息的一天時間裡，潛水員找到了二十一名失蹤者。我用手摸索著通路。每擺動一次蛙鞋，左腳踝都覺得沉甸甸的。忍著針扎一般的疼痛，除非腳殘了，不然我是不會停止潛水的，現在對我來說最嚴重的問題是能見度，因爲比起前天，情況變得更糟糕。

「怎麼樣？」柳昌大潛水員傳來疑問。

「十公分左右。」

「還眞是糟糕，慢點，小心點！」

「明白。」

雖然嘴上這麼說，但我還是提高速度。在這裡我想指出一般人的誤解與偏見：並不是找到失蹤者的潛水員就是勇敢的，沒有找到失蹤者的潛水員就不勇敢。比起帶失蹤者上岸，大部分潛水員更常帶回的是乘客的攜帶物品或其他物品。大家是按照順序以小組爲單位集體行動，絕不允許單獨行動，因此根據作業的進展程度，有的潛水員負責設置引導線，有的潛水員負責帶物品上岸。

我進入的客艙在二十四日已經搜索過一次，在門口附近找到九名失蹤者，全都是女學生。今天我的任務是再次搜索，確認在重疊倒下的木頭衣櫃之間是否還有失蹤者。

這間客艙沒有床鋪，是一起睡在地板上的房間。按照生還學生的描述，衣櫃不是靠牆擺設，而是立在房間正中央。出發前，入住這個房間的女學生選好各自喜歡的位置，接著開始忙碌的把行李箱和個人物品整理到衣櫃裡。十六日早晨船傾斜後，衣櫃全倒了，還壓到幾個學生。根據這些證言，可以判斷出衣櫃前方還存在失蹤者的可能性極高。

我輕輕拉了一下線，要想找遍每個衣櫃需要寬裕的長度，確認線放鬆了後，我開始向門口游去。我伸開雙臂，以順時針方向開始摸索。物品一樣一樣經過我的手，包包、木梳、鏡子、裙子、化妝品、各種零食、眼鏡、錢包……她們還帶了麥克風。

房間會因入住的人營造出不同氣氛。四月十五日晚上，這些女學生入住以前，這個房間只不過是被整理乾淨的客艙。女孩們選好各自喜歡的位置，把衣服掛進衣櫃，再從包包裡取出自己的物品，整個房間馬上便充滿十八歲高二女學生的歡聲笑語與氣息。如果客輪四月十六日安全抵達濟州島，她們便會像退潮一樣離開這個房間，然後這個房間也會為了迎接下一批乘客再次被打掃乾淨。

但是現在，營造這些氣氛的物品已被海水浸濕，沾滿泥土，散落各處。女孩們的歡聲笑語與氣息也都消失不見。我打開一個旅行箱，想把這些物品裝進去，但不管我怎麼用力抓住，木梳和鏡子總是從手中滑出去，彷彿是要堅守在原地，等待自己的主人一樣。

只要稍稍碰觸衣櫃都有可能出現坍塌，船在傾斜時衣櫃全都滾落到左舷方向，海水湧進後木頭衣櫃全都漂浮起來，等船完全沉入海底，衣櫃才落到地面。在船沉沒的過程中，衣櫃早已不在原位。我摸著衣櫃，把胳膊伸進縫隙之間，但都沒有找到失蹤者。爲了搜索下一個客艙，我游向門口，當我張開手臂準備往上游時，左腳踝開始變得沉重，心想也許是之前受傷的緣故，但擺動雙腿時，右腳踝也跟著變重。好像有人用手抓住我的腳踝一樣！我從頭到腳瞬間感到一股冷風。

我用力擺動雙腳游到門外的走廊，捲起身體用雙手摸了摸腳踝，以爲是被線纏住腳踝，結果什麼也沒有。呼，我鬆了口氣。但腳踝突然開始發熱，起初像是貼了膏藥一樣感到微熱，漸漸的變得像是著火般炙熱起來，皮膚都要被燒著似的。我想馬上脫掉潛水服抓一抓腳踝，但只能忍住，一邊用手抓著腳踝、一邊調整呼吸，漸漸的熱度降了下去，也不覺得癢了。

就在這時，從剛剛出來的客艙裡傳來聲響。

咚。

我靜止下來，豎起耳朵。

咚——咚。

那聲音眞不知道怎麼用文字來形容，如果要找最相似的聲音，應該是撥動玄琴[22]的琴弦聲。

沉船看起來像是靜止的，但其實每個瞬間船都在動，根據潮流的方向與速度微微晃動，加上直到四月十六日早上都在船內走動的乘客，他們也會發出在陸地上很少能聽到的聲音。那聲音不是藉由空氣爲媒介，而是以液態傳進耳朵裡。水的密度比空氣的密度大出約四倍，因此傳播得更快，也因爲如此，很難辨別聲音傳出的方向。可能一般人一輩子在水中都不會聽到聲音。同樣的，在水中還會聞到陸地上少有的味道，沉船裡經常會出現細微的聲響和淡淡的味道，但一般來說是人類的耳朵和鼻子無法感應的程度。如果聲音和味道到了潛水員可以察覺的程度，表示船的晃動程度極大。難道是交錯倒下的衣櫃出現崩塌？柳昌大潛水員再三強調過，如果聽到奇怪的聲音，可能是崩塌或崩塌前危險的信號，要立刻報告並離開船艙！

我按照他的叮囑調轉身體方向，本想拉三下線告訴朴政斗潛水員我準備出去了。拉了一下，剛要拉第二下的瞬間，再次聽到聲響。

咚——嗡。

聲音變了，尖銳的感覺消失——這到底是爲什麼呢？第一次的兩聲像物品相互撞擊時發出的聲音，那麼最後這次聲響如果不是物品，就是其他的什麼東西。如果是其他的什麼……或許是失蹤者也說不定。

22：韓國傳統樂器。

我打算在心裡數到六十，也就是說我決定用一分鐘的時間再次進入客艙，如果什麼也不做就這樣返回，我會不放心。我再次找到門口潛入，朝著聲音傳來的方向伸出手臂，沒有。再稍稍往下，還是沒有。我調轉方向找到牆壁，那裡也沒有。我在心裡數著數字——難道是幻聽嗎？數到六十，還是沒有找到失蹤者。正當我死心，決定調轉方向搜索其他客艙的瞬間，看到一個白色的東西慢慢向我逼近，我不由自主的往後退了一下，後腦杓撞到了牆壁。

咚。

我又聽到與最後一次相同的聲音，這次是我製造出來的聲響，緊接著有股味道鑽進我的鼻腔。那氣味是陸地上少有的奇妙味道，無法單用一種比喻來形容，像浸泡在水裡的木頭和燒紙的味道，與肉開始腐爛的味道摻雜在一起。

我朝著聲音和味道的方向伸出手，原本應該放鬆肩膀摸索式的移動，但那當下由於興奮和恐懼，伸出的手臂像是拳擊比賽時打出的直拳，碰到的衣櫃搖晃著倒了下來，那上面堆積的物品全朝我傾瀉而來，沉重冰冷的鐵塊砸在我的後頸，碎玻璃撞上我的面罩，要是沒有戴面罩，那些尖銳的碎玻璃恐怕已劃破我的臉。

我快速將手臂伸過頭頂，撐住掉了一半的石膏板牆，剛剛是物品傾瀉，現在搞不好會出現牆壁坍塌，那可就不是脖子和後腦杓受撞擊而已了，大概連生命都會有危險。我像接受體罰一樣舉著雙手，脖子、肩膀、手肘、手腕到指尖都顫抖起來，每個關節都像被匕首割過一樣陣陣刺痛。向我慢慢飄來的那個模糊發白的物體，像是要來打招呼一樣很快來到我面前。進入船內以來，這種直線的移動還是第一次見到，我只能原地不動等著物體靠近。

那是失蹤者。

這次不是身爲潛水員的我找到失蹤者，而是失蹤者找到了我。這是第一次也是最後一次，像是要我抱住她一樣，失蹤者的頭貼在我的肩膀上，她的長髮散落到我的胸口。如果可以，我想先把她推開，再找可以一起出去的方法，但若是鬆手牆搞不好會垮下來，我一動也不能動，只能扶牆而立，肩膀的痙攣轉移到胸部和背部。我稍稍移動一下兩條腿，再次站穩時，失蹤者的頭髮突然擋住面罩，原本只有十公分的能見度瞬間變成零！又窄又深的空間感衝擊著我，同時也感到脖子緊繃。

這時，失蹤者的臉慢慢移動到面罩前，不上升也不下降，正好與我面對面的停在那裡。她閉著眼睛，表情像睡著了一樣十分安詳。我暗下決心，一定要讓在珍島焦急等待著的父母看到這安詳的表情。我把手輕輕放開再扶住牆，反覆嘗試了五次以上，才好不容易找到手鬆開時牆也不會移動的瞬間。我放下雙臂，頓時一陣暈眩。遠處，極遠處傳來柳昌大潛水員的聲音。

「喂！羅梗水，你這兔崽子，又是你啊？快回答！給我上來，立刻返回！」他破口大罵道。

我後腦杓受到撞擊時有一側的耳機脫落了，支撐石膏板牆、查看失蹤者時，完全沒有察覺到耳機的聲音減弱。到底過了多久呢？難道我錯過了限時三十分鐘的警告？

我先向上面報告：「找到人了，準備上岸！」

反正回到駁船後也要被臭罵一頓，當務之急是盡快帶失蹤者離開船艙。因爲我的體內積滿了氮氣，有種喝醉了的感覺，要是在這裡暈倒會釀成嚴重後果。我拉了三下線後抱住失蹤者，跟她打了聲招呼。

「謝謝妳來找我。」

那時如果不是娜萊自己來找我，我可能就錯過她，繼續去搜索下一個客艙了。如果是那樣，要再找到她會需要更多時間和努力。我至今仍堅信，那時娜萊不想讓我錯過她，所以一直發出聲音叫住我，直到她找到我。

游出船內後，兩名海警潛水員接過失蹤者。能見度突然恢復到一公尺。他們左右攙扶著失蹤者正要向上游去時，我抓住左側潛水員的腳踝。他吃驚的停了下來。

因爲急著從船裡出來，沒能查看到失蹤者的兩隻腳，準確的說，失蹤者的是小腿部位肌膚有凹陷的痕跡，右腳傷得更爲嚴重，腳踝好像斷了，腳背整個向內彎。從發現失蹤者到從船內出來，並沒有碰到或刮到她，也不是在衣櫃和物品縫隙間找到失蹤者的，更何況是她先找到我的。

海警潛水員確認到失蹤者受傷的情況後，先游向水面。我心裡感到很在意。

朴政斗潛水員炯炯有神的眼睛再次出現在我面前，他向我攤開十指，意思是說我進入船內的時間超過了駁船上的規定時間，多停留了十分鐘。我輕輕拍了下他的肩膀，然後豎起大拇指。雖然還是感覺很暈，但還沒有到失去理智的地步。我們一起向上游去。

「你小子是在找死吧？趕快給我滾到減壓艙去！」柳潛水員的謾罵聲反倒讓我很開心。

「用滾的？可以滾著進去嗎？」

我故意用「滾」這個字，潛水結束後返回陸地的潛水員是絕對不可以有大動作的。

「你這臭小子！等你從減壓艙出來，我今天可要好好給你點教訓，誰叫你不聽話！」

「等等就瞧不見囉！」

「趕快給我上來！」

進到減壓艙後我戴上氧氣面罩，慢慢重複著呼氣與吸氣，直到此刻我才安下心來，剛剛找到失蹤者的畫面再次浮現。我左右擺了擺頭，脖子後面總是覺得熱辣辣的，只是稍稍轉動一下頭，都覺得兩個拇指在發麻。我用拇指按住太陽穴時，朴政斗潛水員開門走進來，剛舉起手想打聲招呼，便覺得脖子像被錐子扎了一下，所有手指頭一起發麻，同時胸口一陣發悶，周圍開始三百六十度旋轉起來。我想深呼吸，但不管嘴巴再怎麼張大也還是吸不到氧氣。此刻，在我眼前展開一幅畫面，不是夢境，而是現實裡的畫面。

在春天櫻花盛開的田野間，穿著校服的學生開心漫步在櫻花樹下，一半女學生、一半男學生。櫻花路的盡頭有一個木頭搭建的倉庫，從遠處看過去，讓人感到很不舒服，因為它十分破舊、四周還彌漫著黑灰。孩子們打開門走了進去，起初還慢慢走著，但漸漸加快腳步，小跑著進去。長髮飄逸的女學生最後消失在門口。我也想跟著進去，但門突然「哐」的一聲關上了，不管我怎樣去拉用繩子打結的門把，就是打不開。我想喊人來把門打開，卻發不出聲，只能一邊用額頭撞門，一邊流著眼淚。

這時，耳邊傳來熟悉的聲音。

「睜開眼睛！小子，知道我是誰嗎？梗水啊！」

我慢慢挑開眼皮，柳昌大潛水員厚實的嘴唇看起來像五花肉一樣，曹治璧潛水員那對小眼睛看起來更不討人喜歡了。

「昌大大哥！」

罵聲劈里啪啦的掉了下來。

「嘿，瞧著瘋小子！都快死了還叫大哥呢！」

「各位聖徒！讓我們一起思考：花朵為什麼盛開？鳥兒為什麼鳴叫？星星為什麼閃亮？天地萬物的運行都蘊含著上帝的旨意，世上的一切都是按照耶和華上帝的旨意，出生、成長、繁盛再到衰亡。

「仁川開往濟州島的客輪在珍島外海沉沒，三百零四名乘客遇難。其中參加畢業旅行的高中生占大多數。這是船難，是慘不忍睹的悲劇。身為人類，我們希望一切都未曾發生。失去父母、兄弟姐妹和子女的罹難者家屬正在痛哭，我們要安慰他們，為他們破碎的靈魂祈禱。

「但是，因為船難每天悲傷度日可不是基督徒的姿態，上帝並不是為了讓我們在慘死的遺體面前哭喊一生，才給予我們生命的。藉由船難來否定上帝和離開教會的人是可悲的，是傲慢的。請翻看〈約伯記〉的任意一段，可以看到約伯經歷了人類所能經歷最悲慘的災難，丟失了自己的財產，失去了七個兒子和三個女兒，甚至還得了不治之症。但約伯到最後也沒有否定上帝，他在磨難中順從上帝的旨意。

「迄今為止，世界各地發生了無數的災難。一九一二年的鐵達尼號到二〇一二年義大利歌詩達協和號沉船事故，海上事故接連發生。不只是海上，汽車和飛機事故也是每天都在發生。此外，最近也有違背上帝旨意的狂徒製造恐怖攻擊，大家應該還記得紐約世貿中心雙塔的慘劇。

「上帝造就了宇宙和地球，上帝給予人類製造船隻、汽車和飛機的能力。信仰薄弱和愚蠢的人類尚未領悟出，此次船難也是上帝的旨意。越是在這種時刻，我們越要敬畏上帝，早晚祈禱、讚揚上帝。要與長期在神聖教會的聖徒們一起閱讀聖經。對教會生活懈怠，到街上去參加集會和示威，用世俗的觀點判斷對錯，這絕不是上帝的旨意。不可以把大韓民國推往混亂、仇視和衝突當中。誰喜歡分裂與對立？是撒旦！不要接受撒旦的考驗，在教會裡克服悲傷，成為讚揚上帝國度的基督徒。讓我們一起來祈禱吧！」

江賢愛（25歲）面對我們剛坐下來，便紅著眼眶像背誦似的把在教會聽到的最後一次傳教講給我們聽。她說教會週報上刊登出這些傳教內容，因為委屈和憤怒，她把內容都記了下來，主要段落也都背了下來。

賢愛從飯店經營系畢業，在濟州島的L飯店實習工作一年多之際，得知妹妹江娜萊遇難的消息。她比妹妹大七歲，周圍很多人——特別是娜萊的同學——都說賢愛的外貌和聲音與娜萊很像。但在出事之前，她從未聽別人這麼說過。

從二〇一四年四月十七日一早，飛機降落在光州機場，再搭乘巴士趕到珍島體育館，直到二十九日下午找到娜萊，她一直守在那裡。媽媽、爸爸和賢愛緊緊摟在一起祈禱後，來到太平間確認了江娜萊的遺體。三十日，遺體送到K大學安山醫院後舉辦了為期三天的葬禮。從此以後，賢愛再也沒能回到職場。

我們和江賢愛在安山市共同焚香所的基督教攤位見了兩次面，當時賢愛正與父母一起在焚香所做禮拜。

牧師並不都是那樣的，也有牧師來到焚香所一邊流淚一邊禱告，還有和罹難者家屬一起到處請人連署的牧師，有的牧師甚至為了到焚香所做禮拜，大老遠從江原道或濟州島趕來。但也有對釐清事實真相毫不關心的牧師，他們說黃絲帶是偶像化的開始、是惡魔的象徵，還阻止人們佩戴。

罹難者家屬中大多數人是基督徒，出事後，有的人不再主動去教會，也有的人因為無法忍受而離開教會，所以現在在焚香所只有我們自己聚在一起做禮拜。

我和娜萊出生後第一個有記憶的場所就是教會。我們接受了幼兒洗禮，從幼兒部開始依序參加國小、國中和高中部。我讀大學的時候還參加了青年部和唱詩班，甚至高三時還認真想過報考神學校，未來成為牧師，因為教會生活給了我很多的恩惠。

辦娜萊的葬禮時，每天都有牧師和教會的人來，幫了我們很多。當時我媽媽常會暈倒，爸爸的血壓也很高，不知道什麼時候也會倒下。趕來的人不僅有娜萊的教會朋友，也有我的朋友，還有執事、勸事和長老，都是熟悉且感激不盡的人們。

可是當辦完葬禮、回到教會時，卻聽到牧師傳教說這次的船難是上帝的旨意，我淚流不止，簡直無法坐在那裡。我強忍到禮拜結束，去見了牧師，給他看了一段影片，那是客輪在徹底傾斜前，等待救助的娜萊和孩子們聚在一起向上帝祈禱的畫面，她們祈禱希望能一起活著回去見到父母。

我問牧師：「像這樣不幫助這些一起祈禱獲救的孩子們，也是上帝的旨意嗎，牧師？」

牧師抓起我的手要我和他一起禱告，但當時我第一次甩開牧師的手。

「牧師！不必這樣，我每天都有在祈禱。當我得知出事後，便祈禱娜萊能從船裡獲救；當船沉沒的時候，我祈禱娜萊躲進氣穴，可以奇蹟般活著回來；當黃金時間過去，我祈禱要找到娜萊的遺體；還有，找到娜萊後，我祈禱可以得到為什麼她會發生這種事的答案。媽媽爸爸也是如此，孟骨水道的基督教罹難者家屬也是如此，我們不停的祈禱再祈禱。

「但是牧師，我現在還沒有得到上帝的答案。為了得到答案，我一直祈禱著。牧師您已經從上帝那裡得到答案了嗎？如果得到了答案，請具體的告訴我吧！是如何判斷出這樣做就是對的、那樣做就是違背上帝的旨意呢？什麼時候、在哪裡，您得到了上帝的答案？上帝都講了什麼？上帝是否告訴您這次船難的兇手是誰？上帝是否告訴您，為了抓住兇手，教會該做哪些事？他都講了什麼呢？」

不是選擇，而是必須

我離開駁船，住進位於慶尚南道泗川市的D醫院整整五天，由於胸口發悶、兩隻手臂發麻，別說潛水，就連拉繩索都無法勝任。曹治璧潛水員淚眼汪汪的囑咐我不要急著回來。離開駁船時，我一直不敢回頭看，總有種戰場上只有我一人退到後方的愧疚感。我很想繼續留下來，但大家還是執意要我上岸接受精密檢查和治療，能否歸隊則之後再討論。

因爲胸口的痛症導致脖頸到手臂發麻，所以必須中斷潛水、安心休養。如果是在商業現場一定會被下達這樣的指示，我也只好收拾行李離開孟骨水道，這意味著留在駁船上的二十餘名潛水員要承擔起比平時多出幾倍的工作量。因爲我的離開，讓他們變得更辛苦。

主治醫生診斷我得了急性頸椎椎間盤突出，頸椎第六號和第七號間的軟骨跑了出來，若繼續潛水隨時都會造成破裂。戴上頸椎保護套後，醫生叮囑我要保持絕對的靜養，他說這是由於脖子長期處在受壓狀態，再加上頸椎遭受強烈衝擊導致。事實上，想在狹窄的船內游動確實需要不停扭轉脖子，因爲船身九十度傾斜，走廊的寬度變成高度，因此無法直立，只能彎著背、匍匐在只有一公尺高的空間裡移動。

在病房休息的五天裡，亂七八糟的雜念都找上門。第一天，剛躺下就倒頭大睡十二個小時，但第二天就開始失眠，思緒從未間斷，從駁船到沉船內的畫面全都吸附在腦海裡，讓我無法平靜。起初澎湃的思緒讓我感到恐慌，但漸漸在那之中看到很多被疏忽的問題。孟骨水道的潛水員一心只想迅速有效率的進入船內找尋失蹤者，而忽略身處的環境問題。接下來我要指出兩點是潛水員所需、但駁船上沒有的事物。

首先，直到五月六日，駁船上都沒有醫生。爲了應對緊急狀況，駁船上是一定要有醫生的，可能有人會辯駁：海軍艦艇上的軍醫一直在待命。但對潛水員來說，所有可能發生的意外應對都是分秒必爭。從駁船要搭快艇才能到艦艇上看醫生，在緊急狀況下，這簡直是無稽之談。

其次是沒有裝屍袋，直到七月十日撤離那天都沒有提供。請想像一下，從在沉船內找到失蹤者，然後運送到艦艇的過程中，民間潛水員要緊抱著遺體在狹窄混濁的客艙與走廊裡移動，再穿過樓梯游出去。隨後待命中的兩名海警潛水員接過遺體游到水面，快艇上待命的另一組海警再把遺體拉上快艇，最後運送到艦艇上，最後遺體才由艦艇送往彭木港。

像這樣需要抱著、架著、拉著、推著的搬運，參與過程的人們都會親眼目睹失蹤者的慘狀，甚至無法避免氣味和肌膚的接觸。雖然聽說從艦艇運往彭木港時有將遺體放入裝屍袋，但最需要裝屍袋的應該是從沉船內到快艇這段時間。因爲在水中，遺體會直接與潛水員接觸，這造成極大的精神衝擊。找到失蹤者的日子，無論是民間潛水員或海警，甚至在快艇待命、負責運送遺體的海警，大家都睡不著覺，殘影會持續十天以上，還沒來得及平復心情，馬上又要再次潛水。

如果使用裝屍袋，民間潛水員可以在船內發現失蹤者時就處理好，移動起來比直接抱著遺體安全。雖然提議過很多次，但都沒有提供。說實話，我甚至懷疑過，難道這個國家窮到連三百個裝屍袋都供應不了嗎？

雖然駁船上沒有潛水員所需的醫生和裝屍袋，卻出現了大家集體反對、不可理喻的東西。法官大人，您也看到照片上的正方形鐵籠了吧？裡面是空心的，外面用鐵網圍著，都不知道該叫這東西什麼才好。這像篩子一樣的鐵籠被送到駁船上，潛水員們給它起了個名字，叫「蠢貨」。

我猜這一定是上面的指示，大概是覺得失蹤者一名一名的撈上來太沒有效率，所以想用這鐵籠把遺體一次打撈上來吧。雖然我不知道是上面的誰在指示，但可以肯定的是，他對潛水以及搜救工作，連最基本的常識都沒有。因爲這個「蠢貨」有兩個嚴重的問題，所以潛水員們才會集體反對。

第一，有稜角的物體放入水中、安置在船艙外，造成事故的危險性極大。船體不僅到處都設有引導線，還很容易纏到駁船上爲潛水員供氧的生命線。不該在潛水員的移動路線上安置有稜角的物體，簡直是常識中的常識。

再者，更爲嚴重的是往生者的尊嚴問題。請想像一下把遺體裝進鐵籠被一次打撈上去的情景吧！還有比那更殘忍的畫面嗎？對活著的人要有禮貌，對往生的人也該保持禮儀才對啊！把遺體放入裝屍袋，盡量避免曝光，誠懇的把每一個人送上岸都嫌不夠了，還要製造慘不忍睹的一幕，把遺體裝進鐵籠打撈上去，簡直是對往生者的侮辱！所以除了特殊的某幾天以外，根本沒有能用上鐵籠的搜索，就效率來說，它是個毫無用處的東西。

最後在潛水員們的反對下，鐵籠撤離現場。經過這件事，我體會到駐守在駁船上的民間潛水員才是深海潛水的專家，那些提出荒謬建議的領導都是對孟骨水道一無所知的人，他們如果存在正規的系統，就該聽從專家的意見，否定荒唐的主張。但相反的，沒有人來詢問我們的意見，還把那個滑稽又危險的鐵籠運到駁船上。

＊＊＊

住院的第三天，出乎意料的有人來探望我。我沒告訴任何人自己離開駁船、住進醫院的消息，爲此還故意關掉手機，但我的未婚妻出現了。病房裡只有我們倆，看到穿著病人服、戴著頸椎保護套的我，未婚妻哭了好一陣子，一邊哭一邊檢查我的身體，一邊檢查我的身體一邊哭。

「眞的沒事嗎？」她反覆問著。

我只能衝著她笑。休息了兩天，脖子不痛、肩膀也不麻了。左小腿還是有些緊，但那點小傷已經不值得一提。

主治醫生反覆詢問我在孟骨水道的潛水情況，我說和其他作業現場沒有太大差別，敷衍了過去。如果說出潛水環境違反正常潛水條件，而且工作量超負荷，怕醫生會不允許我出院。

未婚妻看到我四肢完整、身上沒有外傷，胃口也不錯，還能在走廊上行動自如，這才放下心來。她始終沒有告訴我，是誰轉告她我出事住院的。她要我接受完檢查後馬上和她一起回首爾，她的想法是，那麼多潛水員接到電話後都沒趕去孟骨水道，我做到這個地步已經夠了。

我們大吵一架，我向她表明要回孟骨水道，一開始她還以淚相逼，最後見我不妥協乾脆生氣了。她埋怨我，婚禮的日子都已經選好，怎麼可以自己擅自決定。我雖然哄著她說距離十月還有很長的時間，但其實明白她在擔心什麼。

五年前，我們在朋友的介紹下相識，我花了很大工夫才消除她對商業潛水的茫然與恐懼，不斷向她強調會在裝備完善、充分休息的情況下潛水，為了提升她對潛水的理解，我還教她水肺潛水。但是，適得其反。她開始勸我不要再做商業潛水，改當休閒潛水教練，因為她認為比起在不見光的深海工作，欣賞水中風景的水肺潛水更安全。我不好意思拒絕她的提議，只好向她解釋，潛水教練的工作也不是馬上就能找到，以後再慢慢考慮吧。從事商業潛水的前輩中，有的前輩受夠潛水的生活而轉做監事，負責駁船的管理工作，也有的前輩改當休閒潛水教練。雖然我很有信心未來十年可以輕鬆的從事深海潛水工作，卻不想把這個問題當作婚姻的絆腳石。

未婚妻從背包裡拿出一疊紙，是有關孟骨水道搜救的新聞報導和各種資料的剪報。她是做足準備而來的。

「我理解你的心情，但你不是連最基本的原則也沒有遵守，還逞強潛水嗎？糟蹋自己的身體，搞成現在這個樣子，你不能再這樣做下去了。你要是沒來泗川，我可是打算到孟骨水道去找你的。有人說，在那裡潛水一天的危險程度，等於縮短一個月的生命。」

「誰胡說八道？有什麼證據在孟骨水道一天就等於消耗一個月的生命？都是那些不敢來現場的傢伙亂講，妳還當眞啊？」

「你不就是證人。一個禮拜前還好好的人，怎麼會住進醫院呢？爲什麼會胸口痛，爲什麼得了頸椎椎間盤突出？這不就是危險潛水的證據嗎？哪還需要比這更確鑿的證人和證據呢？」

「孟骨水道是困難重重，說實話，比我去過的任何作業現場都要艱險，潛水條件也有很多準備不足的地方，大家也都處在疲勞過度的狀態下，但還沒有到要中斷潛水的程度，而且往返於船內的民間潛水員裡，沒有一個人主動要求退出工作。我來醫院只不過是爲了接受幾項簡單的檢查，檢查完就回去，這個問題我們不用再爭執了。」

未婚妻盯著我的雙眼，她的眼睛在顫抖。

「我……不想失去你嘛！求你，求求你了！」

我們與殷哲賢（47歲）記者見面的地方是工作室與住家兼併的小公寓。二〇一五年四月他離開報社，在這僅有兩個房間、廚房和廁所的地方創辦了個人媒體「SHOT」。直到今天，他仍一直在做將人物照片排版、配上簡潔文字發布到網路上的工作。雖然偶爾也會接一些企業形象的案子，但大部分的工作還是由他個人主導和進行。

以全國廢棄的學校和該學校畢業生的回憶整理出《學校終》系列，以及凌晨三點三十三分在首爾各個地點拍攝的《特別市的三三三》系列，都受到人們喜愛，更因此在主流電視臺以紀錄片的形式播出。

現在殷記者正傾注心血的系列是《四一六與九一一》，以大韓民國的四一六船難和美國九一一事件為背景，從事件的開始到事發後的整個過程，以時間段做為比較的企畫。四一六船難由殷記者負責，九一一事件由在美國的另一位記者負責。他們每隔兩天就以Skype進行一次視訊會議。我們抵達時，他剛結束和美國負責人的會議。

雖然在不同時間、不同地點進行過採訪，但從午夜開始接受採訪的人，殷記者還是第一個。他遞給我們維他命飲料後，自己連飲了兩瓶。採訪一直進行到清晨六點。

「我自己的照片和採訪都還忙不過來，但聽到是有關羅梗水潛水員的採訪，真是讓我無法拒絕。想到終於有機會開懷暢談羅潛水員和我所謂的『孽緣』，心跳都加快了。事實上，這段期間我這嘴和手別提有多癢了，我也是個記者，自願放棄獨家的機會，可不是件簡單的事情。但我答應過他，在沒有得到他同意以前，絕對不會把那晚談話的內容公開，於是強忍了下來。有時候做著其他工作，也會找出那天的談話錄音，只是想確認它還在，並沒有播放。我怕聽了以後，自己會控制不了把它公諸於世。雖然過去這麼久，但那晚的對話依舊很有價值。」

殷記者的開場就足以吸引我們注意，他找來二〇一四年的採訪手冊攤在桌子上，一共十本。他翻開第一本手冊，開始講起故事。

四月十六日下午一點四十五分，我們趕到珍島體育館。在得知出事的消息後，馬上派出兩名採訪記者，為了遵守編輯部要求第一個到達的命令，我記得時速都開到了一百五十公里以上，有的區間甚至踩到兩百公里，被拍到違法超速都是之後的問題。採訪記者輪流開車，我坐在後面用手機追蹤著即時新聞。

從仁川出發開往濟州島的客輪正在珍島外海的孟骨水道下沉，這是相當大型的海上事故啊！有關傾斜沉沒中的客輪影片和照片不斷登上新聞，我還記得當時記者們看到影片和照片中的直升機時討論的內容，他們認為電視臺不會這麼快就派出直升機，是海警的直升機的可能性更大。如果是海警，那就表示已經展開營救。海上事故絕大部分都是船沉沒後才會傳來消息，但這次的事故與以往不同，因為大韓民國全體國民都在觀看現場直播，關注著客輪沉沒的過程。

車不知道開了多久，上午十一點剛過，突然看到「全員救出」四個字——全、員、救、出！無一人遇難，全部被救出。我們在奔馳的車上召開緊急會議，如果是全員救出，就可以不必採訪罹難者家屬了，採訪方向轉換成海警和船員如何迅速營救乘客，乘客如何根據指令安全的疏散逃生。我們也為此和編輯部緊急討論，編輯部告訴我們會查出功勞最大的海警和船員的聯絡方式傳給我們，並找出乘客中帶學生到濟州島旅行的領隊老師和部分學生。雖然錯過報導獨家新聞的機會有點可惜，但心頭也輕鬆起來，因為沒有傷亡，就不會聽到罹難者家屬的哀號了。

還記得一九九三年十月十日，從全羅北道蝟島坡長錦港開往扶安格浦港的西海輪渡沉沒事件嗎？那是我剛進報社時、以攝影記者的身分負責的第一個任務。兩百九十二人遇難，生還者只有七十餘人。從海底打撈上來的遺體被送到港口，趕來的家屬哭號著，蜂擁而至的記者忙著拍照和採訪，我也是其中之一。當時西海輪渡沉沒事件的採訪小組長正是現在的編輯部長。我覺得自己已經很努力做事了，但組長可能覺得還不夠吧，我和其他報社的攝影記者站在一起準備拍照時，他從背後推了我一把。

「再近點！再往前走一步！」

如今那句話仍舊迴響在我的耳邊。當時其他記者也在場，他沒有提高嗓門或訓斥我，反倒面帶微笑，讓人覺得他是好心在給我建議。但我聽得心裡一驚，因為他的意思是在說我的照片不如其他報社，有兩個場面錯過了決定性的瞬間，雖然拍了七張照片，但從距離和角度來看，和其他報社還是有差距。本來現場狀況就是時時刻刻都在變化，錯過時間點就再也無法挽回，再往前走一步和走十步是同一個意思，是命令我更貼近悲傷，更貼近憤怒，更貼近思念，更貼近死亡。

追蹤西海輪渡沉沒事故時，我努力遵從那些聽起來彷彿很溫柔的忠告，但其實是無情的命令。如果不努力，搞不好會在結束首次負責的事故採訪後就淪落為失業者。最重要的是，我對於照片「倫理」的思考還不夠。飲食不規律，睡眠最長一天也不過兩三個小時，最後剩下的就只有拚命和堅持了。雖然私底下其他記者都是高高在上的前輩，但我還是撇開他們衝到最前面，拍攝痛哭流涕的罹難者家屬。我左手抓緊相機、右手按下快門，再慘不忍睹的瞬間也不迴避視線，睜大眼睛，全部捕捉進相機裡。從那天以後直到採訪結束，我都沒有再聽到有關照片的苛刻評價，相反的，回到首爾後，當時的編輯部部長還把我叫去表揚了一番。

二〇一四年四月十六日，在得知事故消息後，編輯部親自指名派我前往，早已安排的工作轉交給後輩們。當我問派我去的理由時，編輯部反問道。

「沒感覺？」

「什麼感覺？」

「西海輪渡事故的感覺。」

「已經過去二十一年了，和那時候比，世界早已完全不一樣了。」

「賭一次？我要是輸了，讓你放假到這個週末，去閑麗水道拍拍春天的大海再回來。如果正中我的預感，那就請殷部長好好發揮實力，像當年那樣。」

我打頭陣出發了，編輯部說如果有需要會加派攝影記者，但加派人手就代表正中編輯部不祥的預感。提到預感，大韓民國記者中，編輯部部長可說是首屈一指，但他這次的預感似乎錯了。

汽車的速度減慢了，因為再沒有需要超速的理由。我們開到休息站，正打算喝杯咖啡時，編輯部著急的打來電話，說是誤報，不是全員救出，還有一半以上的人困在船裡！船已經整個翻過去下沉，還有人困在裡面？簡直是要瘋掉！我開始冒起冷汗，丟下喝到一半的咖啡趕快上路，再次超速飛馳。車上沒有人講話，手機上誤報的新聞同時登了上來。星期三到星期天，欣賞春天海景、悠閒拍照的機會也化為泡影。

殷記者一口氣講到這裡，喝了口維他命飲料，大概是難忍憤怒之情，他走到廁所用冷水洗了把臉。他講起話來快到像是中間沒有逗號，他一邊用毛巾擦臉、一邊問我們這樣講是否可以。我們告訴他這樣很好，但錯過很多可以隨聲附和幾句的機會。殷記者抓了抓後腦杓，他說這是狂按快門時養成的習慣，拍照的時候一句話不講，需要快速講話的時候不拍照。

既然你們已經採訪過罹難者家屬，二〇一四年四月十六日珍島體育館和彭木港的淒慘我就不細說了。但我要強調一點，那天讓我想起二十一年前西海輪渡事故的慘況，但與西海輪渡事故不同的是，十六、十七日趕來的罹難者家屬多半是學生父母。起初他們蜂擁而至，但不知從何時起變成以班級為單位聚在一起，很特別的場面，孩子之間是朋友，但忙於工作的大人大多不認識自己孩子朋友的父母。他們在珍島互相打過招呼後、抱在一起痛哭，那個當下，大家都還抱著孩子會活著回來的希望，他們一邊哭一邊互相勉勵，哭到暈倒，醒來後又繼續哭。

都亂成一團了。

記者也吃了不少苦。我們可以理解，罹難者家屬大部分不適應鏡頭，因為他們都是再普通不過的一般人。攝影記者拍下的都是罹難者家屬痛哭、氣憤得在地上打滾的樣子。我還在珍島體育館被搶過一次相機。十七日下午四點十五分，我站在體育館二樓拍攝下面的情況。兩個看起來四十多歲、我推測是罹難者家屬的中年男人突然前後把我圍起來。站在前面的男子搶下我的相機，他問我是誰？我說出自己的所屬單位，也告訴他自己是攝影記者。他又要求我出示證件。我打開錢包，但記者證沒有在裡面。著急的出門，一時大意把證件忘在書桌的抽屜裡，一起來的兩名採訪記者偏偏又在彭木港。看到我無法證明自己的身分，男人的表情更加兇狠，他開始翻看我拍的照片。我正要出手阻止，身後的男人反手抓住我的手臂。

「為什麼拍我們？為什麼拍了這麼多張？」

他們並不知道攝影記者會連拍，有時甚至連拍十張。

「你是警察？」

他的問題並沒有讓我不高興。從首爾趕來的報社攝影記者基本上互相都認識，即使是其他地方媒體的記者，也能從他們拿相機的姿勢推測出端了幾年的記者飯碗，但也有不是記者的陌生人在珍島體育館和彭木港出沒。當我主動走到那種人身邊想借打火機點菸時，他們都不理人的逕自走開，又不是記者還在體育館和彭木港晃來晃去，拿著高價相機到處拍照，到底是些什麼人呢？還好兩個後輩趕了回來，才沒有讓我的處境更加難看。

「垃圾記者……」

回想起來，我們聽到那種譴責也是應該的。沒人積極的站出來，對此我們感到很愧疚。為什麼像鸚鵡學舌一樣把海警和事故對策本部的簡報不假思索的傳播出去呢？為什麼沒有租艘船到孟骨水道附近巡視一下呢？如果去了，就可以確認從十六到十八日都沒有進入船內的真相，也不會把五百五十五名潛水員投入營救的屁話寫在報導裡發表出去了，更不會像是蜂群一樣只守在彭木港，等待海警的艦艇靠岸。

因為在簡報現場拍不到可用的照片，所以攝影記者都聚到彭木港。編輯部一直打電話來，叫我把艦艇上搬運下來的所有東西都拍下來。能從艦艇上搬下來什麼？除了船內找到的物品就是遺體，只有這兩樣。年輕的攝影記者為了爭搶最前排的位子爭執著，就和一九九三年西海輪渡事故時的我一樣。我退到最後面，站到桌子上，拉近焦距準備拍照。

到後來才另外準備了太平間，最開始的一、兩天簡直一團混亂。艦艇靠岸，海警用白布蓋住遺體開始搬運。遺體被搬到碼頭，罹難者家屬先圍上前去，男學生的遺體周圍聚集了家裡是兒子的罹難者家屬，女學生的遺體周圍聚集了家裡是女兒的罹難者家屬。雖然掀開白布、看到臉孔，但沒有人能確定這就是自己的兒女，因為沒有人見過子女在海裡溺死時的模樣，就算覺得容貌相似，還是要檢查一下手臂和腿腳。有時為了確認子女身上的痣或疤痕，還要檢查前胸和後背。

嗚咽與痛哭持續不斷，攝影記者正是要捕捉那一幕，遺體的臉、手臂、腿腳、胸口、肚子全部要拍下來，還有一邊確認遺體、一邊哭泣的罹難者家屬也要拍下來。為了拍到特寫要靠前，比家屬更靠近遺體再按下快門。我也站直身體，最大限度的拉近焦距進行拍攝。其實記者都知道拍下遺體照片也不會登在報紙上，但為了滿足編輯部的要求，更何況其他報社的記者都在身邊拚命按快門，自己也擔心會漏掉重要場面，彼此像是競技般進行拍攝。

拍完照後，我整個肩膀發疼、嘴巴發苦。罹難者家屬的哭聲不斷，攝影記者也一直按著快門。我坐在桌上開始查看拍好的照片，直到艦艇再度靠岸前，記者都在整理各自的照片然後傳給報社。剛剛還在遺體周圍忙著拍照的記者，全部低著頭看著自己的相機，樣子就好像填飽肚子的企鵝在睡午覺。

我看到一位靠坐在桌角、用手帕擦眼淚的白人記者，她手裡雖然拿著相機，鏡頭蓋卻沒有拿下來。她是我認識的美國記者瑪麗亞。我用不熟練的英語問她拍了多少照片。

瑪麗亞眼裡含著淚，斬釘截鐵的回答：「遺體是不能隨便拍的！那是不道德的行為！」

她的意思是說沒有經過罹難者家屬的同意，不可以隨便把鏡頭對準包括遺體的臉部在內的身體任何部位。瑪麗亞沒有把鏡頭對準被送到岸邊的遺體，甚至連確認遺體的家屬也沒有拍下來。遺體運到後，她只是站在那裡哀悼，一邊擦著眼淚。

我感到萬分羞愧。雖然這件事情發生在被叫「垃圾記者」前，我們開會討論了在這裡記者到底都做了些什麼。不管編輯部怎麼說，這都不是身為人該做的事情。從那天起，我再也沒有拍過任何一張遺體的照片。

但我也沒有離開彭木港，我在那裡留守將近兩個月，報社又派來兩名攝影記者拍攝編輯部需要的照片。我最低限度的做著報社要求的工作，一面進行自己的計畫。雖然離開報社是在一年後，但可以說在那個當下，就已經有了離職的想法。

我們問他，想做的事情是什麼？

殷記者把隨身硬碟連接在筆記型電腦上，點開一個文件夾給我們看，都是人的背影照。我們看到很多熟悉的地點：珍島體育館、彭木港、珍島大橋入口、西望港、事故對策本部的辦公室前、海警艦艇的甲板，還有駁船；有清晨、白天還有夜晚；有天晴的日子、有天陰的日子、有布滿烏雲的日子還有狂風暴雨的日子。那些背影存在著的時間與場所裡，有孩子、有大人、有穿著制服的海警、有穿著便服的警察、有潛水員也有記者。他們眺望的方向都是大海，但眼前的海並不開闊，那是被稱作「多島海」、島與島重重相疊、無法眺望遠方的海。

這是和瑪麗亞一起拍的，瑪麗亞只拍人的影子，我呢，就拍下製造出影子的人的背影。沒有影子的日子，比如下雨或陰天時，瑪麗亞就把鏡頭對準地面，那原本應該有影子卻找不到影子的地面。後來我時常會想，瑪麗亞總是挺直著身子，只有在拍攝時才放低相機、低下頭，這個姿勢是她在表示哀悼吧。她讓攝影這個行為本身，變成向遇難的人們表示哀悼的行為。拍下一百張照片，就是向遇難的人和在苦痛中的人，鞠躬一百次以表哀悼。

不管船靠不靠岸，事故對策本部發表不發表簡報，我們只去拍攝那些以各自的理由趕到珍島的人的背影和影子。可能有人會說這是在背後偷拍，但我們會先拍攝，然後找到當事人尋求諒解，如果他們要求看照片，我們就拿給他們看，他們要求刪除我們就當場刪掉。在那個過程中，我們還會有所交流，有的人會默不作聲，有的人則會長談起自己抵達珍島以前的人生，他們加上「幸福」或「快樂」的字眼講給我們聽。雖然沒有錄下那些對話，但我都在當下簡單的記錄和整理下來。

不知不覺間，這件事情一做就是兩個月，我們記錄了五百多人，每天都有拍攝，只有一個星期我休息了。讓我找找……這張，一五四號！就是因為這張照片。

孔燦秀，十五歲，瓦洞中學二年級學生。不是在船靠岸的彭木港，而是在附近人跡稀少的海邊，瑪麗亞先發現了站在海邊發呆的燦秀。當時我們正要去吃晚飯，瑪麗亞迅速跑向海邊，拍下比燦秀個子還長出五倍的身影。太陽越是貼近島嶼，影子就會逐漸變淺，長度也隨之拉長。我也跟著瑪麗亞拿起相機，對準他的背影拉近焦距、按下快門，一張一張又一張，連拍三張後，當我重新調整焦點準備再拍一張時，燦秀開始動起來，他快速向前狂奔，前方正是晚霞灑落的大海。

瑪麗亞尖叫的同時，我丟下相機跑過去，因為燦秀是毫無顧忌的衝向大海！等我跑到海邊時，海水已經淹過他的胸口，偏偏又是漲潮時間，我看到他的頭一下被海面淹沒、一下又露出海面。我快速朝他游去，海浪太大，靠近燦秀變得十分困難，我拚命擺動雙臂，但感覺一直在原地打轉。好不容易到了看到燦秀頭的地方，但沒有找到人。若是沒有浮標，在大海裡要找到某一點是相當困難的，我的雙腳離開地面也已經好一陣子。我想要潛下去尋找那孩子，但海水太混濁，當下也沒有泳鏡，但我還是決定潛下去用手摸摸看。就在那瞬間，我身邊突然冒出一顆頭，正是我拍下背影的那個孩子，孔燦秀。我馬上摟住他的脖子往我這邊拉。

「你要幹什麼？」

燦秀用力敲打著，想推開我的胸腹，甚至還用腳踹了起來。我完全聽不清他在喊叫什麼，好不容易才聽清一句話。

「我要去……姐姐……為什麼不救……」

燦秀抓住我的頭按了下去，海水跑進我的鼻子和嘴裡。我探頭想要喘口氣，燦秀這次抱住我的腰，我又嗆了幾口海水，又和燦秀經過好一番纏鬥才把他帶上岸。他是個比我更擅長游泳的孩子，從五歲開始的十年裡幾乎每天都去游泳池報到，他說是為了去救困在船裡的姐姐孔英枝才跑向大海的。把燦秀交給聞訊趕來的父親後，我才發現腳底在流血，滿臉驚嚇的瑪麗亞讓我坐下，把綁在腰間的襯衫扯開替我包紮傷口，然後勒緊膝蓋以下的地方止血。

我到泗川市住了一個星期的院，原本打算去附近的珍島或木浦接受治療就好，但腳踝越來越腫，腳趾都不能動了，出現暫時麻痺的現象。加上突然發燒，嗓子裡總是有痰、胸口發悶，應該是海水進入氣管導致肺部感染，瑪麗亞要我接受精密檢查，於是帶我到泗川市。

殷記者從書架上找來一本素描簿，第一頁畫的是黃色汽車，後面十四頁畫的都是汽車各個部位的細節。

「這是一個月前燦秀寄給我的禮物，他是個很愛汽車的孩子。高中直接去讀了機械工業高中主修汽車。因為打了我，他還跟我道歉呢。能收到這種禮物，讓他打一百下也心甘情願啊！」

時間已經過了凌晨三點，殷記者煮了炒碼麵給我們當宵夜，美味極了。

記者特別討厭的地點，醫院就是其中之一。躺在那遊手好閒，實在待不住。

我第一天住院，腳底就縫了三十五針，照了胸部X光、吃了止痛劑和安眠藥後還不到晚上八點，我就倒下睡死，睜開眼睛已經是隔天中午。我阻止了要來探病的後輩記者，畢竟因為我個人的不小心，害他們連我的工作也一起承擔。後輩們對我說，他們會勤奮的追蹤報導，讓我多拍些有意義的照片，對此我很是感激。

但第二天開始我就睡不著。雖然有吃止痛劑，但腳底時不時還是感到疼痛。醫生勸我吃些安眠藥，但我拒絕了，於是我開始熬夜整理之前拍的那些照片。二人室的病房內，對面的床鋪沒有入住患者，因此我把筆記型電腦、相機和各種設備一次攤開，工作空間相當充裕。

天還沒破曉，距離吃早餐也還有兩個小時，這時門輕輕的開了。我正集中注意力在修照片，所以沒有注意到門被打開。

「你不睡覺在做什麼呢？」

不是護士，而是嗓音憨厚的男人。我抬起頭看向發出聲音的男人，他穿著病人服，個子很高、身體很壯，一看就知道是有運動過的人。他的脖子上還戴著頸椎保護套。

我沒有立刻回答他。在整理照片……這麼回答有點太簡單；在修拍下來的背影照片……這麼回答又太過詳細。我一言不發，直到男人再次開口。

「我是三〇二號房的，因為一直聽見劈哩啪啦的聲音，所以過來看看。」

三〇二號正是我隔壁的病房。如果聽到聲音，大概是敲打鍵盤的聲響。門關得這麼緊隔壁還能聽到鍵盤聲？我心想，跟他的大塊頭比起來，未免對聲音也太過敏感了吧。但為了避免發生爭執，我開口道了歉。

「對不起。」

男人沒有關上門，反而悄悄走了進來，靠著空床緣站在那裡。說實話我覺得有點煩，因為當時正在集中精力工作。我正打算開口請他出去，男人看到攤在床上的東西中有一個寫著「PRESS」的黃色袖標，便開口問道。

「你是記者？」

這次我也沒有回答他。

「我叫羅梗水，是從孟骨水道過來的潛水員。」他伸出手想和我握手。

孟骨水道？潛水員？這兩個單詞跑進我的耳朵。

我在彭木港也遇到過很多潛水員，他們聚集在帳篷裡，像展示一樣把設備擺在一邊。從早到晚都激烈討論著潛入船內的最佳方案，誇耀似的講著來珍島以前自己經歷過最糟糕的深海潛水經驗，把那些經驗談收集在一起，都足以寫成一本書了。但遺憾的是，這些人當中沒有人親自潛入船內搜尋並找到失蹤者。為了採訪，記者在彭木港東奔西跑，卻沒有找到管供潛水的潛水員。我們想要到孟骨水道的駁船採訪民間潛水員，但遭到事故對策本部拒絕，理由是會妨礙搜索工作。

我第一次遇到穿著病人服的潛水員。潛水員住院，表示他在孟骨水道工作時受傷了。我改變了主意。

「沒錯，我是記者。從十六日下午開始一直在珍島留守。我叫殷哲賢。」

「相機還真不少。」

「我是攝影記者，負責攝影的……」

「一看就知道，我和攝影記者共事過幾次，協助他們水中拍攝。」

近來，攝影記者也會親自水肺潛水進入水中拍攝。

我看著他脖子上的保護套問道：「可以請教您住院的原因嗎？」

羅潛水員的眼神突然變得銳利。

「你是在採訪嗎？」

「我不是告訴你我是記者嗎？當然是想進行採訪啊。」

「我不是也告訴你我是潛水員嗎？潛水員是沒有嘴巴的。」

他學我的口氣講話，我判斷出若以這種方式進行下去很難採訪到他，但仍想知道在凌晨時分，潛水員到我的病房來的理由，如果真的是因為雜音，那他警告完就可以回去了。

「好吧。如果您不想接受採訪，我放棄。那，我們現在要做什麼呢？」

「聊聊天。」

「聊天……好啊，想聊什麼？」

「彭木港的情況怎麼樣？珍島體育館也聚集了很多家屬，那裡的情況如何？」

「潛水員都沒有聽說彭木港和珍島體育館的消息嗎？沒有手機嗎？電視呢？」

「沒有電視，就算有也沒有時間看。手機訊號不好，天氣不好時連訊號都沒有，就算有也沒空看手機。偶爾能從附近小島來送飯的居民那裡聽到一些消息，但也沒機會細問……講了這麼多條件不好的問題，其實都只是藉口。事實上，我們只想集中精力潛水。一開始還會把有關民間潛水員的新聞報導找來看看，寫得都跟小說似的，怎能把那些亂七八糟推測的東西寫出來呢？從那以後我們就再也不關心了，駁船上的潛水員也不能一一針對媒體的報導表示不滿。」

我對駁船的好奇等同於羅梗水潛水員對聚集在彭木港和珍島體育館的家屬的好奇。

我把從四月十六日下午開始到我住進醫院看到、聽到的內容都詳細說給他聽。羅潛水員沒有提問，只是一直默默聽著，中途深深嘆了兩次氣，差點中斷我的講話。還有一次，他背過身子擦起眼淚和鼻涕。我盡量不加入自己的想法，只傳達事實真相。說明越來越長，講的人和聽的人都感到焦急鬱悶，不管我怎麼講都覺得不足以表達，於是我把存在電腦的照片找給他看。

他盯著這些照片，只問了我一個問題。

「為什麼只拍這些人的背影？」

我先向他說明，瑪麗亞指出未經家屬同意拍攝遺體是非常不道德的行為，接著告訴他，比起去拍陪襯速報或聳動新聞的照片，我們更想留住聚集在那裡的人們的悲傷與痛苦，還有他們留下的陰影。羅潛水員花了一個小時左右，一張一張翻看著我拍的人物背影。他沒有問拍攝的時間、地點或被拍下來的人，像江水流淌似的從這個人的背影到下一個人的背影，再到另一個人的背影，那樣慢慢翻看著，最後開口對我說。

「我願意接受採訪，錄音也可以。但是必須在我同意後才能公開。」

我當然接受他的要求。如果能了解駁船上的作業情況，對拍攝在彭木港和珍島體育館苦苦等待家人的罹難者家屬會更有幫助。

羅潛水員很好奇聚集在珍島的這些人是如何看待潛水員的。

我問他：「你真的想知道那些傳聞嗎？有時候，不知道反倒更好。」

「什麼傳聞？」

「搞不好會成為一輩子的傷口……即便如此還是想知道流傳在珍島上與潛水員有關的傳聞嗎？」

他點了點頭。

我硬起心腸，把後輩收集的採訪和我在拍攝過程中聊天聽到的內容告訴他，這些都是我等待著時機想要確認的傳聞。也許現在講這些你們會覺得我在放馬後砲，但羅潛水員的回答如果在當時寫出來，肯定是大獨家！但直到今天我也沒給任何人聽過，你們是第一個聽到的人。親自來聽聽吧！

殷記者找出標記著「羅梗水—泗川」的錄音檔案播放給我們聽。與殷記者快速尖銳的聲音相比，羅梗水潛水員的聲音顯得十分低沉緩慢。雜音雖然不大，但偶爾會聽到餐具和咀嚼的聲音，原來那是醫院送餐盤到病房後，兩個人一起吃飯時進行的對話錄音。病人聚在一起吃飯是常有的事，但沒有人知道他們在一起聊的是如此嚴肅的事情。

（以下殷賢哲記者以■標示，羅梗水潛水員以□標示）

■日薪就不談了，和公司簽約時，每找到一具遺體也有獎金，是事實嗎？你們都是在寫著具體明確金額的合約上簽字後才開始潛水，是這樣的嗎？

□都是誰在胡說八道啊？口頭也好、書面也罷，我們從沒有和公司簽過約。

■那麼說來，你們不是屬於那家公司的潛水員？

□我們只在他們提供的駁船上工作而已。不光是我，大家都沒有和他們簽約，我們都是在接到缺少人手的聯絡後趕去的。管供潛水一定需要駁船，無論是那家公司或政府提供的，跟我們都沒有關係。在事故現場的駁船上吃飯休息工作，這就是全部。我是民間潛水員。

■在船內找到遺體後，運送到指定場所，等海警或事故對策本部有進一步指示，再把他們需要的人數送到岸上。你們沒有這麼做過嗎？

□……唉，真是有口難言！到底是哪個混蛋胡編亂造？……抱歉，聽到這種鬼話，我一時激動了。請聽好，船內簡直就是迷宮，能見度只有十到四十五公分，到處都是漂浮物，船體會跟隨潮流擺動，就連原本清好的通路都不知道什麼時候會坍塌，我們都是冒著生命危險、好不容易才找到遺體，再把他們帶上水面的。把找到的遺體都堆在船內的客艙裡再一個個帶出來？你以為深海潛水是從冰箱裡拿食物嗎？孟骨水道的作業環境絕非一般，客輪九十度傾斜沉在孟骨水道底，情況簡直是糟糕透頂。

■這部分很重要，我再問一次：遺體沒有另外存放，但你們已經確認了遺體位置，可是不打撈，只是等著，等爆出重大消息，像是發生對海警或事故對策本部不利的事件，你們再去把遺體撈上來，不是這樣嗎？

□沒有這樣過。潛水員進到船內，有時候會發現兩具以上的遺體，在那種情況下只能先帶一具遺體出來，再由下一位潛水員把另一具遺體帶上來。潛水員偶爾會用手機和家人聯絡，但外面的世界是怎樣變化的卻一無所知，也不關心。我們的身心都集中在潛水這件事上。

■等待失蹤者的家屬那種焦急的心情，羅潛水員也理解。他們可謂是病急亂投醫，什麼事都嘗試過了。家屬把失蹤者喜歡的食物和東西帶到彭木港擺在那裡，媽媽們打扮得漂漂亮亮，爸爸們登上艦艇或出錢租船到事故海域附近去。有傳聞說，家屬如果親自到駁船上就馬上能找到失蹤者，還聽說到海警情況室或事故對策本部辦公室大鬧的父母也能很快找回孩子。這些事你沒有聽說嗎？

□聽說了。的確有家屬會到駁船上來查看搜尋的情況。等待失蹤者的家屬心情有多急切，我們當然明白，但絕非是因為他們的言行，導致先找到誰、後找到誰的，剛剛不是也說能見度極低了嗎？潛水員根本無法把孩子們的名字和長相對上啊。更何況，沒有人知道孩子們長什麼樣子，就算名字和臉都認識，在深海底也無法先確認長相再把孩子帶出來。

■還有潛水員們故意休息的傳聞，潮汐最佳的時候也不潛水。據說駁船上只留下極少數的潛水員，其他人都到海警艦艇去休息。您這樣過嗎？

□哇，我真是快瘋了……真傷人啊！我二十一日晚上抵達孟骨水道後，一天也沒有休息過！可以潛水的時候，就算一天沒有四次停潮期，監控潮流計測器的海警如果要求我們下水，大多時候我們也都下水了。每天誰下水幾次、潛水多久都有詳細記錄，以後你們去查看潛水紀錄就會知道，我們沒有故意不潛水。民間潛水員吃、住都在駁船上，海警一天交三班，只在駁船上停留八個小時就返回艦艇了，民間潛水員連海警艦艇的甲板都沒有踩過。

■現在可以進入船內的民間潛水員有多少位？

□是流動性的，二十到二十五名左右吧。

■如果增加潛水員人數，能否縮短搜尋失蹤者的時間？曾有意見提出需要增加五十到五百名。

□真是不可理喻的主張。海軍、海警和民間潛水員全部在一艘駁船上進行作業，現在駁船上的空間都還不夠這些人活動呢，增加潛水員人數是不會提高搜索速度的。因為要進行管供潛水，人和裝備都必須建立起系統運作才行。光增加潛水員人數，那他們要在哪艘駁船上，用什麼的裝備潛水呢？

再補充一點，深海潛水團隊的合作能力非常重要，現在還不到二十五名民間潛水員，一開始都經歷過失誤，現在才養成配合的默契。在這種情況下加派新的人手是會破壞團隊合作的，更會影響到原有的潛水員，以現在的人數堅持到最後才是上上策。

■只要到彭木港或珍島體育館去說明一下潛水員的情況，那些謠言就會消失不見了，您沒有這麼想過嗎？

□這種事也要我們去做嗎？我們是潛水員，要是覺得有必要去說明民間潛水員的作業現況，有事故對策本部、有海警……總之讓那些把我們叫來這裡的人去處理吧！

我們潛水尋找失蹤者再把他們帶回來，都已經力不從心了，我可不想丟下潛水工作，跑到陸地上去跟記者廢話連篇。不是覺得麻煩，有些事情再麻煩也要做，但來回珍島會對潛水造成很大影響。為了潛水已經練好身體、做好心理準備，到彭木港去只會破壞這種平衡。雖然來回只要一天時間，但之後至少三天都無法百分百正常發揮潛水實力，以後我們也只會專注於潛水搜尋……悶啊！真是有夠悶！

那一天

法官大人：

現在是時候講講那天的事了。雖然有人建議我只要簡單寫出那天發生的事就好，但我的想法不同。我應該盡可能把民間潛水員是以怎樣的心情來到孟骨水道，當時又是如何潛水的情況詳細寫出來，我相信會對理解那天發生的事情有所幫助。

事故發生前兩天，太陽快要下山時，我從泗川Ｄ醫院返回駁船。天天戴著保護套躺著，脖子的痛症消失，手臂也不再顫抖，雖然醫生勸阻我不要再潛水，但我還是固執的回來了。醫生把頸部保護套當作禮物送給我，囑咐我只要脖子和手臂覺得不舒服，要馬上回醫院。

ＶＩＰ[23]剛離開，柳昌大潛水員和其他潛水員看到我，一面責備我做出愚蠢的決定，一面又很開心我歸隊，朴政斗潛水員和其他海警也恭敬的向我點了點頭。海警潛水員對待民間潛水員的態度一天天在轉變，在船外待命就夠驚心動魄了，民間潛水員還要冒生命危險進入船內搜索，再把失蹤者帶出來。在船外等待的海警也許會捫心自問：如果是自己，會那樣奮不顧身嗎？他們對民間潛水員的尊重就是那個問題的答案。

柳潛水員叫我暫時不要潛水，只負責通訊工作，但我堅持明天就可以潛水，柳潛水員輕輕摟著我的肩膀問。

「不是訂好十月結婚嗎？我可不想聽到你抱怨脖子病情惡化，沒結成婚。」

「你怎麼知道？」

「把握好這次啊，可別一輩子當單身漢！」

未婚妻的臉孔閃現了一下，難道是因爲我堅持要返回駁船，她打電話去事故對策本部抗議了？她可是爲了我什麼都做得出來的女人。

「你先在駁船上幫我十天，潛水員都以爲下水就是好事，其實船上的事情一大堆，一直到今天，大事小事都我一個人在張羅，梗水你要是能幫我一把，不是更好嗎？等你身體眞的沒問題，再來愼重考慮潛水的事。」

駁船上的氣氛混亂極了，曹治璧潛水員把我叫到食堂悄悄告訴我，上面正準備增派民間潛水員，聽說要增加六十名——連這裡也發生了用數字判斷工作效率的錯誤。平時在駁船上參與工作的海警、海軍還有公司職員就已經超過一百名，再加派六十名民間潛水員簡直是不可能的事情。一直工作到現在的潛水員、包括柳潛水員在內都明確表示反對，但沒有人理會，沒事瞎提意見，反倒會認爲我們是爲了在孟骨水道多賺一天日薪才反對，所以沒人敢再多說。

23：指時任總統朴槿惠。

講完這些，曹潛水員又說：「托你的福，我們飽飽的吃了頓披薩。看著你被送去醫院，我們卻在這大吃大喝，還眞是有點內疚呢！」

「你在說什麼啊？」

「江娜萊。你找到的那個女學生的名字。」

「你怎麼會知道這些？」

「我和娜萊父親通過電話了。那天你離開駁船後，我們在那間客艙又找到兩名女學生，三戶人家離開珍島前叫了披薩給我們吃。認領完遺體還要趕回安山辦葬禮，打擊已經夠大了，居然還想到我們……娜萊父親還問，娜萊腳踝斷了，是發現時就那樣了嗎？」

「你怎麼回答？」

「我說要確認一下是哪位潛水員找到娜萊後再問他，因爲我覺得沒有必要告訴娜萊父親，你因爲他女兒受傷的事，要是有話要轉達，你親自打個電話過去，號碼我都記下來了。」

「慢慢來，以後再說吧！」

連同後來出事的那位潛水員在內的兩名潛水員，是在事故發生前一天上午十一點抵達駁船。雖然大家反對增派人手，但既然都來到孟骨水道，還是視爲一起努力的同事，熱情的歡迎他們。放棄謀生的職業爲尋找失蹤者而來，那絕非一般人能做到。

吃過午飯後，特別給他們一點時間查看駁船和潛水設備。船尾右側是艦橋和居住用的兩層船艙，位於甲板中央的是起重機。他們先查看了機械室內的空氣壓縮機、主潛水空氣箱和機械室外的備用箱，又查看了減壓艙的潛水儀錶盤，最後細細查看位於船頭甲板的低壓箱空氣壓縮機以及四個閥門，只要打開閥門，新鮮空氣便會通過管道供應給潛水員。由於管供潛水是從駁船上供應空氣，所以讓潛水員信賴設備比什麼都重要。

在下午四點召開的會議上，柳潛水員指著沉船的圖面一一向兩人講解了截至目前的搜索情況，從事故初期一直堅守在孟骨水道的 Bravo 組長曹治璧潛水員進行補充說明。後來去世的那位潛水員經驗比我還豐富，但仍需要時間適應孟骨水道的環境，也要了解一下他們的實力，因此進入船內的任務被延到下次，交給他的首次任務就是設置下潛繩索。

曹潛水員攤開船內圖面，依序講解作業流程，攜帶駁船放下去的新下潛繩索入水，沿著已設置好的下潛繩索抵達位於約二十四公尺深的三層與四層之間的大廳。那裡設有三公尺和十五公尺的引導線，沿著三公尺的引導線可以抵達五層大廳，把新的下潛繩索繫在那裡就可以返回。

曹潛水員詢問該潛水員是否會打繩套結，他回答很上手。這個工作完成後，接下來的潛水員便可以從駁船直接抵達五層的大廳展開搜索。

該潛水員原本預計的入水時間是在事故發生前一天下午五點半，但由於流速問題無法潛水。雖然還沒有輪到他，但他已經穿好潛水服出來待命，我勸他還有一點時間，不如進去休息一會，但他表示萬一前面的潛水員出了問題，自己剛好可以幫忙。他還說，孩子們死在這麼遠又危險的海裡，感到很痛心。我還沒有結婚，所以沒有子女，那些比我年長的潛水員都把失蹤的高中生當作自己的子女看待。

當晚午夜原本還有一次潛水計畫，但流速依舊沒有好轉。孟骨水道的水勢眞是變幻無常，無法靠分辨漲潮和退潮來決定潛水時機，即便是水勢減弱的時候，依舊會出現漩渦式水流，水勢猛烈時又會突然變得平靜。一直等到午夜過後的一點半，水勢還是沒有平靜下來，因此該潛水員第一次的入水時間又改到睡醒後的清晨六點。

對潛水員來說，等待幾乎是家常便飯。潛水員準備就緒，但海況不好的話也只能等待，穿著潛水服等上三十分鐘或一個小時，誰都會覺得累。只要水勢稍稍平靜，誰都會恨不得馬上跳下去，那種心情也可以理解，但在孟骨水道的駁船上，入水時間絕對不會因潛水員的意志而改變。柳昌大潛水員一再對我們強調，又不是只潛一次水，一定要照顧好身體，在最安全的時候下水。長期留守在駁船上的潛水員早已習慣孟骨水道的變化無常，該潛水員穿戴好潛水服後又延遲了兩次的入水時間，一定感到很可惜。但他很有老潛水員的架勢，覺得肚子餓就脫了潛水服到貨櫃屋去煮拉麵吃。爲了準備第一次潛水，他連晚飯都沒怎麼吃。

該潛水員小睡片刻後，四點四十分起床，走出貨櫃屋，我因爲要負責他第一次潛水時的通訊工作，也跟著起身。他簡單做了些體操後，穿好潛水服準備就緒。現場的總管是柳昌大潛水員、Bravo 組長曹治璧，通訊兼記錄由我負責，另外還有拉線員崔眞澤和另外一名潛水員、兩名水肺潛水員。在該潛水員後面準備入水的兩名民間潛水員也在待命，其他潛水員也因睡不著覺，出來查看狀況。

柳昌大潛水員與以往一樣向大家提問：「有沒有感冒的人？」

因感冒而喉嚨腫、鼻塞的話就無法潛水，必須休息，因爲外部水壓會導致耳膜受壓，嚴重時甚至會破裂，患上中耳壓失衡的可能性極高。

「沒有！」

「有沒有身體不舒服的人？」

「沒有！」

「確定嗎？」

「確定！」

該潛水員身著潛水服，戴上附有頭燈的潛水面罩、穿好蛙鞋，腰上也配戴好裝有鉛塊的配重帶，最後與我確認通訊是否正常。

流速約〇．二節[24]是最佳潛水時機。六點七分入水，六點八分安全抵達海底後，他向我報告了情況。柳潛水員確認他入水、抵達沉船後，爲了查看Alpha組的情況離開了。他的工作只是帶著下潛繩索移動，Alpha組的潛水員則是準備進入船內。我預估他正按照計畫爲五層客艙設置下潛繩索，但他的呼吸突然變得急促起來，這表示潛水員感到不適。

過了大概三分鐘後，我問他：「現在情況如何？」

24：節（knot），單位符號為kn或kt，是專用於航海的速率單位，後延伸至航空方面，相當於船隻或飛機每小時所航行的海浬數。

他一陣嘟嘟囔囔，完全聽不清在講些什麼。一號拉線員崔眞澤潛水員拉了三下線，這是準備上升的信號。

不知何時跑來的柳昌大潛水員緊急命令：「四下！」

崔潛水員又拉了四下線，這是要求停止一切作業、立即返回的緊急信號。但即使發出信號，他也沒有回應，崔眞澤潛水員找到他帶下去的下潛繩索拉了拉，繩索毫無阻力的被拉了上來。

「下潛繩索被鬆開了！」

崔潛水員報告的同時，柳潛水員喊道：「待命潛水員下水！」

兩名水肺潛水員立刻跳下去！一秒就像一天一樣漫長，在水中如果出了問題，每分每秒都直接關係到潛水員的生命。水肺潛水員沒有在負責設置下潛繩索的 Bravo 組入水點找到他，而是在 Alpha 組的入水點發現他的。

後來得知，他的生命線纏在二十一公尺處設置的水平引導線上。潛水員爲了移動和進入船內，設置了很多水平引導線，他的生命線就纏在其中一條上。發現當時，配重帶已經解開，全面罩也脫落。直到現在也不明白，供氧的生命線沒有問題，他爲什麼要摘掉面罩。關於死亡原因，我覺得有必要徹底進行調查。

一上岸，我們馬上進行心肺復甦，啓動自動體外電擊 AED 急救，但他仍然沒有意識。我們立刻用快艇移送到艦艇，再搭直升機送到木浦H醫院，遺憾的是，最終仍沒能搶救成功。

＊＊＊

法官大人：

「慌張」一詞不知是否該用在這裡。快艇載著死者離開後，海警、海軍和民間潛水員都陷入悲痛之中，雖然大家下了豁出性命尋找失蹤者的決心，但看到駁船上出現第一位犧牲的潛水員時，後腦杓好像挨了一棍，精神都變得恍惚。

怎麼會出現這種事呢？後來檢查時確認，空氣供給裝置沒有問題，Alpha 組的潛水員也一樣是從連接在低壓箱的氣管輸送空氣，他們安全的完成了潛水。

那天，潛水員之間都很沉默，大家都意識到死者的犧牲，說不定也是自己將面臨的殘酷未來，即使在今天以前都沒有發生意外，但未來某天的一個問題，都可能像死者一樣丟掉性命。看著快艇遠去，傷感之情湧上心頭。潛水員是自願趕來尋找失蹤者的沒錯，但不是應該準備好能完善保障潛水員生命安全、最基本的人力和設備嗎？雖然我們進行了人工呼吸和急救，但我們畢竟不是醫生。

下午，司法警察官來[25]到駁船，發生了死亡事故，需要相關人士提供證詞。柳昌大潛水員在

25：接受檢察官指揮，執行搜查的書記官、事務官或警察，類似臺灣調查局的調查員。

一點二十分接受了司法警察官的問話，並寫了調查報告；我從四點四十分開始接受了兩個小時左右的問話，也寫了調查報告。司法警察官還詢問了公司負責人以及把死者從水中帶上來的潛水員，完成調查報告後，他們才離開駁船。

司法警察官離開時，夜幕已經降臨。開晚飯了，但大家都沒有胃口吃。柳潛水員走出餐廳，獨自一人佇足在駁船最末端，那裡是死者潛水的 Bravo 組下水位置。我靜靜走到他身邊，站在他左側，柳潛水員明知我在身邊站了十分鐘，卻沒講一句話。曹治璧潛水員也走到柳潛水員右側，海浪打得很高，駁船一直搖晃，望著眼前的黑暗，柳潛水員丟下一句話。

「就到這裡吧？」

曹潛水員接話：「這是什麼意思？我們要找到全部的失蹤者啊！」

「環境太惡劣了！」

我也跟著表態：「哪個潛水員不知道孟骨水道的兇險？聚在這裡的潛水員都知道進入船內找失蹤者有多危險，有些問題是要改善，但潛水必須進行下去，走的人也會希望我們堅持下去的！」

柳潛水員先與我四目相望，然後看了看曹潛水員。他滿是皺紋的眼睛流出了眼淚。

「走到昨天，那是因爲運氣好，潛水不能賠上性命啊！我應該站出來制止賭上性命去潛水的人，可是這裡，這船上的民間潛水員全都在用性命做賭注！如果今天就是不幸的開始，那該如何是好？」

「大哥！」

「我明知道你們都賭上性命在潛水，但還是一字不漏的轉達海警的指示，是我對不起你們！」

「為什麼大哥要道歉？那些傢伙才該負責民間潛水員的安全，沒有檢查、準備好潛水環境，也是那些傢伙的責任啊！」曹潛水員反駁。

我也插話：「能走到今天全是靠大哥，不光我們，還有海警和海軍，只要是在這駁船上待過一小時就會明白。出了這種事的確教人惋惜，但我們還是要把事情做下去啊！」

在十四年潛水生涯裡，我失去過四個同事，一小時前還有說有笑的人，突然就變成冰冷的屍體，那種痛苦總是讓人無法承受。

出了傷亡事故自然要有人承擔責任，要徹底查清是什麼原因奪走一個人的生命。但那天晚上，不管是我、曹潛水員和柳昌大潛水員都萬萬沒有想到，事故責任竟然整個扣到柳潛水員頭上。一名民間潛水員犯下業務過失致死罪，造成另一名民間潛水員意外死亡。只要略微了解在孟骨水道的駁船上聽從海警指示、艱苦搜尋的我們，一定會認為這是在寫小說。但這如同小說情節般的殘酷事實，在我們還不知情的情況下，正等待著我們。

二〇一四年七月末，在光化門靜坐現場見到崔隆才時，他遞給我們一張獨生子崔赫胥的照片。穿著輔祭服站在神父身後的赫胥顯得格外穩重，是一個身材高眺、尖下巴，高鼻梁上架著金框眼鏡的美少年。

一共有四個爸爸、五個媽媽一起上了駁船。從彭木港出發的時候烏雲密布，抵達駁船時已經開始掉起雨點了。但只要不是狂風暴雨，這點小雨是不影響停潮期潛水的，可是家屬們的表情還是顯得不放心。

我和他們想的不一樣，赫胥是個特別喜歡雨天的孩子，他寫過有關下雨的散文，下雨時還會打電話給朋友、打著傘約出去見面。您見過因為下雨而傳簡訊給媽媽的男孩嗎？聽著落在駁船上的雨聲，我覺得是赫胥在歡迎我。

為了不淋濕帶來的食物，我們把吃的送到食堂。潛水員謝絕我們，表示吃的東西充足，可我們也不好意思空手上船。海洋水產部和海警的幹部們在人前講著這樣那樣的搜索方案，但我們家屬都清楚，是這些民間潛水員進到船內幫我們找到孩子的。要是潛水員疲累挨餓或身體不適，就代表找到孩子們的可能性也隨之降低。如果可以，我們想讓這些潛水員有更好的休息環境，雖然被褥、枕頭和飲食都有所改善，但貨櫃屋終究是貨櫃屋，不管鋪上多少條毯子仍是硬邦邦的地面。

我們也持續向事故對策本部表達抗議，年紀輕輕的海警能回艦艇上休息，上了年紀的民間潛水員卻要睡在駁船的地上，這像話嗎？本部卻給出「這是為潛水方便，實屬迫不得已」的解釋。真是無法理解，他們為了往返於駁船和沉船的潛水員，究竟提供了哪些方便？

在彭木港上艦艇前，事故對策本部的長官說了這麼一句話：「到了駁船上，絕對不可以妨礙潛水員。」

「妨礙」這詞聽著真教人不舒服。罹難者家屬中，有誰會去妨礙潛水員呢？如果真的妨礙到潛水員，家屬們也會自覺的退後，這根本是挑撥罹難者家屬和潛水員的伎倆，是含蓄的警告我們不要和潛水員講話，他這番話給了我們很大的壓力。

下雨反倒給了我們機會，儘管打著傘或穿著雨衣，但因為風越來越大，只好暫時躲進貨櫃屋裡避雨。躺著的潛水員起身給我們讓出位子，那麼近距離看到潛水員，還是第一次。

幾位媽媽撕開麵包包裝、打開罐裝飲料遞給潛水員。光是看到潛水員，光是來到駁船上，就已經讓我們心跳加快、眼眶含淚了。但我們忍了下來，如果在這裡哭出來，潛水員心裡也不好受，我們待在駁船上的時間也會被縮短，所以我們家屬事先已經講好，一定要盡量忍住不哭。

潛水員給我的第一印象是他們看起來十分疲累，也許是因為已經駐守在駁船上超過一個月的關係，皮膚顯得很粗糙，臉頰也很消瘦，頭髮一片凌亂。我不會忘記當我把麵包遞給一位潛水員時，他開口對我講的第一句話。

「對不起。」

那位潛水員真的對我講了對不起。你們想一想，潛水員為什麼要向我、向家屬道歉呢？他們可是在這行動不便的駁船上吃住，幫我們尋找孩子的人啊！在那麼艱險的環境下找尋孩子的潛水員，完全不需要道歉。

他卻拿著麵包，低著頭對我說：「真是對不起。」

原本那天我有很多話想和潛水員聊聊，想問他們的問題在手冊上密密麻麻寫了兩頁。但那個下著雨的晚上，我望著孟骨水道，就這麼回來了。那一句對不起，就夠了。初次見面的人，先開口道歉的人，在那之前和之後我都沒再遇到過。他盡最大的努力尋找失蹤者，但還是有未能找到的人，他是在向未能等到家人的家屬、在向我道歉啊！

如果要討論搜索的問題，恐怕到天亮也討論不完。直到現在一想到船沉沒以後，從放棄救助到尋找失蹤者，政府表現出的無能和敷衍，我氣得牙齒都會顫抖。但駁船上的民間潛水員不是這樣，我是在孟骨水道失去了去參加畢業旅行的兒子的國民，坐在我面前的男人們是為了尋找我兒子每天潛水的國民，這是國民與國民的見面。罹難者家屬和潛水員是不應該互相道歉的。相反的，我們應該一起找出愚弄國民、讓國民受傷的人，要讓他們公開道歉。

為了找出那個應該鞠躬道歉的人，我今天才會坐在這裡。

最後的開始

法官大人：

五月七日至七月十日，包括柳昌大潛水員在內的所有民間潛水員仍一直駐守在駁船上，但五月六日前後發生了幾個變化：駁船上有了常駐醫生，增派民間潛水員的計畫也保留，罹難者家屬更加頻繁的往駁船上送食物，有披薩還有炸雞。雖然之前也常常有吃的送來，但由於駁船是最終站，有好幾次食物在中途就不見了。五月七日以後，吃的東西變得越來越充足。

剛進入六月，便出現空白期。每天的停潮期依舊輪班潛水，但找到失蹤者的次數明顯減少。六月裡一共找到五名失蹤者，進入七月後一直到十日，一名也沒有找到。一整天找不到一個人時，不管吃飯或睡覺，心裡都會覺得內疚。因此已經搜索完畢的地方也反覆再搜索，等在彭木港的家屬指定的地方也會再次搜索。

一直找到失蹤者的四月末、五月初反倒好些，雖然那時身體和心理都疲憊不堪，但只要集中精力潛水，努力就會有成果。進入六月以後雖然想調整心態，但雜念一直不斷，潛水員間也時常發生大大小小的爭吵。

我想起柳昌大潛水員把大家叫進貨櫃屋開會的那天晚上。如果民間潛水員有要討論的事情，海警是不允許介入的。除了把大家聚集在告示板前，看著圖面、下達指示以外，像這樣把大家召集在一起還是第一次。

柳潛水員掃視一遍大家後，開口說：「我們是擁有深海潛水的特別技術，在深海裡默默工作的潛水員，直到今天，我們運用練就出來的本領，把那些冤死的孩子找了回來。諸位都能忠於自己的角色做事，這沒什麼好講的，光看眼神，聽著呼吸聲就都能溝通。但今天我還是有話要講，所以才把大家叫來。

「每個人到孟骨水道的理由都不同，開始潛水的時期和原因、故鄉和家庭也各不相同，離開這裡回去以後打算做的事情也都不一樣。像這次這樣，聚集全國各地擁有不同閱歷的人在一起，實屬罕見，更何況作夢也沒想到會和海警潛水員一起合作。老實說，最初我很擔心團隊合作能否達成，也是出於這個原因才對各位過於嚴厲，但與我擔心的相反，各位行家很快便上手，配合十分有默契，因此也找到很多失蹤者。

「雖然難以啓齒，但找到失蹤者的次數漸漸減少，陸地上開始流傳各種猜測和謠言，說我們一直以來的搜索方式是錯誤的，甚至還荒唐的批判我們沒有認眞做事。在座的潛水員有人從手機看到這些報導，也拿來給我看過。其實我不確定我們要在孟骨水道潛水到什麼時候，所有指示都是事故對策本部下達的，我們只是按照指令行動罷了。

「但我想要強調兩點：第一，希望大家要格外注意安全。根據我的經驗，跟繁忙的時候比起來，像現在努力卻沒有成果的時候，更是事故高發時期。不僅是潛水員，在他周圍的人也要格外注意，多關心、多留意、多提出建議。在駁船上工作的我們是一個團隊，雖然進入船內的只有一個人，但爲了讓那一人感到安心，駁船上至少要有六個人打起精神來。以後的歷史裡，我們會被記載成爲竭盡全力尋找失蹤者的團隊。希望各位在愛護自己的同時，也要關愛整個團隊的成員。

「第二點，直到最後我們也絕不能放棄。船內至今還有失蹤者，失蹤者人數雖然減少，但每個人都是家人寶貝的子女、兄弟姐妹或父母。幾天前，我看到新聞寫著這麼一句話：『一個失蹤者等於一個宇宙。』如果放棄尋找一個人，就等於放棄一個宇宙，所以我們直到最後也不能放棄！哪怕全國上下覺得這樣就可以了，勸我們放棄，我們自己也絕對不可以放棄。

「雖然不知道那一天什麼時候會來，但總會到來的，有一天我們會撤離這艘駁船。就算那一天眞的來臨，我們也不能自己先放棄離開，要一直堅持到被人趕下船爲止。直到我們找到沉船裡所有的人，把他們找回來，我們才能離開。我們只要專注在潛水上，駁船以外的世界發生什麼都不要去理睬。陸地上的新聞、命令、傳聞幫過我們嗎？最終還不是只有我們自己在做！進入船內的是我們，找回失蹤者的是我們，我們要團結在一起，彼此確認再確認。本來想長話短說的，抱歉還是講了這麼多。接下來的停潮期要下水的潛水員準備一下，其他人休息吧！解散！」

如果沒有柳昌大潛水員，駁船上的每一天會是怎樣呢？就算大家按照順序進行潛水，但很難像這樣迅速找回安全感，堅持搜索到最後。自從柳潛水員擔當起傳達海警指示的角色後，海警從未表示過要換負責人，這也證明了柳潛水員的優秀。他總是先思考，自始至終都在照顧大家。他不僅是潛水員們的父親、母親、大哥，也是值得信賴的朋友。

找到的失蹤者人數減少後，到駁船上來的家屬也變得眼熟。潛水員仍在為沒能找到失蹤者感到愧疚，不敢直視家屬的眼睛，特別是看到哭喊著孩子名字的父母時，更感到無能為力，心也像被打了個洞。每當那時候，我們就會多潛水一次，再仔細搜索一個客艙，但最終還是未能帶給家屬好消息。

那天晚上，我口渴正要去食堂喝水，撞見一位看起來約四十歲的父親。我低下頭想從他身邊繞過去，他不但沒有側開身子，反倒擋在我面前。我剛抬起頭，他一把抓起我的手，塞給我一個用報紙包著的長方形東西。

「這是……？」

「想來想去，能做的也只有這個了。」說完，他先轉身離開食堂，留下我一個人。

我打開報紙包裝末端，看到裡面的東西，是兩條香菸。雖然柳昌大潛水員千叮嚀萬囑咐不可以接受罹難者家屬的任何心意，但我還是把香菸收下，跟大家一五一十說了事情經過，把菸分給了大夥。儘管至今仍在謠傳著未能找到失蹤者的家屬抱怨潛水員的傳聞，但每當我想起那兩條香菸，心情就會恢復平靜。不管是找到還是未能找到失蹤者的家屬，只要曾到駁船親眼目睹過潛水員的生活，我想他們都會和送菸給我們的那位父親一樣。

七月也過去了。白天熱得無法躺在貨櫃屋裡。一穿上潛水服，汗水就像下雨一樣流在裡面。七月九日，如同請願書前面提到的，包括我在內的所有潛水員都收到要求撤離的簡訊。當時還有十一名失蹤者沒有找到，事故對策本部要求我們撤離，決定投入其他駁船和潛水員，採用新的方法進行搜索。

我一夜沒睡坐在那裡，一股火堵在胸口。客輪裡的被困人數是三百零四人，兩個月裡我們不停的潛水，才將數字縮小到十一人。再給我們一個月、哪怕再十五天，也能找回那十一名失蹤者啊！我至今也不相信會有什麼方法比四月以來我們用的方法更有效。現在我們閉上眼睛，也能一清二楚的浮現走廊、客艙和樓梯，甚至清楚記得哪裡是物品聚集的地方，哪裡的牆壁爛掉在搖晃，哪裡的通路變窄。派遣新的潛水團隊到兇險的孟骨水道，就必須重新掌握船內情況。我們所擁有的那些關於九十度傾斜的沉船內部的知識，不是靠理論和直觀可以解決的，那都是潛水員憑藉雙手摸索出來的。

七月十日早上，浣熊颱風從木浦向孟骨水道出發，經由濟州島向日本方向移動。我們迅速整理好行李離開駁船，有的潛水員背對著孟骨水道坐著，有的潛水員望著兇猛的海浪發呆。我背對孟骨水道，因爲只要再多看大海一眼我就要哭出來了，所以故意望著不入眼的風景，想著無關緊要的事。

曹治璧潛水員站在我身邊，狠狠瞪著孟骨水道，把手圈成喇叭狀，青筋暴露的高喊：「等著我！我一定會回來！我還沒有放棄！」

＊＊＊

法官大人：

　　我漏掉迫使我必須寫這封請願書的那個晚上。從孟骨水道回來後，我的記憶力變差了，總是忘記一些重要的瞬間。還記得那是六月下旬，一個浪高風大、不適合潛水的夜晚。白天搭乘海警快艇離開的柳昌大潛水員把我和曹治璧潛水員叫到位於二層的指揮室。那個空間主要是海警情況負責官員使用的客艙，他去彭木港開會還沒回來。我們圍著圓桌坐下，柳潛水員以激動的表情問我們。

　　「參考人和嫌疑人有什麼不一樣？五月發生的傷亡事故說是要做參考人調查，今天又說我是業務過失致死的嫌疑人。梗水啊！你解釋給我聽聽，參考人是啥？嫌疑人又是啥？」

　　我打開手機在國語字典裡分別查看了「參考人」和「嫌疑人」，然後一字一句慢慢念給他聽。

　　「『參考人：爲協助犯罪調查，在調查機構接受調查的人中除嫌疑人以外的人。與證人不同，可以拒絕出庭或陳述。』『嫌疑人：有犯罪嫌疑，正式立案，但未被提起控訴的人。』」

　　柳潛水員驚訝的看著我，反覆追問：「我有犯罪嫌疑？那次事故是我的責任？我是犯人？」

曹治璧潛水員於二〇一五年六月重返工作現場，目前因參與阿根廷發電所的海上工程暫時無法回國，他沒有電子信箱，所以我們傳了簡訊給他，但過了兩個月也未收到回信。我們再次傳簡訊給他，但收到回信的人不是我們，而是羅梗水潛水員。得到曹潛水員的同意後，以下只公開部分內容。

梗水哥：

你的身體還好嗎？

我很好！你說過，有了孟骨水道的經驗，再也沒有我們不能征服的大海了。哥，你也過來吧！

我聽說昌大大哥和你在那裡受苦的事情，你們一定很恨我故意逃到國外工作吧？我相信你能處理好那裡的事，但有一點，我一定要說一下。

記得去年六月底吧？我這輩子都不會忘記那天晚上。昌大大哥從海警艦艇回來後不是問我們，嫌疑人和參考人有什麼不同嗎？五月六日以參考人的身分寫了調查報告後，那天居然又以業務過失致死罪的嫌疑人寫了調查報告。

如果是業務過失致死罪的嫌疑人，那不就是在說，他是在駁船上監管民間潛水員工作時，犯下殺人罪的犯人嗎？如果海警真的認為昌大大哥是犯人，認定他指揮有誤才導致事故發生，怎麼不當場就把他從駁船上趕走呢？海警誣陷他是犯人、又一直叫他在駁船上工作的理由是什麼？難道是擔心沒有昌大大哥，其他潛水員就不做事了？

如果那天我們去事故對策本部把這個問題講個明白，情況會有所改變嗎？我看未必！他們從一開始就想把事故責任栽贓給昌大大哥，再送去法官那的。從參考人變成嫌疑人，心裡總覺得奇怪，但當時一心只想尋找失蹤者，就這麼拋到腦後了。每天都和海警一起工作，以為他們只是走個形式而已，我當時沒想那麼多。

有些話沒有機會講，我想趁現在告訴你。梗水哥，真的很感謝你！我打電話給你，要你來孟骨水道的原因，除了我自己快撐不住了，還有和我同樣在四月十七日抵達的三位潛水員，加上十九日的四位，總共八位潛水員就是全部了。當時沒有一張準確的客輪圖面和潮汐表，沒有地方休息，甚至連飯都沒得吃。他們也不管流速有多快，丟給我們一張荒唐的潮汐表就叫我們下水。你也知道，美國海軍在流速一節以上時是禁止潛水的！但我們當時連流速都沒有人幫忙確認，只命令我們必須下水。理由很簡單，會管供潛水的只有我們。

後來才聽說，會水肺潛水的海警剛下水時差點送了命，他們居然把危險全都推給我們民間潛水員！完全沒有人向我們說明萬一出問題要如何處理，加上困在船裡的失蹤者人數多，每天要下水兩、三次，再這樣下去我也會死。當時入水和出水的時間也沒有人記錄，幾次要求改善潛水體系，更正出正確的潮汐表，但海警沒有人願意出來承擔責任。直到昌大大哥來了，你也來了，這才有了框架。駁船上，昌大大哥就是我們的導師，現在還要你去做那些事情，真是讓人覺得安心又很對不起你，謝謝你。

不必擔心，昌大大哥是無罪的！我們一起尋找失蹤者，勞心勞力有什麼錯？不過還真是好奇，昌大大哥絕對是無罪的，那麼要判業務過失致死罪、必須送進監獄的人，都跑到哪裡去了？

身在阿根廷不爭氣的弟弟

治璧

第二部

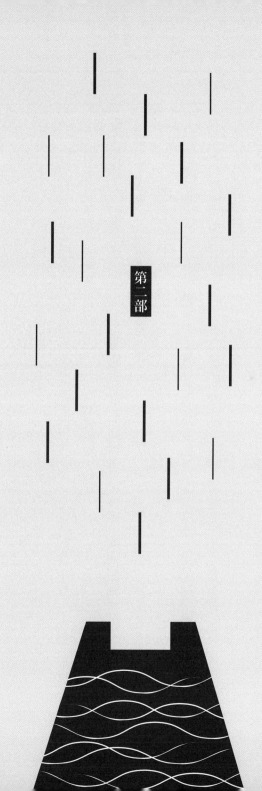

一定

法官大人：

您知道從孟骨水道駁船撤離的潛水員去了哪裡嗎？您一定認為船靠岸後，大家就去見了家人、朋友，回到各自的家鄉，和想念的人一起歡樂相聚了吧。

都錯了。廢寢忘食的往返於孟骨水道和沉船的潛水員，沒有一個回歸到正常生活，因為大家都得了減壓症。雖然大家總是把「總有一天」、「搞不好」這種擔憂掛在嘴上，其實都很害怕那個詛咒真的會滲透進自己體內。

潛水時若沒有完全排除體外的氮氣，形成氣泡，會妨礙血液流動，慢慢演變成骨壞死，還經常會出現肌肉撕裂或韌帶拉傷的症狀，有些人下半身失去知覺，無法自行大小便，而極度的心理創傷更導致幻聽和幻覺。

眼下民間潛水員迫切需要的是治療，不是一般的治療，而是必須在擁有治療減壓症設備和潛水醫學專家的醫院接受住院治療。如果錯過治療時機，最嚴重可能出現全身麻痺或血管堵塞，造成猝死。於是，我們被集體送進位於慶尚南道泗川、擁有高壓氧氣治療中心的D醫院。

對於與大海為伴、熱愛下水的人來說，沒有比得減壓症更可怕的，特別是商業潛水員，若病情惡化、再也無法潛水，連生計也會沒有著落。在駁船上，儘管大家都下了即使得減壓症也要找到失蹤者的決心，但真的被送進醫院後，每個人都開始害怕。換上病人服一躺在床上，身體就彷彿開始叛亂，全身上下開始痛起來，頭痛、關節痛、肌肉痛、牙齒痛……只能根據各部位的痛症先開止痛劑，有的潛水員走路一瘸一拐，有的潛水員手不停發抖，有的潛水員拄著枴杖，還有的潛水員坐在輪椅上，我們拉著彼此的手，看著對方的眼睛，說著不切實際的話互相安慰著。

「吸幾天氧就會好起來，不必擔心。」

「沒錯，上次我認識的潛水員可是抬著進減壓艙，自己跳著出來的。」

「要是真的需要做手術，聽說這家醫院的醫生都是神醫，肩關節、股關節還是膝關節出問題，趁這次機會都換成人工關節，也不錯嘛！」

「我們都會好起來的！」

「當然，一定會啊。」

「可別忘了，我們說好要一起去太平洋那邊潛水呢！」

我們彼此鼓勵，但大家都預想到往後治療的艱辛，畢竟遠超過潛水教育標準的潛水工作量已經持續了三個多月，大家心知肚明。

在所有潛水員當中，我最先接受了手術。一直處在危險狀態硬撐過來的頸部，最終還是出了問題，我切除了壓到神經的椎間軟骨，在六號和七號頸椎處打了固定鋼釘。潛水員們跟我開玩笑，說我以後搭飛機過安檢時，金屬探測器都會發出警報聲。

我們按照減壓艙操作人員的指示，每天進入減壓艙吸高純度氧氣三個半小時。吸氧並不是一次完成，而是每隔二十五分鐘、再吸取五分鐘的一般空氣，藉此排放氧氣的毒性。整個過程簡直像是在懲罰我們在駁船上逞強工作，無聊透頂。

穿上病人服、戴上氧氣罩坐在那裡，像是進到禪房參禪，心裡感到很平靜，飽受痛苦的身體也覺得從裡往外、一點點的好轉了。在減壓艙時即便睏意來襲也絕不能睡著，坐在對面的潛水員揉了揉眼睛、甩了甩頭，我像照鏡子一樣也跟著他做。平靜並不是一直都有，坐在那裡，雜念會像爬牆虎[26]一樣攀上心頭。奇怪的是，比起快樂、開心、暢快的事，那些不願想起的細節反而更容易闖入心房。潛水員們皺起了眉頭。

在這種情況下，偶爾會發生騷亂，引發第一場騷亂的人是曹治璧潛水員。曹潛水員沒有得骨壞死，肌肉和韌帶也正常，看起來健康得彷彿馬上就可以出院。我們一起進入減壓艙的第三天，大概過了十分鐘，坐在對面的他突然抱住頭、癱坐在地上。我立刻上前想摘下他的氧氣罩，沒想到曹潛水員來了一記上勾拳擊中我的下巴，接著一下子趴在地上大叫。

「都塌了！」

他出現了幻覺，把減壓艙誤以爲是九十度傾斜的沉船客艙，把眼前經過的人看成失蹤者的遺體，甚至把潛水員的聊天聲當作客艙坍塌的轟鳴聲。

幸好我的下巴沒有受傷，曹潛水員直到現在還在爲那次的上勾拳事件感到抱歉，但這不是他的錯。雖然輕重程度不一，但潛水員都有身處沉船內的幻覺，每當那種感覺來襲，每個人都會轉頭死死盯著坐在對面或旁邊潛水員的眼睛，確認到他眼睛裡映照出穿著病人服的自己，才能安下心來。

雖然治療時間拉長，加上要做外科手術，但相信國家會對我們負責以後，也感到踏實安心。潛水醫學的專家也指出，急躁是治療減壓症最大的敵人。

在駁船上一起生活的潛水員中，只有柳昌大潛水員沒有住院，因爲他沒有執行深海潛水，只在駁船上負責指揮，所以不用接受減壓症治療。他說要先回家休息幾天，再開始新的工作。潛水員每天輪番打電話給柳潛水員，曾經嫌他在駁船上很囉嗦的潛水員也會偷偷跑到後院打電話給他。有的潛水員和他有話聊，有的潛水員只是問候幾句就掛上電話。雖然打電話的次數和方式不同，但大家都很懷念柳潛水員在身邊的日子。我們記得的只有各自的經歷，但柳潛水員清楚我們爲了尋找失蹤者、每一次的獻身，經常與事故對策本部、海警和海軍交涉的人也只有他。

某次，肌肉和關節都沒有問題的曹治璧潛水員還向柳潛水員提出這樣的要求：「大哥！別

26：多年生落葉藤本植物，可做為裝飾植物栽植於建築外牆，既美觀又降溫。常見於朝鮮半島、日本及中國華北、東北地區。

急著一個人賺錢嘛，等我治療結束，馬上就能出去了，可要給我留個位子啊！」

太陽下山、夜幕降臨的時刻，我就特別想念柳潛水員。白天要進減壓艙，還能在走廊散步，偶爾見見來探病的人。可一到晚上，突然變得沒事可做，視力也變得不行了，夜深時很難看電視或看書，更何況也會影響到同病房裡其他對聲音和光線敏感的人。問題來自於睡眠障礙，就算很早就睡了，兩、三個小時後就會猛地從床上驚醒。因為配合停潮期、不分白天黑夜準備潛水的模式，已經讓身體和大腦養成習慣，在停潮期與停潮期之間只能睡六個小時，習慣已經無法一次改過來。

與其躺著睡不著覺，還不如和大家一起聊天，駁船上寡言少語的潛水員一換上病人服後還真是暢談呢。那次的聊天，聽到很多我從未遇過的問題，也是在那次聊天中，我講了很多自己的經歷。有時提到同一件事情，彼此的記憶卻不同，在駁船上因為時間不夠，很多話題都是講到一半就不了了之，但在病房裡要是出現對立或疑惑，大家便會繞著問題、吵吵嚷嚷的表達自己的主張。這時其他潛水員不會插嘴，更不會轉移話題，他們會在腦子裡回想，然後提出意見，但這樣的爭論並不會很快結束，我們已經離開了孟骨水道，只能依靠彼此的記憶，每當這時，得出的結論都是一樣的——去問昌大大哥！像這樣打電話才得出結論的夜晚，不知道有過多少次。

但不打電話給柳潛水員，只靠大家思考的夜晚逐漸多了起來。那天晚上，我們最常使用的單詞是「一定」。我們不需要攤開圖面，因為已經都記在腦子裡了，每個人依照圖面推測出可能存在失蹤者的場所都不一樣。比如，我提出「一定」會有失蹤者的地點後，再說明理由。接下來曹治璧潛水員會講出幾點同意和不同意見，他說這些地方「一定」要再次進行搜索。再接下來是另一名潛水員插話，其他潛水員也紛紛開口。五個人聊天，就有五種不同情況的「一定」，有相互重疊的場所，也有獨自關注的場所。一直強調著「一定」，聊天突然就此中斷了。

雖然大家都不講，但每個人都擔心的是，如果剛剛自己提出「一定」的場所找不到失蹤者的話……我們立刻搖了搖頭，沒有找到的失蹤者一定都還在船裡，只是我們沒有找到。只要能再回到孟骨水道，到時「一定」會找到的！像這樣提到五次「一定」之後，便會感到五倍的失落，十次就會有十倍的失落，強調二十次的時候，會哭到睡不著覺。

後悔和遺憾湧上心頭。

因爲在醫院接受減壓症治療的我們，再也無法返回孟骨水道了，我們再也無法戴著全面罩、以水面管供的方式潛入沉在深海的船內，失去在能見度僅有二十公分的地方，用手摸索尋找失蹤者的機會。想起某幾個感冒發燒、不能下水的日子，如果那時候能再多潛一次水的話，如果能把今夜提到「一定」會有失蹤者的地點再仔細搜索一次的話，說不定就能多找到一個人……這樣的想法陪著我們，一起迎來了天光。

還有一點不同的是，我們可以從電視和手機上、不受時間限制的了解到世上的消息了。潛水員們主要搜索的關鍵詞是「民間潛水員」，當然還有我們潛水進入的客輪名稱，再加上「孟骨水道」一詞，但幾乎找不到任何搜索失蹤者的新聞。即使是在孟骨水道工作期間，也很少看到與潛水員有關的新聞。

住院後沒多久，記得是七月十四日前後，我看到罹難者家屬在光化門廣場靜坐，開始絕食抗議。說實話，所有人包括我都感到很意外，之前從未見過有罹難者家屬在光化門靜坐，更別說絕食了。在電視上看到絕食的新聞，於是從網路找到了光化門靜坐現場的影片，帳篷裡正在絕食中的罹難者家屬出現在畫面中。

潛水員們的意見產生了分歧，有的人覺得罹難者家屬去靜坐、甚至絕食有些過了頭；也有人認爲，找出沉船原因和爲何未能及時營救的眞相才是最重要的，所以就算去靜坐或絕食都無妨。我沒有馬上表示看法，但很困惑，當時眞的沒有營救乘客的方法嗎？

一開始就已經提過，我不是爲了營救趕去，而是爲了搜索。在我抵達孟骨水道的二十一日，已經過了營救的黃金時間，對於氣穴的期望也已經破滅。從那天起直到七月十日撤離爲止，我們能做的只有找回已經往生的孩子。但我越來越困惑的是，在我抵達孟骨水道前，在船翻覆沉沒以前，在三百零四名乘客危在旦夕的時刻，海警和船員爲了營救他們，到底採取了什麼行動？又或者可以說——根本沒有採取行動？

「簡直難以置信！就算搜索失蹤者再緊急，也不能眼睜睜看著他們骨頭爛掉、肌肉撕裂、神經受損，甚至要坐上輪椅吧？我能理解罹難者家屬失去活蹦亂跳的孩子、失去兄弟姐妹著急的心情，也明白潛水員在亢奮狀態下願意奮不顧身的潛水。即便是這樣，至少海警或事故對策本部那些負責指揮船難搜索的高官們，應該冷靜做出判斷吧！每天潛入深海兩、三次的潛水員，十個有九個必得減壓症，這些人搞不好再也無法潛水，一輩子落下殘疾，甚至可能送命。全世界到哪都不會有這麼愚昧無知、命令他們這樣潛水的國家！

「潛水員也是人，也是大韓民國的國民啊！如果懂得尊重他們，知道減壓症有多危險，就絕對不會以那樣的方式命令他們下去孟骨水道。應該要阻止，下令禁止下水，如果他們還是不聽，就把他們從駁船上趕走、關起來！不是嗎？」

二〇一五年五月十五日，我們在診療室採訪了潛水醫學專家尹哲教（47歲）博士。整個採訪過程中，他不停拍桌子，無法按捺心中的憤怒，一邊拿出MRI和X光片給我們看。

知道他們被糟蹋成什麼樣子嗎？看，這是肩膀、這是膝蓋、這是骨關節，骨頭已經完全壞死了。如果我在孟骨水道現場，絕對會減少他們一半以上的潛水次數。不僅是骨壞死，潛水員的心理陰影也沒有得到治療。只把重點放在潛水次數和尋找失蹤者人數上，完全不重視獨自潛入船內、還要抱著遺體出來的潛水員心理，簡直是袖手旁觀！

在抵達孟骨水道以前，他們大多數人都沒看過屍體，卻要潛入深海在不設防的狀態下抱著遺體出來。請想像一下，有些可能是完整的，有些遺體可能有受損啊，他們還要從頭到腳檢查這些遺體。如果是在座的各位，還想再返回沉船內嗎？可是六個小時後輪到自己，就必須再穿上潛水服潛入船內。

大部分潛水員在駁船上不是哭，就是破口大罵，再不就是因為一些小事暴跳如雷。那是因為他們的心已經變成了碎片，不想哭的時候眼淚也會流出來，不想罵人卻怒火中燒，稍有不適也會感到煩躁。潛水員們為什麼會這樣呢？他們是在掙扎，安撫自己破碎的心，那時候他們就已經受傷了。駁船上至少應該常駐一名像我這樣的潛水醫學專家和一名精神科專家，每天注意潛水員的身體和心理狀態才對。

送到醫院來的潛水員雖然臉上掛著疲憊，卻沒有失去笑容。他們自己猜測，只要在專治減壓症的醫院接受治療，最長不用三、四個月就可以痊癒，還期待明年可以重回工作現場進行深海潛水。可是依我的判斷，這些潛水員至少要休息兩年。

在孟骨水道受到的心理創傷，不只是短時間內顯現的症狀，隨著時間拉長也可能出現各種症狀，特別是處在與孟骨水道相似環境下時，復發的可能性極高。必須先接受精神科專家的診斷和治療後，才能討論是否適合重返工作場所。潛水員能否重新潛水不該由他們自己判斷，而是要由國家幫忙才對，不要光嘴上說「孟骨水道的英雄」，國家應該照顧好這些英雄，讓他們免受心理創傷的痛苦啊！

減壓症的症狀各不相同，治療時間和方法也不一樣。有的潛水員接受三、四個月的高氧減壓治療後，便可以恢復到正常人的標準，有的潛水員則無法斷定痊癒的期限，也就是說，後者無法再繼續做商業潛水了。但這個國家竟然要在二〇一四年十二月三十一日停止補助醫療費用，完全沒有緩衝期，簡直教人難以理解，不僅潛水員反彈，罹難者家屬和生還者也都提出抗議。雖然又延長了三個月，但三月二十九日以後，潛水員就失去政府補助，得自己承擔所有醫療費用了，簡直是官僚！我在電視上看到政府相關人士解釋說這是依法行政，要我以潛水醫學專家發表看法的話，真不明白怎麼會制定出那種不可理喻的法律條文？

當我得知那些必須持續接受治療的重症潛水員，因為沒有錢而不得不中斷治療、離開醫院時，真是氣憤難平。如果不接受治療，那種痛苦有多可怕，各位絕對無法想像。

不是救援才有黃金時間，治療減壓症也有黃金時間。撤離駁船後，把他們送來我們醫院的決定是對的。在醫院接受精密檢查，找到發病部位、確認狀態後，經潛水醫學專家的指導接受治療才能痊癒。現在中斷治療、離開醫院，等到以後再來就為時已晚了，到時候能做的就只有緩解痛症而已，因為已經無計可施。

現在就是這種情況。住在我們醫院的英雄都離開了醫院，各奔東西，他們都在哪裡、在接受怎樣的治療呢？應該沒有接受專家的治療，只是按摩、拔火罐或在汗蒸幕隨便蒸一蒸來緩解痛症吧！治療心理創傷一定要有固定的收入來源，潛水員正處在沒有人關心的境地，沒有一個關心潛水員治療狀況的公務員，別說亡羊補牢了，簡直就是置之不理嘛！

跟我打個賭怎麼樣？二十五名潛水員中，有幾個人可以回到從前的工作崗位？以精密檢查結果來預測，最少有一半以上的人再也無法從事商業潛水！這個國家到底為這些在大型事故中搜索失蹤者，結果自己落得一身病的潛水員做了什麼？他們知道自己都做了什麼嗎？

如果國家補助醫療費用，眼下必須找回來的潛水員至少超過十人以上。崔真澤潛水員的腎臟受損；羅梗水潛水員雖然做了頸椎手術，但還存在排尿等諸多問題，他們若是繼續逞強，搞不好下半身會癱瘓的。潛水員不需要英雄式的待遇，但他們也是人，急需治療的人！他們現在應該在這裡，在專治減壓症的醫院裡。著急缺人的時候把他們叫去，什麼危險就做什麼，等到需要治療卻一副事不關己的樣子，誰還會願意為這樣的國家獻身呢？真是該死的世界！

起訴

我除了頸椎椎間盤突出，還有膝關節、排尿障礙和頭痛問題。骨壞死已經很嚴重，導致膝蓋需要進行手術；有一段時間小便會不受控的一直流，所以必須穿上尿布；在駁船上時而產生的頭痛，也都是靠止痛劑熬過去的，因爲大家幾乎都有症狀產生，所以頭痛這種小事根本不值得一提。

住院後，我經常用杜普勒超音波檢查大腦血流情況，因爲可以聽到聲音，對確診有很大幫助。醫生把測試儀器輪流貼在我兩邊的太陽穴上，通過螢幕觀測血管的狹窄及堵塞問題。我的右腦良好，但左腦存在問題，表示左腦受壓程度過高。介紹這家醫院的人是海警，他們果眞非常了解潛水員的病情。

崔眞澤潛水員的病情更嚴重。在孟骨水道工作前他很健康，幾乎從未出入過醫院。精密檢查後，診斷出他得了骨壞死，腎臟機能也嚴重受損。我因爲減壓症的影響小便不暢，所以大部分時間都和他一起接受治療，自然而然有了很多聊天機會。

崔潛水員四月十九日抵達孟骨水道，七月十日離開，他是唯一一個按照輪班完成潛水工作，從未因身體狀況等理由申請休息的潛水員。駐守在駁船上三個月，再健康的硬漢也難免患上感冒或發燒，崔潛水員一定也有狀態不佳的日子，但他從未表露出來，只是默默的潛水再潛水，像是駁船上的一塊石頭般少言寡語。

我想起那天下午，我們並排躺在患者候診室的病床上，第一次聊了眞心話。那間病房沒有電視，穿著病人服、瞪著眼睛躺在那，還不如聊點什麼。崔潛水員先開口講了自己的故事，離婚後，他帶著讀高二的女兒淑熙兩個人住在仁川中區。以前接到工作都有好幾個月不能回家，淑熙得自己照顧自己，已經習以爲常了，身爲父親的他覺得很對不起女兒。

我問他：「在駁船時，有常常打電話給女兒嗎？」

「只打過兩次。」

「三個月只打了兩次，不會太少嗎？」

崔潛水員望著棚頂，東問西答道：「這次回去，想和女兒來趟兩天一夜的旅行。」

我聽著聽著昏睡了過去，可能主治醫生那天的患者很多吧。昏睡中，我突然感覺怪怪的，睜開眼睛，發現崔潛水員坐在床邊，正俯視著我的臉。

「知道我爲什麼不打電話嗎？聽到我閨女的聲音，潛水時總是會想起她的臉。我本想保持一顆平常心盡全力搜索，但也不知道爲什麼就變得膽小退縮了。那種感覺很糟糕，覺得很丟臉。」

被送進醫院的四天裡，崔潛水員連走都不能走，骨關節和膝關節都嚴重到骨壞死的地步，更嚴重的是腎臟，嚴重發炎到需要長期住院治療。

我問他：「聯絡女兒了嗎？」

「傳過簡訊。」

我繼續追問：「告訴女兒你的身體狀況了嗎？」

「不想孩子擔心，所以沒有細講。」

雖然再也無法深海潛水了，但我說國家會治療我們直到痊癒的，要他放寬心，好好接受治療。他也勸我別著急回去工作，一起在醫院好好治療，都做了頸椎手術、排尿也出現問題，至少要休息一年以上才行。

我回答他：「不要爲別人操心了，先照顧好自己的身體吧。」說完，我們都笑了。

記得八月二十六日那天，柳昌大潛水員打電話來。那時我剛從減壓艙出來沒多久，他以失望的語氣先問了我的病情。我說現在走路還一瘸一拐的，他囑咐我，不管發生任何事情都要治好。我想到一些問題，所以問他。

「你還好嗎？」

「今天說我是被告人，從參考人變成嫌疑人已經很不可思議了，現在又說我是被告人。」柳潛水員的聲音十分顫抖。

後來我查看國語字典：「被告人」，刑事訴訟中，依據檢方判斷需承擔刑事責任而被提起控訴的人。

受到國家委任的檢方，要向柳昌大潛水員追究刑事責任。

「今天起訴了，業務過失致死，必須接受審判。」

「他們這是一定要在大哥的人生裡畫條紅線啊！」

「人死了，總得找個人出來擔責任啊。」

「爲什麼責任要大哥承擔？你要是有錯，也是錯在替國家奮不顧身的做事啊！大哥，先別擔心，我們在這裡也商量一下。」

「梗水啊！我問你一個問題，駁船上有人叫我『指揮官』嗎？我記憶裡從沒接受過那樣的職位啊，可是那些人非要叫我指揮官！」

駁船上所有海軍、海警和民間潛水員加起來，也都沒有一個人稱呼柳昌大潛水員爲指揮官，我們都叫他大哥，海警和海軍的幹部也只是稱他爲「民間潛水員柳昌大先生」。

後來聽相關律師講，這次審理的核心是要搞清楚柳昌大潛水員的「職務」是什麼，根據職務來決定業務的性質和範圍。如果與其他民間潛水員不同，有「指揮官」這種職稱，就代表他是指揮民間潛水員的指揮官。我要再次強調——我們從未稱呼柳昌大潛水員爲指揮官。

我和柳昌大潛水員收到「水難救護業務從事命令書」是在五月二十六日，潛水員死亡意外發生二十天後。如果沒有命令下來，柳潛水員憑什麼擁有公開的職位呢？更何況後來下來的命令書中，我和柳潛水員的業務欄中都標記「客輪沉沒事故相關搜索失蹤者」。柳潛水員如果是指揮官，那負責業務欄中應該標記「管理」或「監督」不是嗎？這張證明書就證明擁有現場指揮權的本部權限，並沒有交給柳昌大潛水員。

有人提出柳昌大潛水員拿的日薪比其他人多，意思就是說拿了多少錢就做了多少事。我雖然不想討論錢的問題，但這的確是釐清事實最好的方法。

首先，在事故發生前，沒有一個民間潛水員知道日薪是怎麼決定，大家一心只想多找到一名失蹤者。潛水員拿十成，拉線員拿三成，以總指揮的名義給柳潛水員一．三倍的薪水，是在事故發生後四十一天才決定，也就是由六月十七日的第九次中央災難安全對策本部會議決定。這個決定不僅柳潛水員，我們民間潛水員也從未介入或表示意見。

聽到柳潛水員變成被告人的消息，大家聚在一起開始討論，每個人都覺得很憤怒。柳昌大潛水員被以業務過失的罪名起訴，不僅是柳潛水員一個人的事，也是在駁船上出生入死的所有民間潛水員的事。柳潛水員犯罪的現場是哪裡？是駁船。在駁船上和柳潛水員一起度過的人是誰？正是躺在醫院裡的我們。如果說柳潛水員的過失導致某個人的傷亡，他犯下「因不注意，造成無法預想的結果」的罪名，那我們不就成了看著他犯下罪行的證人？無論怎麼想，都找不到柳潛水員的過失和犯下的錯誤，他公平的對待每一位潛水員，做出適當且及時的判斷，因爲他而像我這樣撿回性命的潛水員可不只一、兩個，他接受表揚和受勳還來不及呢，竟然被誣陷成犯人。

那天從崔眞澤潛水員口中聽到一句成語：兔死狗烹！意思是抓到獵物兔子後，獵犬便失去存在價値，就直接抓去吃掉。「烹」這個字的語氣很妙，潛水員如果不聽話就會被煮掉，大家雖然開玩笑說眞心換絕情，但現在柳潛水員的處境正是要被「烹」掉了。現在回想起來，和他一起被兔死狗烹，是在七月九日收到簡訊那天，船難發生已經兩個月，在孟骨水道搜索失蹤者的潛水員都收到要求撤離的命令，從這點就能看出事故對策本部和海警是如何看待我們的。

在此之前還有兩個兔死狗烹的徵兆，第一個是保密合約。之前也提過，潛水員是沒有嘴巴的。合約中的條款表明，在孟骨水道看到、聽到、提到的內容，不可以對外公開。如果洩露出去就要追究民事及刑事責任。我們以爲這是國家的事情，所以在保密合約上簽了字。現在潛水員都因爲那份合約，很忌諱提起在孟骨水道的經驗。當然會有不便對外公開的機密，但要求對孟骨水道的整體工作情況封口，我們又不是間諜，要求的實在有點過分。我們在孟骨水道經歷的事，也是國民必須了解的珍貴經驗。

還有一點，怎麼會把有業務過失致死罪的嫌疑人一直留在駁船上繼續做事？如果認爲那是犯罪行爲，不是應該讓他停止工作嗎？雖然柳潛水員與司法警察官會面後寫了調查報告，但很快就回到駁船，而且像往常一樣繼續工作。因此，我們沒有體認到從參考人變成嫌疑人的嚴重性。不只柳潛水員，在他身邊的我們也沒想到他會被提起刑事訴訟，可他竟然從參考人變成嫌疑人，又成爲被告人。

那天晚上，我因爲頭痛一夜沒睡，像在沒有光線的深海底一樣全身濕透，吃了藥也沒有緩解痛症。我隱隱覺得提起告訴不是結束，而是開始。潛水員相信國家，信任海警，才在駁船上堅持下來，儘管有很多不盡人意之處，但我們說服自己尋找失蹤者是最首要的。國家卻把柳潛水員以被告人身分送上法庭，這等同於向跟柳潛水員一起在孟骨水道共事、如今正接受減壓症治療的我們傳來紅色警訊。

就像把業務過失致死的罪名嫁禍給柳潛水員一樣，搞不好突然有一天，他們也會利用我們生疏的法律知識，把我們從醫院趕出去，想到這就讓人感到不安。無論是主管部長或在底下做事的公務員，沒有人能保證國家會支付全額的醫療費用，保證潛水員可以接受治療直到痊癒。

開始擔憂這方面的事後，憂鬱症也更嚴重了，嚴重的頭痛加上失眠，我每天晚上都想像著被「烹」掉，直到天亮。這種不安的心情找不到可以商談的醫生，等到能夠傾訴內心不安的絕望，是在隔年四月以後，當然也不是在國家指定的醫院，而是我自己找到的民間治療機構。

提告這件事，讓所有住院的潛水員都開始失眠。我們已經這樣氣憤，可以想見柳昌大潛水員的打擊有多大。我擔心他會做傻事，於是隔天開始每天都打電話給他，其他潛水員也和我一樣。一個星期後，聽到柳潛水員熟悉的謾罵聲，我這才放下心來。

「喂！你這搗蛋的傢伙，幹嘛又打電話？手機都讓你打得燙手了！梗水啊，不用打電話來啦，替我謝謝大家，我就當被瘋狗咬了，既然走到這了，誰對誰錯我也想好好跟他們理論看看！我到底錯在哪裡，倒要看看法律會怎麼判！」

二〇一五年九月六日，我們在光化門世宗大王的銅像下見到蘇仁凡（29歲）。他說自己不喜歡問答式的採訪方式，看過我們準備的問題後，直接把自己想回答的內容講了出來。

想問九〇六大捷是吧？對這名字感到陌生？這是我們的叫法，就是你們所謂的二〇一四年九月六日暴食事件。都過去一年了，難道現在要做周年紀念訪談？

儘管問吧！我問心無愧，能參與大捷我很自豪。當天參加活動的人包括我在內有五百多人，到今天還是存在，因為到現在還是有遺屬蟲們占領著光化門廣場。

那是交通事故啊，一起發生在海上的交通事故！三百零四人遇難，我也感到遺憾。看到網路上說什麼魚糕和魟魚[27]，我也覺得過分……再講回交通事故，因為交通事故死了親人，就出來占領首爾市民的廣場，在那裡搞靜坐，這種人我還真是第一次見到。甚至胡攪蠻纏，還搞起絕食抗議，他們要是關在家裡悼念亡者、不吃不喝的，也不關我們的事啊，幹嘛跑到廣場來好像在炫耀自己餓肚子似的，乞丐也不會像他們那樣。

說什麼「在餓肚子的人面前吃東西不覺得過分嗎？」看來你們是讀了某家進步派報紙的專欄才跑來的吧？好吧，我就來告訴你：如果絕食是為了表達某個主張，那暴食也是表達主張啊，我看到那些在光化門廣場上搞絕食的傢伙就覺得火大不爽。你們該不會想跟我說「如果不是有難言之隱，幹嘛要絕食」這種老生常談吧？

遺屬蟲為什麼會成群結隊、像乞丐似的從安山到首爾光化門廣場來搞絕食？很簡單嘛，不就是想為自己制定什麼特別法案嘛，可笑至極！出了交通事故，只不過死的人數多了些，就想不用交通事故法規處理，要制定特別法案？還要組什麼調查交通事故委員會，把調查的權力都交給委員會。不達成目的就一直餓下去。

大韓民國檢察官和警察要做的事情，憑什麼交給他們？客輪非法擴建、超重裝載，相關海運負責人都拘留了，不負責任的船長和船員也抓起來了，連海警艦艇艇長不是也拘留起來、接受審判了嗎？該抓的都抓了，該判刑的也判刑了，遺屬蟲到底還想把誰抓起來，一會要刑偵權，一會要起訴權的，發什麼瘋啊！

你們知道遺屬蟲為什麼一定要絕食嗎？都是為了賠償金才在那裡耍手段啦！只要老老實實待著，自然會依照法律支付賠償金，突然跑出來說錢不重要，根本都在演戲。

天安艦，知道吧？那可和這次單純的客輪沉沒等級完全不同，天安艦可是被北韓擊

27：網路上有將世越號罹難者比喻成被魚吃掉後做成的魚糕，或發臭的魟魚等言論。

沉的軍艦啊！你們聽過天安艦的遺屬出來靜坐、到首都來鬧事的嗎？還對賠償金說三道四，為了引起關注耍手段。天安艦遺屬們只是安安靜靜的哀悼著戰士，這些遺屬蟲卻炫耀似的跑來絕食，又不是保家衛國而死，只是為了去濟州島玩才死掉的耶。

現在越來越多可疑的人在廣場上閒晃了，什麼「團隊」，那些傢伙又不是遺屬蟲，搞得好像受害者一樣衝到最前面批判政府。現在這裡就有，光從這看，我就能找出三個人，他們都是受到北韓惡勢力的控制，在這裡教唆這些愚蠢的遺屬蟲。不覺得很奇怪嗎？一次都沒參加過集會示威的人，怎麼會一下子就適應露宿街頭的生活呢？一直光靠嘴說沒用，所以我們才採取行動。停止絕食，把廣場還給市民，別在那邊要求不切實際的特別法案、特別調查委員會、刑偵權、起訴權了，他們要是能安安靜靜回家等著，我也不用抽時間跑到這裡來。

真沒想到能聚集五百多人，我也是在網路上看到才來參加的。我們還能做什麼？喊口號嗎？把披薩和炸雞塞進那些搞絕食的人嘴裡嗎？那可不行。

我才不會那樣做。你們別以為餓肚子很辛苦，吃飽了也很辛苦的，像我這樣的瘦子更辛苦，更何況要吃這世界上最讓人噁心的披薩呢。為了表達我對絕食者的不滿，我還得強忍著噁心才吃下兩塊披薩。

大韓民國是民主共和國，誰也管不著，我們在廣場上吃披薩、炸雞、喝啤酒，遺屬蟲也說了，隨便我們怎麼吃。他們說得還真對，光化門廣場是首爾市民的，更是大韓民國國民的，所以為什麼要跟我們這些好好吃喝的人爭論是非呢？

不管是一年前還是現在，我的想法都一樣：無法認同遺屬蟲的特權。就是一起交通事故，到底還想怎樣嘛，好歹有點廉恥吧。死抓著一件事不放，非要占足便宜，就是因為有這種人國家才會變成這樣。

你們問我還會不會繼續參加暴食鬥爭？那要看這些遺屬蟲了。我也很忙，沒事我也不想來廣場浪費時間，但這些遺屬蟲要是繼續在那裡假扮受害者裝可憐，讓我不爽的話，我也沒有理由放著不管……但披薩就算了，上次害我拉了兩天肚子呢。

我也想問你們一個問題，像我這麼想的人奇怪嗎？為什麼要把我們交的稅金給那些因為交通事故失去親人的遺屬呢？如果是像保護國家而陣亡的天安艦和西海交戰士兵，那就另當別論。

不管我怎麼觀察、聆聽，都從廣場上聚集的這些人身上學不到一丁點東西，他們都是散發出惡臭、必須清理掉的垃圾！知道我們為什麼叫他們蟲嗎？因為他們自從出事後，就寄生在大韓民國政府和國民身上混吃混喝。補償金已經給了一億以上，捐款也超過一億，明明肚子飽飽的大撈了一筆，現在跑來絕食，你說怎麼不讓人生氣？他們還真把廣場當舞臺，自己當起演員了呢。

遺屬蟲不是說過：「真相會大白，一定會查清真相。」說得對，就是要揭穿他們這些微不足道的小把戲。你們要是不信，我們就來打賭，明年二〇一六年九月六日，那些黃絲帶和白色帳篷都會消失的。廣場被他們霸占到現在就已經很讓人生氣了，不管怎樣，今年一定要把廣場還給市民，這才是健康的市民意識。你們要是不相信我，明年的今天再來這裡見面，怎麼樣？

徹底的絕望

如果有人問，最不想在什麼季節潛水，我想潛水員百分百都會回答冬季。冬天工作量變少，混口飯吃都變得很難，即便運氣好爭取到工作，但想在冬天的大海裡工作可不簡單。雖然下水後會忘記季節，但最痛苦的是在駁船上吹著北風，用凍僵的手穿潛水服的時刻。我人生中度過最寒冷的冬天，不是在冬天大海的駁船上，而是在泗川。

二〇一四年十二月三十一日將中斷補助民間潛水員的醫療費用，這消息是從院方那裡得知。輕微減壓症的患者可在幾個月內好轉，嚴重患者卻要醫治好幾年，若出現下半身痲痺、腎臟或心臟出現異常，也必須接受治療，但政府並沒有詳細調查潛水員各自的病情，只是單方面定下日期，中斷補助。

這對我們的打擊實在不小，對政府的最後一絲期待也蕩然無存，我們明知會落下一身毛病，卻還是繼續潛水，正是因爲相信國家會對我們負責到底。在跳下孟骨水道前，也有人提出要簽署附上醫療條款的合約，但當時搜索失蹤者可謂分秒必爭，事故對策本部、海洋水產部、海警和海軍的相關負責人也都在駁船上，我們心想，如果他們親眼看到民間潛水員的工作環境和工作量，一定會爲日後的治療負責。法官大人，如果您是民間潛水員，在那個當下除了相信政府，還能相信誰呢？

潛水員自付醫療費當然也能住院接受治療一段時間，但在無法預測治療時間與費用的情況下，單方面中斷補助費用，對我們來說簡直是晴天霹靂。需要長期接受治療的潛水員很難重返工作現場，中斷補助醫療費的政府，更不可能會在乎我們的生計，剛好又是冬天，我們就像被徹底丟棄在冬天的大海裡，無論去抗議、懇求多少次，得到的都是「依法辦理」的冰冷答案。

如果是依法辦理，那我和其他潛水員就沒有去孟骨水道的理由了，因爲我們不是被召集的對象，根本不是依法，而是憑良心想去幫忙。我們一心只想找到那些在冰冷海水裡的孩子們，把他們送回家人懷裡；我們一心想幫忙，因爲那剛好是我們可以做的事。我們筋疲力竭，只想快點找到失蹤者！

潛水員用眞心在做事，政府卻是依法做判斷，這個國家沒有良心，政府用法律踐踏了潛水員的眞心。國家必須正直，應該向趕到孟骨水道或準備趕往孟骨水道的潛水員講清楚，如果大家得了減壓症，政府只能補助醫療費用到年底，也無法被認定爲職業災害，即使無法重返工作現場，國家也沒有配套措施和補貼，只能自己負責。如果是這樣，就不會有潛水員每天跳入那危險的大海裡三次了。

十二月一過，潛水員便各奔東西。當面對要用所剩無幾的存款支付醫療費的現實時，突然感到很害怕，我在十二月初轉院到一山H醫院，D醫院的專家強烈勸我要接受膝關節骨壞死的醫治手術，時間拖久只會更糟。十一月時，我也動搖了，如果非要做手術，最好是在專門治療減壓症的D醫院，但治療和復健所需的住院費及醫療費突然變成個人負擔後，我便放棄了手術。因爲根本不知道要交多少費用，更何況也無法保障做了手術就能重新工作，我實在也無法一下掏出那麼大一筆錢。

聽說我轉院到一山，親戚朋友都來醫院探病。雖然很感謝他們來看我，但我實在無法和他們有說有笑的，從四月二十一日抵達孟骨水道以來，除了潛水員以外一次見到這麼多一般人，那個冬天還是頭一遭。對探病訪客來說，孟骨水道是比國外知名城市還陌生的地名，而才過去八個月的船難，對他們來說卻像已經過去了八年、甚至八十年。

他們不知道大部分潛水員都得了減壓症，對減壓症也很陌生，甚至從未聽說哪裡有報導讚揚過孤軍奮戰的我們。因爲他們不知道我去孟骨水道的準確時間，還指責我爲什麼不快點潛入船內去救人。我跟他們解釋，我不是去救人，而是去搜索失蹤者時，他們又會說，人都死了做那些有什麼用，白辛苦了一場。

我沒有和來探病的人爭執下去，他們不會理解找到遺體的家屬和沒有找到遺體的家屬的感受。他們甚至毫不關心，爲什麼至今仍有家屬在彭木港呼喊孩子的名字，堅持一定要打撈船隻尋找遺體。會有家屬覺得既然人都死了留在海裡也無所謂的嗎？找到遺體，辦完葬禮，才算送走了已故的人。找到遺體送走他們，對我們民間潛水員來說，對罹難者家屬來說，都非常重要。

最尷尬的瞬間是朋友開口向我借錢時。我向他們解釋，按照法律，潛水員是有拿到日薪，但金額並不多，加上要長期接受治療，需要自己承擔費用，所以沒有多餘的錢可借了。竟然要解釋這些，我感到無奈又氣憤。

不肯輕易放棄的朋友繼續追問：「一具遺體不是可以拿五百萬元？」媒體一次的錯誤報導，即便事後做出更正，但在人們的腦子裡早已根深蒂固，我更生氣的是自己要為那毫無根據的五百萬謊言辯解。甚至不少人覺得我看起來沒什麼毛病，大概只是出了小問題，國家既然已經提供治療，根本不用自掏腰包。我告訴他們，國家的補助到十二月三十一日就停止了，所以才不得不轉院。一月開始，在這家醫院的住院費和醫療費都要由我個人承擔。但他們誰都不信。

講了快超過一個小時關於錢的事情，我眞想把自己嘴巴撕爛。在他們眼裡，我是在孟骨水道掙了大錢的潛水員，他們把我看作錢，表示他們認為民間潛水員都是把失蹤者看成錢。聽到他們這麼講，我控制不住怒火，聲嘶力竭的大吼起來，因為不管我說什麼，他們都不相信。

我感到很委屈，潛水員是怎麼在孟骨水道堅持過來的，大韓民國的國民完全不知情。在這個被稱為「地球村」的地方，無時無刻不在播報各個地方的消息，怎麼會連一點關於民間潛水員的消息都沒有呢？在那漆黑的船裡，我們流下的眼淚、汗水，我們的恐懼、痛苦、堅持還有努力，統統都去了哪裡？

那天和那些來借錢的朋友爭吵後，我又失眠了。他們告誡我不要為了一點錢就破壞友誼和義氣，但我是眞的沒有錢可以借給他們，醫生更診斷出搞不好以後再也無法潛水，這對我來說是多麼深不見底的絕望，他們永遠都不會明白。

法官大人！

我翻來覆去直到快天亮才睡著，但感覺像被什麼東西壓住身體。我睜開眼睛，卻連手指也無法動一下，呼吸變得困難。我緊閉雙眼再睜開，像什麼事都沒有發生一樣，像很久以前便置身於此一樣，昏暗的房間裡四處充滿飄浮物，有行李箱、被褥、校服上衣還有枕頭，這些物品越是顯得寧靜，我越感到不安。我曾下定決心不再去看這些東西，但現在，九十度傾斜在孟骨水道深海中的船內物品，充滿我的病房。

我好不容易轉過頭，尋找病床旁的緊急按鈕，按鈕旁邊有三個並排的供氧孔，我現在需要新鮮空氣。如果這裡是充滿漂浮物的水中，那沒有鰓的我需要把氧氣管接到供氧孔，戴上氧氣面罩。沒有時間了，如果再不戴上面罩，我會窒息而死的！

咯吱！

牆壁和棚頂發出轟鳴聲。雖然看不清楚，但那混凝土砌的牆壁和棚頂顯然很不結實，難道在我睡著的時候，建築被換掉了？

咚！

更大的轟鳴聲在我頭頂響起。這個房間不安全，馬上就要坍塌，我必須跑出去！我起身坐起來，但馬上失去重心，又倒回床上。

糟糕，這次整張床開始搖晃了。我伸直雙腿，向上伸出手臂，病人服也被我撕開，卻感覺胸口更加壓迫。好不容易兩隻手可以動了，我伸手想按下緊急按鈕——但按鈕不見了，按鈕一直都在那啊，但不管我怎麼摸索都只是光滑的牆面，四周也沒有找到按鈕。這時，牆壁突然出現裂縫，起初只是細小的裂縫，但很快便可以伸進食指。牆的另一頭彷彿有人抓住我的食指，那個人拉住我的食指，然後是中指，接著是無名指，馬上五個指頭都要被拉進去了——

喀嚓！

像是被扣上手銬一樣，我的手腕感到又痲又重，我吃力的抬起另一隻手想放在胸口上，但完全摸不到胸口。雖然看不見，但在那裡，胸口上像是有什麼似的。

我快暈過去了！但意識還保持著清醒狀態。我摸索著，那是緊握著的手、頭、肩膀，手臂和腿，我伸長手臂摸向那個人上方，上面也是人的頭、肩膀、手臂和腿，再向上摸，上面還是人。我身體上重疊著三個看不見的人，所以才感到胸口發悶，無法移動身體。

氣味襲來，但不是直接鑽進鼻孔，而是像毒蛇一般從腳趾經過腳踝、膝蓋和臀部，再溜到背部和腹部，經過胸口和脖子向上竄，我的全身變成鼻子在聞氣味。最後那氣味要竄進鼻子時，我屏住呼吸，因爲全身已經領教過那氣味的威力，我不想讓它經由鼻子和嘴巴進入肺部。

我最多只閉了一分鐘的氣，那氣味就乘虛而入，像占領軍般霸道的闖了進來。原來我的鼻孔可以這麼大，從頭頂到下巴、整個頭蓋骨裡都充滿那股味道。我無法用文字來形容它，再優秀的作家恐怕也無法描寫出那晚我聞到的氣味，我把那氣味認定爲，沉沒客輪裡所有生物與無生物融爲一體的味道！

那氣味竄進鼻子時，我又害怕又吃驚，畢竟從出生以來從未聞過那種氣味，凝結住的氣味進入頭蓋骨後，又像倒敘似的自行散開來。從海底泥土的味道到鐵鏽的味道，再到腐蝕的木頭味道，還有汗水與血水參半的肉味。當三個人的肉味在我腦子裡充斥時，我使出渾身力氣擺動著身體。他們突然睜開了眼睛，不是三雙眼睛，而是只有一雙，最上面的人的眼光穿透中間人的後腦杓，重疊在中間人的眼光上，然後再穿透壓在我身上的人的後腦杓，重疊在他的眼光上。三雙眼睛的光重疊在一起，照在我的臉上，燒灼的發燙。

頭髮真的燒起來了！耳朵和鼻子都變得滾燙，這氣味也竄進我的頭蓋骨融進那股味道裡。那眼光慢慢向下移動，我的脖子和肩膀開始出現火花，最後是心臟。若是這樣一直躺著會被火葬的！我猛地站起身，但身體不斷向前傾斜，我以為站直身體那三個人就會從我身上掉下去，但他們繼續豎直的貼在我身上，眼光和向我施加的壓力沒有任何改變。棚頂變成了牆，牆變成棚頂，躺著等於站著，站著等於躺著。

我用拳頭使勁拍打，但那三個人都沒有脫落。我看向右手臂，伸進牆壁的手腕和手已經燒的只剩下黑色的骨頭了，心臟處也冒起黑煙。我轉過頭看向窗戶，窗外有人走來走去。我呼喊著，但那腳步沒有停下來。我用力飛奔過去，整個身體撲向窗戶，我的頭撞碎了玻璃，發出「砰」的聲響。

在全羅南道海南的海邊，我們見到了花農朴世熙。

那是一個天青海藍的午後，剛潛水上來的她大概是口渴，拿起瓶裝的水大口大口的喝起來。高高的個子、高挺的鼻梁、目光溫厚，有點印度女子的感覺。我們來到甲板下，她點起電子暖爐，二〇一五年二月十七日的海風還是吹得人臉頰通紅，即使關上門，海風還是能扒開一條細縫，直竄進脊椎裡。

「聊毀婚的未婚夫，誰都會覺得荒謬和生氣吧，換作是你也會拒絕這種要求吧？」

我們打電話給她表明想採訪，等了一個月後，每個星期都寄一次mail給她，但都沒有回音。直到一星期前我們正打算放棄時，收到只寫著一句話的回信：二月十七日中午，到海南後再打電話給我。

「如果梗水哥沒去孟骨水道，我們去年十月就結婚了，然後像今天這樣一起縱橫海內外的海域。他說過，結婚後要帶我看遍世界上迷人的花園和知名的海域，不用考慮存款，有了錢就去旅行，可是……梗水哥最近還好嗎？」

面對她突如其來的發問，我們一時不知道該如何回答。有關羅潛水員的近況，是該一五一十的告訴她還是該含糊其詞，我們也無法判斷。當我們打電話告訴羅潛水員要去採訪朴世熙時，他先是擔心了起來：一定要去採訪世熙嗎？這不是在傷口上撒鹽嗎？當我們還是執意要去採訪時，他再三叮囑我們，毀婚的責任都在他，不管朴世熙說什麼都不要提出異議。

一陣沉默過後，朴世熙抬起下巴，用手搧風，不想讓我們看到她眼裡含著的淚水。

「我以為再也不會提起他了……他真是一個薄情的人。二〇一四年的平安夜，那件事以後，他竟然連封簡訊都沒有。怎麼能這麼對待救命恩人呢？婚是結不成了，可好歹也要問候一下救命恩人吧？」

感情在翻騰，面對自己的反問，她最終還是落下了眼淚，接過我們遞給她的手帕擦了擦眼淚。我們盡可能禮貌的提出事前準備好的問題。

（以下提問以□標示，朴世熙以■標示）

□二〇一四年十月四日的婚禮原本只是延期吧？不是毀婚，只是往後推遲了，對嗎？

■是往後推遲，因為梗水哥沒辦法用走的舉行婚禮，雖然手術治好了頸椎椎間盤突出，但左膝蓋的痛症讓他一瘸一拐的，腰部和肩部的疼痛也很嚴重。

我去了三次泗川，還記得那是七月第一次去的時候，梗水哥要我八月以後再來，但我沒聽，因為太想他了。我沒告訴他就直接去了，一到病房，看見他脖子上綁著繃帶、坐在輪椅上。他連頸椎動手術那麼大的事情都沒告訴我，我吃驚的癱坐在病房外的地上。梗水哥也嚇了一跳，連忙滑著輪椅來到我面前。

他說自己得了減壓症，在孟骨水道工作的大多數人都在那家醫院接受治療。他安慰我說自己很快就會好起來，但我不信。因為我也四處潛水，在濟州島潛水時偶爾會遇到海女，她們都是有二十年以上潛水經驗的人。聽她們說，膝蓋、胯下和肩膀要是出問題就再也不能潛水了，一輩子都會受內傷痛楚的困擾。我求梗水哥告訴我真相，要治療多久，是否有治癒的可能。梗水哥表情嚴肅的告訴我，至少要接受兩年治療，一起住進醫院的潛水員之中還有比他更嚴重的。

他說婚禮恐怕不能在十月舉行了。老實說就算按照原定的十月舉辦婚禮，我也無所謂。新郎變成瘸子入場雖然看起來怪怪的，但他又不是做什麼壞事，相反的，那是他在孟骨水道搜索失蹤者落下的病，這難道不是光榮的事嗎？但梗水哥不同意，說那樣對不起我，他的牛脾氣又犯了。後來我才知道，他不僅膝蓋受傷，排尿障礙也很嚴重，要是在婚禮現場尿褲子，那笑話可就鬧大了，所以他執意要往後延。

□十二月二十四日的事，能詳細的說明嗎？

■梗水哥突然轉到一山的醫院，雖然離首爾更近這點讓我很開心，但我聽說D醫院才是治療減壓症首屈一指的醫院，不禁感到有些奇怪。

十二月七日，我在六人室病房見到梗水哥，住在那家醫院的民間潛水員只有他一個。我問他其他人呢，他說都回各自的家鄉了。接著他突然冒出一句：「無論如何，婚是結不成了。」聽他這麼一說，我整個人都傻眼，真的！

商業潛水員都先講結論，因為潛水遇到緊急情況時，沒有時間說明和解釋，所以都先講結論，再夾雜著髒話講明白，所以聽的人都會受到衝擊。我了解梗水哥講話的習慣，但當時又不是在駁船上，是在病房裡啊！他什麼也沒解釋，只是單方面通知，好像在大海中央似的。

我太生氣了，都不知道怎麼還嘴，眼淚先流了出來。我問他理由，他說是自己的問題，結婚只會讓我不幸福。這算什麼理由？更讓人越來越委屈和生氣。我要他講真話，是不是有了別的女人。他看著我的臉，說自己搞不好一輩子都要接受治療，痊癒的希望渺茫。我說我願意守著他，就算治不好，也願意看護他過一輩子……

你們也知道他那牛脾氣吧？自己決定的事情是不會改變的，就因為那脾氣，他才主動跑去孟骨水道啊。以前我們只要有意見衝突，大多數時候都是我讓步，但這次我絕對不會讓步。

在東海遇到梗水哥，一晃眼五年過去了，五年可是不短的時間啊。他當潛水教練也非常優秀，因為他會充分考慮到每個階段學生的身心狀態，再進行指導，所以很受人喜愛。這麼無微不至又用心工作的男人，誰能不愛呢？

我說我會等到他回心轉意，還騙家人說梗水哥的病情好轉了，才轉到一山的醫院。

我真的沒有想要毀婚的意思，一點也沒有，但是……

（朴世熙停下來，說想到外面透透氣。門一開，海風迎面吹了進來，拍打著胸口和臉頰。我們低頭看到朴世熙放在桌上的手機殼貼著愛心貼紙，一顆貼滿整個手機背面的紅心。那顆心是要向誰表達愛意呢？她對羅梗水潛水員還戀戀不捨嗎？這是羅潛水員去孟骨水道前，他們一起貼的嗎？十五分鐘後，朴世熙回來了，我們聞到一股菸味。）

■十二月二十四日晚上我去醫院看他。七日他提出毀婚後，一直躲著我，會客時間去找他也不肯見我。主治醫生對我說，患者需要絕對的休息，還鄭重其事的要求我注意與他見面的情緒。除了膝蓋問題，他心理狀態的不安也很嚴重，如果不安指數一直飆升，搞不好會變得難以控制，所以我一忍再忍。梗水哥既不接電話也不回簡訊，完全斷了聯繫。他去孟骨水道時也有兩、三週聯絡不到人的時候，當時也很擔心他受苦，又不得不忍著。

平安夜那天實在忍不住了，我心想哪怕去看看他睡著的樣子也好，所以直接跑去醫院。會面時間已經過了，我設法避開護理人員到了病房，悄悄推開門，但梗水哥沒有躺在門旁邊的床上，我以為他在病房裡附設的廁所。但當我徹底打開門時，看到有人正面向窗戶站在床邊，那是梗水哥。病房亮著一盞小燈，雖然光線只能照到側影，但光看背影我就能認出他。

我想從背後抱住他，明知道他會冷淡的問我來幹什麼，但我實在太想他了，想他身上的味道。我慢慢走進病房。突然，梗水哥開始揮舞起左手臂，接著用手摸自己的臉和脖子，最後像是要保護胸口似的把手擋在那裡。我懷疑自己看到幻覺，那場面真是太奇怪了，他像是被火焚身似的全身痙攣，手指、手腕、手肘、肩膀都以各自的方向開始扭曲，那是故意為之也無法做出的姿勢。右手臂也變得很奇怪，左手臂出現痙攣時，右手卻垂在那裡一動不動，像提著一個大鐵塊。

「梗水哥！」

我想要先消除他的痙攣，但他沒聽到我喊他，隨著左手的扭曲，整個身體也跟著顫抖起來。不能再這樣下去了，我一步步朝他走去，正想抱住他的瞬間，他衝向窗戶，我也跟著跑過去。他縱身撲向窗戶，隨著一聲巨響，玻璃碎了，玻璃碎片四濺，梗水哥的頭、胸口和肚子都伸到窗外，如果放著不管，那衝力的慣性會使他衝出窗外、墜樓身亡。

那瞬間，我抓住他的兩隻腳，像鳥類收起翅膀孵蛋一樣狠狠抓住他的腳，接著用力拉他。他的膝蓋帶動我往前撲倒，就算肩膀撞到地面我也死都不肯放手。其他病人陸續跑來，護士和值班醫生也來了，這才救下梗水哥。梗水哥的頭流了很多血，我也被玻璃碎片劃破脖子和手背，血肉模糊。偶爾我會想，那天晚上如果我沒有去醫院，梗水哥縱身跳下去，我們可就天人永隔了。

□接著就毀婚了嗎？

■我死心了。梗水哥第二天早上又轉去別的醫院，他連轉去哪家醫院都沒有告訴我，我是後來才打聽到他轉去了韓醫院。

我第一次去泗川看他時，就知道他的病需要長期治療，因為他已經坐輪椅了。我不懂什麼心裡障礙和陰影，以為困擾他的睡眠障礙、憂鬱症和妄想症，在醫院休息久了自然就會好。

出事那晚，我才明白他擔心的是什麼，真的太可怕了。雖然那晚我跑過去抓住他，但他幾乎是每天都和那晚一樣出現幻聽和幻覺。

他向我提出分手，接著要毀婚，我生氣又難過，但現在想想那也不全是梗水哥的錯。如果當時我能更積極的留在他身邊，不管他怎麼推開我，至少我們不會變成現在這樣，成為陌生人。說真的，我很害怕，到處是血的場面很可怕，但更可怕的是我感到自己沒有可以為這個男人做的事了。身體生病還能餵他吃藥，但要安慰那顆心我真的無能為力，就這麼結束了。梗水哥轉去韓醫院後，我們就再也沒有聯絡。

□「沒有可以為這個男人做的事」究竟是什麼意思？我們也知道羅潛水員因為心理陰影吃了不少苦，但……

■你是想問，怎麼能這麼輕易就結束一段感情吧？

□應該說，難道不能在羅潛水員身邊多守候一段時間嗎？如果見面覺得有壓力，也可以先試試看幾個月暫時別見面。我們也能理解您做出這麼痛苦的決定，但也有沒分手的例子。

■我原本不想講的……好吧，我說。讀書的時候，我也被誇獎過很有韌性，吊單槓可是全校第一呢。你說得沒錯，看到梗水哥撞破玻璃要跳下去，這都不是分手的理由。雖然我是水肺潛水，但也算是稍稍嘗到潛水世界的樂趣。我聽過很多次，深海潛水員做的是極限體驗，所以心理受傷的話會做出極端的事。那天在病房裡我的確很吃驚，但單憑那件事我是不會離開他的，剛才我說「沒有可以為這個男人做的事」，其實那是梗水哥對我講的話，他說，沒有可以為我做的事了。

真不知道該不該講出來……我們倆一見面就會黏在一起，要是身體的一部分不黏著對方就會感到不安。我們常常親吻，說這些不知道你們會怎麼想，我們可以說是心合身合的一對。

第一次去D醫院時，梗水哥就很奇怪了。我看到他，馬上衝上前想抱住他，但他坐在輪椅上一直往後躲，他找藉口說因為衝擊全身都不舒服。我求他馬上跟我回首爾，但他堅持一定要回孟骨水道。梗水哥一向都很順著我的意思，唯獨與潛水有關的事，他很堅持自己的主張。

我哭著抱住他，當時他有些顫抖。那種感覺你懂嗎？是他想要推開我但錯過時間點、左右為難的瞬間！梗水哥的肩膀和腰都變得僵硬，像硬邦邦的木頭一樣。我沒有停下來，把嘴唇貼到他的嘴唇上。才一個星期而已，但我每天都夢到在親吻他。梗水哥的嘴唇顫抖了一下，這次他沒有拒絕我的吻，但那已經不是長時間且甜蜜的吻，不是我們曾經一天親吻十二次的吻了。

當時是梗水哥剛做完頸椎手術沒多久，所以我們沒辦法再往下進行，我都能充分理解。但那天真的很奇怪，梗水哥竟然連我的一根手指也沒碰，是我非要抱住他、親吻他，雖然他都接受，卻沒有一絲想靠近我的意思。

□ 很感謝您能告訴我們這些。羅潛水員和其他民間潛水員向我們說明很多次心理陰影的問題，但您講的事情，今天還是第一次聽到。

■ 這是當然的，因為這是最想隱瞞的部分。他有提到關於未婚妻的事情嗎？我算是很了解他，他會盡可能隱瞞關於我的事情，即使提到也只會說沒有任何問題。梗水哥是個很憧憬浪漫愛情的人。

當時我想，大概是孟骨水道的潛水過於辛苦，所以就那麼過去了。但當他轉到一山H醫院後，態度也還是如此，完全不允許別人碰他的身體，當我想伸手碰他時，他還會睜大眼睛瞪著我。

「要是這樣妳就回去。」

我一股氣冒上來，和他吵了起來。

「這樣？這樣怎麼了？梗水哥！我可是你的未婚妻，如果你不去孟骨水道，我們連婚禮都辦完了，我都是你的妻子了。」

那時，梗水哥對我說出了那句話。

「世熙啊，我什麼都不能為妳做了！」

我當下沒明白他講這句話的意思。

「和從前一樣就好了啊，和你去孟骨水道前一樣。」

「妳還不明白嗎？我再也回不去了，我現在再也不能和女生牽手、擁抱、親吻，更別說是上床了……所以妳放棄我吧，去找個能給妳全部的男人。」

如果是在座的各位，能接受這種胡言亂語嗎？我無法接受，我撲進他懷裡，他卻用兩隻手把我推開。我惱羞成怒，轉過身去，把額頭貼在牆上哭了起來。但梗水哥只是看著，沒有來牽我的手，也沒有幫我擦眼淚。

□所以就這樣分手了。

■請別輕易下結論，我還有一件事沒說。

梗水哥變得非常討厭與其他人肌膚接觸，甚至連氣味和化妝品的味道也很排斥。我很肯定他是在孟骨水道的駁船上受到了衝擊，但我至今還是不明白為什麼會以這種方式顯現出來。我問過精神科醫生，他說這是一種恐懼症，強制與許多人一起生活在狹窄的空間，稍稍接觸到皮膚都會突然病情發作。雖說駁船地方不大，但像梗水哥這樣的資深潛水能手在駁船上生活會得到恐懼症，令我難以置信。

大概過了一個星期，就這麼分手我覺得太委屈了，於是找去韓醫院。梗水哥在那間醫院住的是單人病房。從這點開始就很奇怪，他之前還在擔心政府中斷醫療費，把嚴重骨壞死的膝蓋手術也延後了，還一直嚷嚷雙人病房很貴呢，我以為他是住進四或六人病房。難道說病情已經嚴重到不能和其他人躺在一起？我擔心的打開門。

我看到他赤裸的背部，紅色瘀血的圓圈遍布整個後背，看起來可怕極了。轉過頭看向我的那張臉也糟糕透頂，頭上綁著的繃帶彷佛在證明一個星期前發生的自殺事件。傷口潰爛的眼睛和鼻子周圍滿是膿水，從乾裂的嘴唇裡淌出的血已經流到下巴，臉頰兩側像被叉子劃過，留下又深又紅的刮痕。那刮痕絕對不是一週前的玻璃碎片造成，已經結疤的暗紅色刮痕沿著他的脖子和胸口，一路延伸到肚臍。

沒錯，梗水哥一絲不掛的赤裸著身體。他察覺有人後，轉過頭與我四目相對，大概靜止了十秒鐘。我們只是看著對方，梗水哥對我的出現感到吃驚，被我看到他滿是傷痕的身體更感到吃驚，看到我驚恐的眼神再次感到吃驚。我看到一個星期內變得如此慘不忍睹的梗水哥，不知道要開口對他說什麼，也不知道要把視線移到哪裡。

但我還是鼓起最後一絲勇氣邁開步伐，剛往前走，梗水哥突然大叫起來。啊！那叫聲現在彷佛還聽得到。很可怕，真的很可怕！雖然我氣他不肯和我牽手、接吻，甚至拒絕睡在一起，但看到滿身是傷的他，首先感受到的還是心疼，但他的叫聲真的讓人感到很害怕。主治韓醫師迅速跑了過來，我被帶出了病房。是的，就在那天，我們徹底分手了。

□有關羅梗水潛水員之後的消息，都沒有再聽說過嗎？

■聽說過，但幾乎沒有人知道梗水哥在韓醫院治療了兩個多月。他討厭與其他人肌膚接觸，最終連衣服都拒絕穿了。韓醫師說他身體裡火氣太重，如果覺得裸體舒服倒也還好，但他一直覺得渾身發癢，用手抓癢還不夠，還拿筆或錐子等尖銳的東西抓癢，我這才明白，為什麼那天他會那個樣子。

潛水員的圈子不大，偶爾能聽到有人提起梗水哥的名字，一些不知道我和梗水哥關係的潛水員還會嘲笑和謾罵他，說什麼潛水員顧好正業就好，潛水員是沒有嘴巴的，偏偏梗水哥愛開口、惹事生非。每當遇到這種情況，我都會衝上前去告訴他們，你們嘴上講的那位潛水員在孟骨水道傷了身子，再也不能潛水了。你們在環境險惡、容易患上減壓症的災難現場工作過嗎？你們說的潛水員已經淪落到身心都重傷，連心愛的女人一根手指都不敢碰的境地，閉上你們的嘴吧。

□就算不是現在，有沒有想過以後會和羅梗水潛水員和好呢？

■沒有，不會了！我們已經下到不同的海域，靠人為的力量回到過去只會更危險。我們，徹底結束了！

代駕的日子

從H醫院轉到S韓醫院後，我又休息了兩個多月。韓醫師爲了改善我的體質，飲食療法、針灸和湯藥並駕齊驅，但膝蓋還是老樣子，頭痛、脖子和臉上的傷口治療也從未停歇。那天雖然撞破窗戶，幸好我沒有從病房跌下去。

我不認爲只有我一個人有幻覺和幻聽，一起待過孟骨水道的潛水員絕大多數和我一樣患了這種心病，即使當下沒有顯示出症狀，若一直不接受治療，搞不好某天這種病會吞噬掉潛水員本人，以及家人和鄰居。這不是我不著邊際的揣測，而是聽了精神科醫生與潛水員談話後做出的診斷，才下的結論。

住進韓醫院一個半月後，有人來探望我，是在駁船上同甘共苦的物理治療師洪吉直，潛水員都把他當作大哥。他到處打聽我的近況，最後開車找到了韓醫院。

向院長請示後，洪大哥幫我做了按摩，讓我馬上回想起孟骨水道的日子。找到失蹤者的日子會接受更長時間的按摩，讓肌肉得到充分的緩解固然重要，能和洪大哥敞開心扉地聊天，也讓我們覺得輕鬆不少。洪大哥從未表現出厭煩或聽膩了，他總是靜靜聽我們把事情講完。

我們從孟骨水道撤離、住進泗川D醫院後，大家偶爾也會和他通話問候。在他得知政府中斷了對民間潛水員的醫療費補助後，洪大哥開始到全國各地去見潛水員們，他說這是心在指引他做的事情。他竭盡心力地幫大家按摩，卻不肯收一分錢。他說只是想看看大家過得怎樣。

洪大哥看到我頭上和臉上的傷口，但什麼也沒問，他知道潛水員若是不主動開口，是絕對不會打開內心的。按摩時，我先開口傾訴自己的苦惱。洪大哥說，其他潛水員也和我一樣。他勸我，短時間內連「潛水」兩個字都不要想。我說日子都快過不下去了，他反問我願不願意當代駕。雖然沒有像熱衷潛水那樣，但有段時間我對開車也很著迷。左膝蓋雖然不見好，但也不是一整天都開車，所以我判斷應該沒有太大的問題。洪大哥說，家鄉的前輩在經營代駕公司，給了我一個電話號碼。

法官大人，您知道我開始做代駕的真正原因嗎？

醫院說我得了睡眠障礙。前面也提過，孟骨水道每六小時會有一次停潮期，如果錯過停潮期就很難潛水。潛水一小時前要做下水準備，潛水後要進減壓艙減壓、匯報特別事項，還要調整心態，這樣一小時又過去了，所以停潮期之間最多只能睡三小時，儘管如此，要是開會或幫忙處理駁船上的瑣事就更沒有時間睡覺了。這樣的日子過了兩個月後，就算睡著也會很快醒過來。運氣好時可以連續睡上三小時，但並不覺得舒暢。睡眠中，每三十分鐘會突然驚醒一、兩次，然後再睡著，反反覆覆。檢查腦波的醫生告訴我，這已經是最嚴重的睡眠障礙。

每到夜晚就更加睡不著。夜幕降臨時會感到不安，起霧、下雨和下雪時更加嚴重。我甚至無法坐在有彈簧的椅子或床上，只能背靠著硬邦邦的地面躺著，但即使如此也還是會有小船遇到風暴時的搖晃感。我明明是在自己的房間裡穿好睡衣躺下的，但等我覺得胸口發悶醒來時，卻發現身上穿著潛水服，全面罩戴著、蛙鞋也穿好了，甚至眼前一片模糊。不要說頭燈了，就算日光燈全都打開，還是無法看清眼前的物品。我只能伸手去摸，抓到一個軟呼呼的東西，很快做出判斷，那是人的肉體。我抓住她拉了過來，散落蓬亂的頭髮罩住我的臉。

那不是噩夢，一個人在家無所事事的時候，幾乎每天這種幻覺都會找上門，而且已經到了自己無法察覺自己做過什麼的境界。我一心只想尋死，有時會思考要以怎樣的方式結束生命，想著想著天就亮了，與其這樣，不如去當代駕。下雨、下雪或大霧時主動休息，除了陰天以外，與其一個人在家，不如出門在外。沒有客人，自己一個人在外面晃蕩時也很難熬，還好有代駕這份工作。反正是要熬夜，不如賺點零用錢。

一個人關在家裡，一整天也不會講話。之前也有過和幾個朋友一起潛水回來後，獨自一人待上十幾天的經驗，一個人待久了就會想要找人說說話，但這次不同，我覺得我會被大家圍起來譴責、謾罵，我覺得自己犯下了無法洗清的罪孽。

我開始迴避去見在孟骨水道一起同甘共苦的潛水員，因爲我們見了面只會嘆氣，分開後只會更難受。我也沒辦法主動聯絡父母或親戚，因爲早已不再關心世間瑣事的我，只會破壞見面時的氣氛。我希望能找個人隨便聊聊天，對方最好不知道我是誰，我們相遇，卻不會再相見，代駕正好滿足我這個想法。

我依洪大哥的介紹找到了代駕公司，辦公室裡只有老闆和負責接電話的女職員兩個人。代駕司機只需在預約好的場所待命或開著客人的車移動，沒有到辦公室上班的必要。那天在辦公室等我的人除了老闆，還有一位代駕經驗豐富的孔煥昇司機。老闆把教育新人的任務交給孔司機後，有事先離開了。

孔司機追問起我之前是做什麼工作的，我敷衍了他幾句，他說自己也不想問這些，但必須要向老闆匯報，希望我能協助他。如果他不講這是爲了排除有前科的人和藥物上癮者，我是不會告訴他曾經在孟骨水道做事的。

孔司機盯著我的臉，搖著頭問：「在那裡做事不是賺了很多錢嗎？幹嘛跑來做代駕？難道是賭博都賭輸了？」

我告訴他從沒有那種事情，也沒碰過什麼大錢。

「跟我講實話也無妨，哪有人不知道，家屬們拿得最多，潛水員也沒少拿啊！」

我忍無可忍，站了起來。

孔司機歪著頭，提高嗓門：「憑你這臭脾氣還想當代駕？不想幹就趁早滾！」

我坐了下來。

「記住，不管客人說什麼都不能頂撞，像剛才那樣暴躁，我們可是會解雇你的。客人要是不問，絕不能先開口，回答也要盡量簡潔！明白嗎？」孔司機瞪著我警告。

我回答明白了，然後轉身要離開時，他衝著我的後腦杓自言自語。

「看來拿的沒有傳聞講得那麼多嘛，但也應該狠狠賺了一筆才對……」

孔煥昇的忠告雖然當時聽了很生氣，但時間一久也很有幫助。有坐在後座安靜休息的客人，也有坐在副駕駛座上喋喋不休的客人；還有明明按照導航指引的方向行駛、卻說我走錯路的客人；甚至還有抱怨一直踩煞車或開車速度太慢的客人。但這都已經算好的了，有的客人說我長得像罪犯，還說我身上有臭水溝味。依我的性格，眞想和這些人大幹一架，但想起孔司機的忠告後，我都忍了下來。

唯獨那天晚上我沒有忍住。那是當代駕的最後一天，星期六晚上，要從南大門市場到上岩洞數位城的車。客人是穿著米色套裝的中年女子，她看起來並沒有喝醉。我接過車鑰匙後，坐上駕駛席。她要求到光化門前左轉，通常如果客人提早告知路線，司機也會覺得很方便。

過了清溪川一直往前開，剛過鐘閣便開始塞車。已經過了晚上十一點，義警[28]在美國大使館門前列著隊，把路都給堵死了，廣場上的示威隊伍也都湧入車道，其他車輛已經緊跟在後面，想要調頭是不可能了。這時坐在後面的客人開始抱怨起來，和她端莊的外表相比，她的話粗魯極了。她沒有一口氣抱怨完，而是停頓式的講個不停。

「交通事故死了孩子，還好意思在那裡炫耀？」

「這些人都是被北韓煽動的，想要動搖總統的地位。」

「不是都開特例保送進大學了嗎？乾脆在自己的腦門寫上『大韓民國特別人』好了！」

「都拿了八億，還想跟政府要多少錢啊？聽說他們開口要了二十億，那些錢全都是我繳的稅呢！國家可從來沒給過我一分錢，都是些貪得無厭的傢伙，拿屍體做買賣，也該適可而止了吧？垃圾啊！」

「釐清眞相？還有什麼沒釐清的嗎？有罪的人不都抓起來了？船長、船員、海警廳長……全都抓起來了，還有什麼要釐清的？呸，我看這群人就是耍無賴。」

「就是因爲這群狗男女，國家才會沒發展，經濟才會停滯不前……」

「都掉進錢堆裡了，這群人賺夠了，那些潛水員也跟著發了筆橫財，你說是不是？」

「不、不是……」我變得結巴起來。

那女人每發出一次抱怨，口水都會噴到我的後腦杓和肩膀上，一股奇怪的味道竄進我的鼻孔。起初以爲是喝醉酒的口臭味，但隨著她的抱怨加深，味道也越來越重。那不是第一次聞到的味道，而是很久前就聞過的味道，是我在醫院撞碎玻璃前聞到的那股味道。我想打開窗戶換空氣，但沒有馬上找到開窗戶的按鈕，一不小心按到冷氣的按鈕，冷風吹向她的臉。

「大叔，你瘋了嗎？你這是在幹嘛？那群垃圾已經夠讓我生氣，你是要氣死我嗎?!」

女人用腳狠狠踹了一下駕駛座椅背，我連爭吵的力氣都沒有，只能捂著嘴巴和鼻子。明明就是那股味道，孟骨水道船內的那股味道，雖然看不見，但用整個身體告訴我所在位置的失蹤

28：義務警察，負責指揮交通和一般巡邏任務。

者的味道！那股味道充斥著車內，竄進我的眼睛、鼻子、嘴巴和耳朵裡。

我好不容易打開車門走下車，丟下車子，跑進馬路的巷子裡，後面傳來女人的嘶喊。我像聾子一樣只顧著往前走，越走越快，見我沒有停下來，女人向站在大使館前的義警求救。

「抓住他，那傢伙襲擊我。強姦犯！抓住那個強姦犯！」

我聽到很多人追來的腳步聲，開始用力跑起來，那一刻像是潛水三十分鐘後必須返回的瞬間。就這樣跑下去，如果自己可以縮小該有多好，小到不能再小，鑽進地縫裡，誰都找不到我，徹底消失。

那是我放棄當代駕的瞬間。

「我經常去首爾。如果是大型集會，氣氛都會不同，充斥著緊張感，人也會變得敏感。我們也猜得到，如今這世上哪還藏得住祕密啊？」

有著濃厚慶尚道口音的金鐘闢（匿名，23歲），以義警身分在京畿道機動隊服役，二〇一五年六月退役。現在在議政府市的一家部隊鍋餐廳每天端盤子工作十小時。為了見我們，他特地請了一天假。

我們問他老家在哪裡。

「我在釜山出生，六歲時去了大邱，二〇一〇年夏天搬到議政府。因為我這口音，在義警服役期間真是吃了不少苦，我也想字正腔圓的講首爾話，但我說的首爾話，大家都聽不懂。」

金鐘闢是少數幾個主動聯絡我們想被採訪的人。第一次通話時，他介紹自己是在光化門廣場附近值班的義警，我們立即和他約好時間，出發去議政府。我們完全沒有他的基本資料，這段期間所進行的採訪對象大多是罹難者家屬、潛水員和志工，採訪義警還是第一次。

船難一周年時我被挑選出來，於兩天後的星期六抵達首爾。那天的氣氛驚險萬分，那可是我要退役的前兩個月，排長通常都會顧及到要退役的人，把他們列在隊伍外，但那天全體緊急待命，在去首爾的巴士裡還教育我們打起十二萬分精神。這是聚集一萬人以上的集會，稍有差錯都會釀成大事故，要是出現推擠或攻破阻攔，我們日後都別想再外宿或請假了。

我們中午到達首爾，當時還沒有聚集示威民眾，市廳廣場和光化門廣場也還人跡稀少。抵達時，警察的車輛已經排成一堵城牆，我們的車也只能停在角落。從車上下來後我先去上了廁所，那天我總是想上廁所。我們十人一組去找廁所，但到處碰壁，首先進去的大樓說裡面沒有廁所，把我們都趕了出來，好不容易找到廁所還要排隊。

之前我都是待在車上看著光化門廣場，看新聞時覺得廣場還挺大，實際看起來倒也還好。從遠處就能清楚看到黃絲帶，那是代表船難的顏色。帳篷周圍聚集了很多人，還有些人舉著示威標語在廣場上走來走去，也看到有人發起連署活動。我心裡真是百感交集。

珍島外海發生那麼慘不忍睹的事故，已經過去一年了，其實我也為船難感到遺憾，但真沒想到一年後，這些家屬會到光化門來靜坐，更沒想到警察會築起車牆。聽說批准了在市廳廣場舉辦一周年追悼活動後，我們才被選出來，負責防止激進的遊行者闖入未經批准的區域。到現場一看，警察早就把不允許進入的區域用警車堵死。

（我們說，當天我們也從廣場的焚香所走到市廳廣場。）

您知道待命有多辛苦嗎？一旦和遊行隊伍相撞、情勢緊張時，根本不覺得累。並不是說我們手中拿著盾牌、戴著頭盔就不會害怕，有時示威隊伍會湧上來數百人或數千人，但防守在指定區域的義警只有一百名左右，一時大意就有可能出事。

我還有兩個月就要退役，真不知道這是在幹嘛，部隊裡還有前輩在退役前十五天傷到腿、住進了醫院，他是在德壽宮前受的傷。我開始擔心自己也會遭遇那樣的不幸，那種擔心也傳染給後輩們，大家必須打起精神，嚴加防守。

示威的隊伍開始行進，天早就黑了，他們想要穿過車牆往光化門方向前進，還能聽到要去青瓦臺的口號聲。事實上，去青瓦臺也沒用，因為總統早就出訪海外。根據命令，我們要阻止向青瓦臺前進的示威隊伍，但我們的部隊不是在車牆後方，而是在銜接人行道的位置，整條小巷都被我們堵死。示威隊伍即便穿透防衛通過小巷，還是有車牆圍住光化門，他們根本無路可行。

但我們還是得防守在那，排長把我叫去安排在最前面，拿我當示範，他說先在前面受苦，馬上就會調到後方。他的意思是短時間守在前列就可以馬上到隊伍後方去休息，如果拒絕守前列，就只能一直站在隊伍裡吃苦了。我接受排長的提議，示威隊伍一開始並不會很激進，通常都是發生碰撞、開始爭吵後才變得激烈起來。

示威隊伍來到我們面前，他們沒有跑也沒有快速前進，而是緩慢地走來。最前排的都是身穿黃色上衣的女人，大約有十名。這很奇怪，之前都是健壯的男人擋在最前排，一看就知道她們都是四十多歲的阿姨，身穿黃色上衣，像什麼事都沒有似的走到義警面前。我們的距離近到她們的胸口已經快要貼到我們的盾牌，站在我面前的一位阿姨突然從懷裡掏出一張照片拿給我看，照片裡是一個穿著校服、留著長髮，面帶微笑的女學生。

阿姨對我說：「你看，這是我女兒江娜萊，一年前她去了天堂，變成了星星。我想知道，我女兒為什麼一定要死在那冰冷的大海裡，才走到這裡的。可是他們用車把路都給堵死了，如果你是我會怎麼做？如果家人因為事故死了，你會做什麼？睜大眼睛好好看看，江娜萊，我的寶貝女兒！我要去青瓦臺問個究竟，為什麼這個國家不救我的女兒？請你讓開，求求你，讓出條路吧！」

她用拳頭捶打我的盾牌，其他阿姨也紛紛拿出一年前遇難子女的照片，哭了起來。我真不想站在那裡，要是健壯的男人站在我面前，還能和他們互相頂撞，但看到失去孩子的母親搖晃著盾牌、流著淚的模樣，我心裡也難受極了。我偷偷看了一下身邊的人，大部分新兵都低下了頭，有的人也快要哭出來了。這時，聽到後面傳來高喊聲。

「向前一步！」排長為了堅定我們的心，下達了命令。

我們按照訓練的那樣，毫不猶豫的同時邁出步伐，阿姨們因此被向後一推，摔倒了，有的人坐在地上，有的人在地上直打滾。我也推了站在我面前的阿姨，她坐在地上不起來，其他人都站起來，唯獨她一動不動，示威隊伍的視線自然而然落在那位阿姨身上。我擔心她是不是受傷了，我沒有很用力推她，我發誓。那時，聽到坐在我盾牌下方的她發出了聲音。

「腳……拜託抬一下……」

我低下頭，看到她的兩隻手。向前移動的時候，被推倒的她把照片掉在了地上，剛好我踩到了那張照片。我馬上抬起腳，阿姨把照片捧在胸前站起來，我強忍著的眼淚在那一刻掉了下來。我哭出了聲，惹得周圍的新兵直盯著我，阿姨也嚇到似的看著我，然後她從口袋裡拿出手帕幫我擦乾眼淚。示威隊伍和義警在那一刻全部靜止下來，排長抓住我的肩膀，把我拉到隊伍後面。

我們的採訪中斷了一會，因為金鐘闕低下頭，大口喘著氣。

採訪進行了一個多小時，當我們問到水炮車和辣椒噴霧時，他回答，沒有站在水炮車附近，也未曾使用過辣椒噴霧。關於過度鎮壓的問題，身為義警的他不便做出判斷，提早畫清了可以回答問題的界線，有點虎頭蛇尾的感覺。

提到一周年集會時，他盡情的講了很多，但休息過後卻保持著防禦的態度。採訪結束後，我們問他，怎麼會想要被我們採訪時，金鐘闕從錢包裡取出一張證件照給我們看，照片裡是一位三十歲左右的鬈髮女性。

「這是我媽媽。她是在二〇〇三年二月十八日，在中央路去世的。沒錯，就是大邱地鐵事件[29]！我從小就很愛哭，我一哭，媽媽就會拿出手帕幫我擦眼淚，我以為自己都忘記了。媽媽那樣離開後，再也沒有人幫我擦眼淚了，直到那天遇到那位阿姨。我很想把這件事講出來。從外面看，我們好像是兩個對立的群體，但實際上我們是一樣的。誰能想到身為罹難者家屬的我，長大了會擋在其他罹難者家屬面前，怎麼會有我這種人呢？罹難者家屬阻擋罹難者家屬的可怕悲劇不能再上演了，所以我主動打了電話，這就是原因。」

我們相遇的地方

法官大人：

我在城市的中心走來走去，最終還是回到原點。辱罵我的客人大概是叫了其他代駕離開了，公司一直打電話來，但我沒有接，反正與這家公司的緣分就到今天爲止。

凌晨三點，周圍一片漆黑，廣場的靜坐現場卻燈火通明。這讓我想起夜間潛水時，駁船客艙頂上亮起的作業燈。我看到有人穿著冬天的衣服在廣場上走動，黃色的外套很顯眼。我望著那燈光走著走著，便來到教保文庫前的岔路口，雖然我的視線一直在尋找其他路線，兩條腿卻像被磁鐵吸引一般，一直向廣場逼近。我沒有想去廣場的念頭，去了也不知道要做什麼，雖然曾想過幾次，若有事到這附近也絕不想接近靜坐現場，因爲我現在還沒有面對罹難者家屬的勇氣。

29：二〇〇三年發生在大邱市地鐵的人為縱火事件，導致一百九十二名乘客死亡，一百四十七人受傷的慘劇。

我沿著岔路口橫穿過馬路，很快就看到靜坐現場了，短短的一條路，我卻站在那裡邁不開腳步，一股寒氣沿著我的脊椎竄上來，我感到很害怕。

醜惡的傳聞不僅襲擊了罹難者家屬，對潛水員的惡言也遍布網路。當讀到「潛水員爲了提高價錢，故意把找到的遺體藏在船內不帶上岸」的留言時，簡直氣到讓人血液倒流。

在這凌晨時分，到靜坐現場去見罹難者家屬，我究竟能對他們說什麼呢？第一句問候的話又該怎麼說出口呢？介紹自己是參與孟骨水道搜尋作業的羅梗水潛水員，他們會有什麼反應呢？民間潛水員和罹難者家屬除了在駁船上見過面，私下從未碰到過。經歷船難的他們，都以各自的立場築起了高牆，愚蠢的我直到抵達岔路口，才眞實感受到那堵高牆。綠燈亮了五次，我還在猶豫要不要走過去。

第六次綠燈亮起時，兩名身穿制服的警察走過，他們回頭看了我一眼。那眼神傳達出「綠燈亮了怎麼不過馬路」的質疑。不過在幾個小時前，我才因爲丟下代駕汽車離開，被女客人誣指爲強姦犯，爲了避開嫌疑，我邁開腳步，步伐隨著噗通噗通的心跳加快節奏。我只想快點閃過靜坐現場，躲進對面的街道裡。

突然有人抓住我的手腕，我一時驚嚇，想要甩開那隻手。但對方並沒有鬆開，反而抓得更緊。

「你爲什麼鬼鬼祟祟偷看靜坐現場？是哪個所屬單位的？」對方追問著。

原來他一直盯著站在岔路口猶豫不決的我，把我當成便衣警察。我看到另外兩個抽著菸的男人走了過來，如果告訴他們我是民間潛水員，他們會信嗎？我想解釋，卻說不出口，一心只想離開現場躲起來。我狠狠踩了對方的腳背，同時抽出手腕，飛奔進對面街道。

「抓住那個傢伙！」後面傳來的喊叫聲，拍打著我的後腦杓。

在這裡被追趕、那裡也被追趕，眞是個奇怪的夜晚。

回到家後，我連被褥也沒鋪就直接倒在地上，蜷曲著身體一睡就是兩天。四十八小時裡除了去上兩次廁所，一直都在昏睡。沒有作夢，睡得很沉，就這樣一直睡一直睡，然後在溪水般的雜音中醒過來，時不時還會聽到嬉笑聲。那是夜晚，黑暗的頂棚被點亮，兩名身穿校服的女生吵吵鬧鬧地走過走廊，一邊開懷大笑，一邊做出擊掌的動作。

教室的門開了，一個男生走出來。他舉起手臂揮了揮，示意兩個女生走快點。兩個女生跑了過去，從教室後門進去，我也跟著她們走進教室，大概有三十多名學生坐在那裡，男女各半。黑板上寫著「畢業旅行籌備會」的大字。剛剛進來的兩個女生坐在教室最後一排，招呼她們的男生坐在旁邊。我看到了男生胸前的名牌，也看到旁邊女生的名牌——是尹鐘煦和江娜萊！

＊＊＊

法官大人，您去過遇難學生們的教室嗎？木浦到安山的距離很遠，很難馬上抽出時間吧？但希望您在做出對柳昌大潛水員的判決前，一定要去教室看一看。

那裡太安靜了。走上樓梯倒還好，但進入走廊時，兩隻手都會發抖，膝蓋變得刺痛，胸口也開始發悶。我靠著牆、閉上眼睛，遲疑著要不要原路返回。我慢慢的吸氣吐氣，反覆了很多次，才睜開眼睛，小心翼翼邁開步伐。雖然有點暈眩，但還不至於失去平衡。

我想先找到尹鐘煦。我只知道他的名字，不知道他在幾班，只好找遍所有的男生班。走過女生班走廊，來到×班門前，教室的後門開著，我沒有走進去，而是先探頭查看了一遍教室。黑板上寫滿了大大小小的字，白色、黃色和紅色的字跡映入我眼簾。

好想你。

我愛你。

一定會重逢！

謝謝你！

這些字跡之間可以看到學生的名字，有的名字寫得又大又粗，還有把兩個或三個名字圈在心形圖案裡的，也有字跡筆直的名字。在黑板左側角落處，我找到了「鐘煦」的名字。

「鐘煦啊，你開開心心的打鼓等著我，我們一定會重逢！」

可能是同名的人也說不定，我決定走進去確認一下。每張書桌上都放滿了物品，書桌主人的照片或全家福，零食和糖果，學習用品和玩偶，還有喜歡歌手的ＣＤ和平時愛讀的書、小盆栽，以及可以留言的筆記本。我看到藍色封面上寫著「永遠懷念共度的時光」。

我在倒數第二排靠窗的書桌上找到尹鐘煦的名字，冬日的陽光把鐘煦的書桌晒得暖暖的。我坐在鐘煦的椅子上，拿起放在書桌上的兩支鼓棒。真的很常練習，握把處都已經變得光滑。

全家照放在鼓棒旁邊，是出事前拍的照片，盛開的櫻花樹下，媽媽坐在中間，左側是鐘煦，右側是爸爸，三個人手拉著手，笑得像櫻花一樣綻放。似乎是計畫好的，鐘煦穿著整潔的校服，爸爸也身著西裝，媽媽的髮型也像在髮廊做過，還化了濃妝。仔細一看，綻放著笑容的三個人笑得有點誇張，可能是在攝影師要求下，迫不得已擺出的姿勢吧。

我打開筆記本，每張書桌上都擺著不同物品，唯獨這個筆記本，大小、顏色和厚度都一樣，第一頁寫著「尹鐘煦」的名字。鐘煦媽媽寫滿了一半以上的頁數，爸爸也寫了五頁多，朋友曹玄寫得比爸爸還多一頁，剩下的頁數也幾乎被認識鐘煦的學長、學弟和親戚寫滿。

在駁船上，我們都沒有時間去聊找到的失蹤者，住進D醫院後，偶爾會聽到有關失蹤者的事。罹難學生分別被安葬在三處追思園，但沒有一個潛水員敢提出想去那裡看看；看到網路上貼出學校教室的照片時，也沒有人敢提議一起去看看。雖然沒有人敢說，但每個人多少都會在心中想像自己找到的學生的教室和書桌。知道爲什麼潛水員害怕去看教室嗎？因爲客輪的大客艙裡原本住了一個班級的學生，我們擔心進入教室的瞬間會想起海底的客艙，所以感到害怕。

我翻看著筆記本，找到空白的一頁，雖然腦子裡徘徊著很多話，卻不知道要如何開頭。前面寫下留言的人都是在鐘煦生前和他一起擁有回憶的人，而我，是在他無法呼吸後，在那冰冷的海底與他相識。我從未給往生者寫過什麼，我呆呆地望著空白的紙張，一滴眼淚掉在了上面。我抬起頭，用手背抹著眼淚，然後用拇指按住筆記本上的那滴眼淚，接著拿起筆寫下一句——

對不起，一切都太晚了。

＊＊＊

還有一個我想找的學生，江娜萊，她是我在減壓艙暈倒那天找到的女學生。和鐘煦一樣，我不知道娜萊在哪個班級，只能找遍所有女生班了。

女生班的氛圍和男生很不同，春天還沒到，卻已經充滿春天的氣息。書桌上擺著髮夾、梳子和小鏡子，幾把椅子上還擺著坐墊和毯子，黑板上的字跡和圖畫也比男生班要可愛花俏。

鐘煦很快就找到了，娜萊卻找了三個班級才找到。那是第一排講臺下面的位子，娜萊的書桌上擺著很多小字條。我坐下來數了數，有二十一個，像是怕被別人看似的，都仔細地摺了起來，甚至還貼上膠帶，在娜萊名字的前後畫滿愛心。我眞想打開這些字條看看，總覺得看了這些字條，就可以了解到我奮不顧身找到的江娜萊是個怎樣的孩子。鐘煦的筆記本被寫得滿滿的，但沒有看到娜萊的筆記本，正因爲如此，我才更想看看那些小字條。

我用手指摸著小字條時，突然後面傳來尖銳的聲音。

「你是……？」

我轉過頭，剛想要起身，但椅子和書桌的距離太近，我的膝蓋差點將書桌整個抬起來。我用手抬著書桌，似站非站的杵在那裡。一個臉蛋稚氣的女孩站在那裡盯著我，另一個四十多歲的中年女子從教室後門走進來。我先認出了那個人，她是全家福照裡鐘煦的媽媽。

女孩再次追問我：「你是誰？」

還沒等我開口，教室的前門突然打開，穿著黑色T恤和褲子、搭配整潔外套的男人走了進來，我們三個人的視線集中到他身上。男人並沒有在意我們的存在，彷彿這個空間裡只有他一個人。他站在講臺前慢慢掃視著教室，像慢鏡頭錄影一樣，從左向右，再重新回到左側。男人的表情變化萬千，好像在一種表情消失前又被另一種表情覆蓋了一樣，開心之後是難過，但難過又是以開心爲基底；再來是驚訝，而驚訝則覆蓋在開心與難過之上；最後是恐懼，恐懼徹底的附加在開心、難過與驚訝之上。

奇妙的是，他的表情越是變化萬千，他的眼睛、鼻子和嘴巴越像是在醞釀著想說的故事。他的表情來回變化了十次左右，最後到了無法形容的地步。那不是面無表情，而是太多表情融合在一起。男人以那副表情和中低音，描述出教室所具有的意義。

後來我才知道，這位不速之客是在大學路活動的戲劇演員，董振格（35歲）。我與他相識是後來第一次做義工時。我沒能記下那天他一個人的戲劇獨白，但有幾句話令我此生難忘。

「再優秀的比喻和象徵的追悼場所，都不及教室來得眞切。尊重這些學生，重溫他們的人生價値，就要從這獨一無二的教室開始。英國作家約翰．伯格寫過一本小說《我們在此相遇（Here Is Where We Meet）》，講的正是與那些在我們人生裡無比珍惜、卻不得不提早告別的人們重逢的小說，小說裡他最大的苦惱是要在哪裡與亡者重逢。我們想要與二〇一四年、二年級十八歲的孩子們重逢，想聽聽他們的故事，任何人都可以到記憶的教室來，像今天這樣。」

二〇一五年六月，方玉賢（匿名，38歲）在不公開所屬部門與真實姓名的條件下接受了我們的採訪。她拿出信封裡的相關法律文件和資料，必要時還會親自朗讀給我們聽。她是利用午餐時間受訪，只有三十分鐘。所以我們見面後，直接進入了主題。

（以下提問以□標示，方玉賢以■標示）

□有關醫療費補助，最主要考慮的部分是什麼？

■總體來說有很多方面需要考慮，很難講清最主要的部分是什麼。首先，要考慮公平性。如果按照海警的「水難救護命令」，在孟骨水道搜索失蹤者的潛水員受了傷，政府必須適當給予醫療費。「水難救護法」裡也明確標記：從事水難救護的工作人員，負傷時需實施治療。死亡（包括因負傷導致的死亡）或導致身體殘疾，應對其家屬或導致殘疾人員支付賠償金。正是根據該法律提供的醫療費，收到水難救護命令工作後接受治療的案例相當多，所以根據以往案例的治療時間和費用，對比了此次的船難事故。

□七月十日從駁船撤離，到十二月三十一日中斷支援醫療費，總共才五個月多一點的時間，不覺得太短了嗎？二〇一四年四月，事故對策本部的簡報裡提到保健福祉部會事前支付醫療費用，事後也會做核算計畫……

■要盡力為根據水難救護命令進行作業的潛水員提供治療，這是政府從未改變的立場。二〇一四年四月，中央災難安全對策本部做出至十二月三十一日截止，中斷支援參與救助活動人員醫療費的決議。但那並不是中斷醫療費的意思，二〇一五年一月開始，根據相關船隻賠償特別法案繼續提供了支援。比起在會議上做出的決議，根據特別法案的規定提供醫療費，不是更可靠嗎？

□特別法案並沒有從一月一日就開始實行，這段期間，潛水員仍面臨醫療費用中斷的問題。

■二〇一四年四月時，誰也沒想到特別法案過了新年還沒有制定完善，大家都認為時間已經很充分了。按照中央災難安全對策本部的決議，到十二月三十一日，補助支援醫療費會出現中斷危機，所以政府很快在二〇一五年開會，再次延長了補助時間。

□在十二月以前，沒有人向潛水員說明準備延長補助的計畫嗎？有很多潛水員擔心十二月以後沒有醫療費，所以不得不轉院或退院。

■管理潛水員並不是我負責的工作，下達水難救護命令的是海警，把潛水員從駁船上撤離、送進泗川D醫院的也是海警。潛水員若是不要動搖、再堅持一下相信政府，事情也不會發展成這樣。不拋棄為國家獻身的國民，是政府的明確原則。

□我想再確認一次：十二月三十一日以後要中斷醫療費的決定，你們有打電話或找到潛水員進行說明嗎？

■我不是跟您說了，這不是我負責的工作。海警應該有去說明吧。

□我們見到的潛水員說，是從院方那裡得知中斷醫療費的消息，沒有從政府方面得到任何正式通知。剛剛您提到延長補助醫療費的決定，也沒有向潛水員說明嗎？

■那不是我負責的工作。再說，這有那麼重要嗎？

□民間潛水員已經離開D醫院，各自回到家鄉，因為他們以為醫療費已經中斷，而且很可能不知道支援會繼續延長不是嗎？接受我們採訪的潛水員當中，有自行尋醫治病的人才知道這個消息，以為支援中斷的潛水員很有可能灰心喪志，再也沒去過醫院了。

■都已經是網路時代了，新聞也有播。我再重申一次，這不是我負責的工作。

□換一個話題好了。無論如何，支援延長到二〇一五年三月二十八日就徹底結束了。

■因為二〇一五年三月二十九日特別法案開始實施。前面也提到，從那天起，損失救濟及支援都依法開始執行，特別法案中定義的「受害者」是指下面四種情況。我來讀一下第二條三項：

3.「受害者」是指符合以下項目中任何一項的人：

①船難發生時，除乘客中罹難者以外的人（未對救助乘客採取相應措施逃出的船員除外）。

②罹難者的配偶、直系親屬、兄弟姐妹。

③符合①條款者的配偶、直系親屬、兄弟姐妹。

④除此以外，與船難相關的遇難者，或符合①條款者以及按照②③條款的相關人士，均按照第五條審議委員會認定者，將獲得船難賠償及補償。

因潛水員不符合特別法案中定義的「受害者」，所以得不到任何的支援。潛水員為什麼沒有被包括進「受害者」的定義裡，這不是我負責的，所以我也不清楚。

□所以二〇一四年十二月三十一日規定的期限，只延遲到二〇一五年三月二十八日而已？只延遲了三個月。到今天為止，那些得了骨壞死的潛水員的肩膀、骨關節和膝關節都還在惡化中，腎臟受損的潛水員甚至要洗腎。如果根據特別法案難以得到醫療費的支援，那根據「水難救護法」不能得到補償和治療嗎？不是有補償條款嗎？

■補償的情況是指在按照水難救護命令執行任務途中因傷判定為殘疾。正在接受治療的潛水員雖然是患者，但是否要判定為殘疾，又是另外要考慮的問題。

二〇一四年七月開始到二〇一五年三月二十八日，政府一直在提供醫療費用。政府預算是以國民珍貴的稅金來制定，不能隨便使用一分錢。民間潛水員先在專業醫院接受了精密檢查，治療的部位和病情輕重都不同，再說，那病情是不是因公受傷也說不準，也有必要區分是否在執行作業任務前就已經患病。即便是頑疾，也很有可能是因為在孟骨水道作業時加劇使病情惡化，這也要做為參考事項。

在這裡要指出的是，這雖然是我個人的看法，但要政府負責醫療費用到全部潛水員完全治癒為止，這種理想主義是行不通的，一定要避免出現這種先例。支援醫療費正如前面提到的，要考慮及確保「公平性」和「適當性」。

□ 您能具體指出是哪個部門反對依據「水難救護法」給予支援嗎？全羅南道道政府嗎？還是保健福祉部？

■ 我無法向您提供具體的內容。

□ 這難道不是部門之間在互踢皮球嗎？「水難救護法」中沒有明確規定期限，也可以理解為是政府根據情況做出判斷，才決定醫療費的支援期限。但現在政府對於支援醫療費已經失去積極的態度，各部門都不願開先例，是擔心會被監察院調查？

■ 互踢皮球，您的比喻有些過分了。我們依法行事，醫療費用補助是不會被監察院調查的。

□ 依照「水難救護法」尋求補償或獲得長期支援看來是不可能的了，若換成職業災害處理，有沒有解套的方法呢？我聽說以商業潛水員為例，可在患上減壓症的最後工作現場得到職業災害處理。

■ 這不是我負責的工作，所以很難給出意見。我個人的想法是，潛水員是不是職業災害又是一個問題。他們是在接到水難救護命令後參與的活動，並不是與公司簽約、以商業潛水員身分到現場的，不是嗎？他們在孟骨水道停留期間不是商業潛水員，而是以民間潛水員自稱，直到今日他們也這樣稱呼自己。

□指定為「義死傷者」能否獲得支援呢？

■這也不是我負責的工作，所以也無法給出意見。「有關義死傷者等禮遇及支援的法律」根據第二條義死者和義傷者定義如下：

2. 義死者，因職務以外的救助行為受到總統令指定導致死亡（包括義傷者因負傷導致死亡），保健福祉部依據法律認證為義死者的人。

3. 義傷者，因職務以外的救助行為受到總統令指定導致身體負傷時，保健福祉部依法認定為義傷者的人。

潛水員是不是義傷者的問題，需要保健福祉部經由縝密的調查和討論判定。在孟骨水道身心受傷，為了找尋失蹤者獻身的民間潛水員，我個人也很尊敬，但支援醫療費的問題與個人敬意是無關的，只能依法嚴格執執行。

□以現在的情況來看，完全沒有支援的計畫嗎？畢竟現在的情形是即便持續接受治療也很難痊癒了。如果中斷治療，病情會迅速惡化的。

■大韓民國是法治國家，公務員只能按照法律辦事並承擔責任。我今天只能講到這裡，在法律允許的範圍內，我已經盡了最大努力幫助潛水員，如果對我的工作感到不滿之處，請儘管透過法律研討會提出，會很有幫助的。已經過了三十分鐘，我先走了。

我們的船長

看到魁梧的男人坐在妹妹位子上喘著粗氣，江賢愛當然會上前追問我是誰。如果不是後來進來的鐘煦媽媽吳珠善，可能得花一些時間才能解釋清楚我是誰。是鐘煦媽媽抓著我的手問：「你就是找到我兒子鐘煦的人吧？」

那瞬間，賢愛懷裡捧著的兩本筆記本掉到地上，原來的那本寫滿了，她剛去拿了一本新的回來。

「真的嗎？」賢愛哽咽的問。

「……是，那是……」

我不知道該說什麼，怎麼也沒想到會在教室裡遇到。

「是您找到我妹妹娜萊的，對嗎？」

「……是的。」我好不容易才吐出回答。

賢愛拉起我的手。「娜萊回來的前一天，我在珍島體育館作了一個夢，我們倆開心的往海邊的沙灘跑去，可是娜萊總是落在後面。她一向都跑得比我快，我沒有顧及她，一直跑在前面，跑出十公尺後，才回頭問她怎麼了，娜萊摸著自己的腳踝一直哭，然後我就醒了，第二天就找到娜萊了。媽媽和爸爸到彭木港去看了娜萊，她的腳踝真的斷了，皮開肉綻。妹妹死了，她受傷的腳踝更讓我感到難過……謝謝您沒有放棄娜萊，把她找回來了。」

「那……是我的工作……應該做的。」我喃喃道。

賢愛接過我的話繼續說：「應該做的沒做，才死了三百零四個人，船沉下去後，應該做的事情不是被忽略就是放著不管，再不就是一直拖延。我在珍島體育館和彭木港都親眼看到了，長官不像長官，海警不像海警，記者不像記者。起初，我們也驚慌得不知所措，但一天天過去才知道，把我妹妹從孟骨水道的沉船裡找回來的人，只有民間潛水員！要是用戰爭比喻，潛水員是身在最前線，其他人都待在後方，可正是因爲這樣，沒人告訴我們潛水員的情況。我們聽到的只有：今天浪大沒辦法潛進船艙，明天浪小但流速急、不適合潛水，後天又說什麼國會議員高官來了，縮短了潛水次數。我們也到事故對策本部抗議過，得到的回答卻只是叫我們回去等著。我祈禱著，希望潛水員不要放棄，一定要找回我妹妹，找回妹妹的潛水員，我會當作恩人報答他一輩子！娜萊回來後，我們回安山辦了葬禮，當時忙著處理各種事情……不，這都是藉口，我應該遵守祈禱文的，結果我也說了空話。眞像是奇蹟一樣，現在潛水員就站在我面前了，還是在娜萊生日的前一天。」

＊＊＊

法官大人，對罹難者家屬來說，每一天都是痛苦的，但您知道最難以承受的日子是什麼時候嗎？

首先是大家都能猜到的、船難發生當天四月十六日，我遇到的罹難者家屬中，大部分人的記憶力都明顯下降。再說具體一點，他們記得最清楚的日子是四月十四日晚上或四月十五日早上。提到為了準備畢業旅行而興奮不已的孩子時，父母臉上會閃現一絲微笑，但講到十六日那天，表情瞬間又陰沉下來。有的家長暴跳如雷，有的家長潸然淚下，還有的家長說到一半就起身奪門而出。

找到失蹤者前，留守在珍島的記憶相對來說比較具體，可是四月十四日以前，或是找到失蹤者、辦完葬禮以後的事卻都記不大清。就算回想起船難前幸福的日子又有什麼用呢？孩子再也不會回來了。就算說出船難發生後的不幸，孩子也還是回不來，只好把那些記憶丟在一旁不去理睬，慢慢地，時間、地點、人物都變得模糊不清。

更讓罹難者家屬痛苦的日子是遺體被運送到彭木港的時候。四月十六日舉辦的追悼會，因為是所有罹難者家屬一同前往，大家忙來忙去一天也就那麼過去了，那份沉痛的傷心難以承受，但同樣的淚水和嘆息互相支撐著彼此。可是找到失蹤者的日子就不同了，因為舉辦葬禮的日子不同，那一天的痛苦只能由那一家人來承擔。正因如此，關係好的罹難者家屬之間，會在找到孩子那天更用心照顧彼此。

還有生日的時候。孩子誕生，本該是孩子最被祝福的一天，卻失去生日宴的主角。沒有孩子的生日要怎麼過？一片茫然。有的家長會到追思園對著骨灰罈痛哭，有的家長會到教室呆坐一會，有的家長會出趟遠門。大家最後都會回來，但應該喝碗海帶湯的孩子卻再也回不來了。

江賢愛一邊細細回想在珍島等待妹妹娜萊的日子、一邊講給我聽，然後她看著我的眼睛，很認真地說：「我想邀請您。」

我不知道互助團體還有舉辦生日會，賢愛把地圖用簡訊傳給我，我答應她，為了鐘煦媽媽和賢愛媽媽，一定會去參加。

「娜萊的腿為什麼會受傷……我也不清楚。她沒有卡在哪裡……船裡太窄又太黑了，我盡最大努力帶娜萊出來的時候也沒有讓她碰到任何障礙物，她腿上的傷是從船裡出來後才發現的……對不起。」

當時曹治璧潛水員給了我聯絡電話，但我沒有打。關於娜萊腿上的傷，我不知道要如何解釋。

賢愛抓緊我的手說：「托您的福才找到了娜萊，當時我們應該去感謝您的，是我們不對。要來喔，明天一定要來喔！您會來的，對嗎？」

「……我，真的可以去嗎？」

「當然！您能來，娜萊也會很高興的。」

聚會從七點開始，我提早一個小時到了那裡。為了避開下班尖峰，我提早從家裡出發，沒坐地鐵和巴士，而是自己開車，導航顯示了預計到達的時間，但我還是擔心路上會遇到交通事故或塞車，沒想到來得太早了。當天的心情實在很複雜。我傳簡訊給賢愛，她馬上下來了。

門一開，食物的香氣撲鼻而來，廚房裡五、六名穿著白色圍裙的女人正忙碌的準備食物。舉辦生日會的空間可以容納五十多人還綽綽有餘，牆上掛滿娜萊從出生到高二的照片，前面並排擺著三張矮桌，一張擺放國小和國中的畢業相冊和家族相冊，另一張擺放娜萊的物品和書籍，最後一張則擺放素描簿。

對面的角落處，鐘煦的媽媽和三位修女圍坐在一起，把黃絲帶和卡片裝進紙袋，是在準備給參加聚會客人的禮物。

我慢慢觀看娜萊的照片，感覺和坐在教室裡完全不同。這個孩子和誰一起生活，喜歡什麼、討厭什麼，聽了什麼歌、看了什麼書，有關她的每一個瞬間都像幻燈片一樣展現出來。看過書和素描簿後，彷彿娜萊馬上就會笑著出現在我面前一樣。

六點半左右，客人慢慢到齊，娜萊最喜歡的巧克力蛋糕也擺上桌。教會的朋友、國中同學、鄰居和朋友總共來了二十多人，提供罹難者家屬幫助的人也來了。那天晚上，我初次見到船難發生後、免費擔任法律顧問的宋恩澤律師。賢愛介紹我時，宋律師瞪大眼睛，他說這是第一次在生日會上見到潛水員。巧合的是，生日會進行期間，宋律師一直坐在我旁邊。

娜萊的父母七點來到現場，娜萊媽媽與準備生日會的人們一一握手，雖然難過，但她臉上也不失淺淺的微笑。娜萊爸爸一直低頭看著地面，他說事故發生後都不敢到女兒的房間去，也不敢看女兒的照片。

生日會的形式很簡單。所有朋友輪流講述有關江娜萊的故事，主持人只在故事的開頭與結尾負責總結，並不會打斷或插話，在自然的一問一答間，讓大家感受著江娜萊的存在。

朋友們的故事總結下來，可以知道江娜萊是個很有人緣的孩子，而且不管做什麼都很努力，還有很深的信仰。娜萊希望以後當一名美術老師，朋友們都說非常適合她。

我和宋律師坐在娜萊父母身後，娜萊媽媽從一開始就抬著頭，看著娜萊的朋友，聽他們講故事，偶爾還會比主持人更快提出問題。娜萊的爸爸直到故事開始前都還在用手帕擦眼淚，十分不安，看著都很教人擔心他會突然站起來衝出去。不過朋友們開始說故事後，他慢慢的直起腰、抬起頭，傾聽大家講故事。

聚會快結束時，一名身穿校服的短髮女生悄悄推開門走進來，朋友們認出了她，大家都睜大眼睛。主持人和之前一樣，等新到的同學入座後，用更加溫和的聲音問道。

「介紹一下自己吧，妳是從什麼時候開始和娜萊成爲朋友的？」

「我叫朴潤率，二年級時和娜萊同班。」

「國中的時候嗎？」

「不，是高中的時候。」

瞬間我們恍然大悟——潤率是生還的學生！

截至剛才，大家講的故事都是娜萊國小和國中的事，升上高中後的事多半也是以教會生活爲中心，沒有人提到高中生活。剛到的朋友是在二〇一四年三月和娜萊成爲同班同學，她們在四月十五日，一起在仁川沿岸碼頭上船，當晚一起在船上看了煙火，四月十六日一早當船出現傾斜時，也一起在恐慌中顫抖。

「潤崒想講些什麼有關娜萊的故事呢？」

主持人的問話讓潤崒小小的肩膀顫抖起來，雙眼湧出淚水。

她緊握著拳頭，開始說：「……我想對她說句生日快樂。四月十四日是我的生日，那天娜萊送了我一張生日卡片。其實我的學校生活馬馬虎虎，功課也不怎麼好，一年級的時候總是一個人戴著耳機聽音樂。娜萊可不一樣，她不僅是班長，功課好、畫畫也好，歌唱得棒，舞跳得也好，還會約大家一起去看電影、去ＫＴＶ還有咖啡店，但我一次也沒有參與過。雖然我也想參加，但我還是更喜歡自己一個人獨處，我沒有被霸凌，我只是喜歡自己一個人。雖然如此，娜萊還是送我生日卡片，她是唯一一個記得我生日、寫卡片給我的朋友，所以我也下定決心，要在隔年二月娜萊生日時寫一張卡片送她。其他朋友也會送娜萊很多生日卡片和禮物，我也不想落於人後，所以提前一個月就開始準備。雖然我畫畫沒有娜萊好，但還是畫了一束娜萊喜歡的玫瑰花，本該在卡片上寫下生日快樂的祝福……但我寫不出來，不知道該寫什麼……所以來晚了，一句祝福的話都沒寫，就這樣來了。」

我還是第一次覺得「就這樣」這句話如此教人心疼。主持人沒有說話，只是讓沉默繼續流淌著，他是在給大家時間，感受潤崒「就這樣」來以前，心裡有多麼掙扎。

＊＊＊

如果不是娜萊，不僅是我，其他人也都逃不出來。當時，大家都害怕得直發抖，船內的廣播只是不斷重複著要我們在原地別動，大家都穿好救生衣原地等著，有一、兩個人開始哭起來。我作夢也不敢相信自己會在這麼傾斜的客輪裡穿著救生衣等待營救，有人提議應該走出去，也有人反對，說出去只會更危險，應該按照廣播指示的去做。隨著時間過去，都沒有人來救我們，船卻越來越傾斜。

船裡開始進水，廣播卻還在播放原地別動的指示，不管是船員或海警，沒有任何幫助我們的大人在。那時，身為班長的娜萊挺身而出，她指揮大家鎮定，先到走廊，再一起到船尾的甲板去。船已經傾斜得相當嚴重，地面和牆已經顛倒。想到走廊就要從頭頂上的門出去。娜萊說要想出去，大家必須齊心協力。她像老師，也像船員、海警一樣的對我們說。沒錯，那一刻，娜萊就是我們的船長。聽娜萊的指揮，一名接著一名上去，大家互相踩著肩膀向上爬，手和脖子都瘀青了。

水越來越多了，娜萊一直呼喊著：「要冷靜！我們都會出去的。別怕，再加快點速度！」

大家都往門外去的時候，我站在後面，水已經及腰了。我從小怕水，而且不會游泳。

娜萊轉過頭看到我。「潤率啊！快過來！快！」

我嚇得連步伐都邁不開，娜萊涉過已經淹過大腿的水來到我面前，拉起我的手，然後拖起我的屁股把我往門的地方推，已經上去的同學伸手拉住我，我由於過度驚嚇，沒能抓住同學的手，摔了下來，似乎有非常短的時間水停止上升，水位只到大腿根部，但我在水中掙扎了起來。

娜萊再次走到我面前，抓起我的手，看著我的眼睛說：「潤卒啊！一口氣上去，做得到嗎？」

我哽咽著點點頭，其實我好害怕娜萊會丟下我離開，當然娜萊是不會那麼做的，那時的我眞的不想一個人留下。娜萊再次推著我的屁股，好不容易我也到了門外。

「好了！」我聽到娜萊拍手叫好的聲音。

我馬上轉過身，低頭望向我剛剛脫身的客艙，想快點把娜萊也拉上來，但門的正下方沒有看到娜萊，水又開始上升。

「娜萊啊！快過來！」

「等下，我和英枝一起過去。」娜萊正在救被物品纏住、不停發抖的孔英枝。水上升的速度逐漸加快，已經過了胸口和脖子，馬上就要淹過頭頂，被子和枕頭、書包都漂了起來，穿著救生衣的英枝身體也浮起來。英枝雖然與我視線相對，但她沒游到門邊來，流著眼淚的英枝抖動著嘴唇。

「娜萊啊！」我喊著娜萊的名字。

娜萊貼在英枝身後，木頭櫃向她倆的方向漂過來，她們來不及閃躲，櫃子的一角撞到娜萊的背，英枝也離門口越來越遠。

「還好嗎？」

娜萊看著我舉起右手，她再次游向英枝，兩人各自抓著不同的櫃子靠近門口。我趴下身子，走廊裡的兩個同學各抓住我的一隻腳，我的上半身幾乎垂進客艙，我伸出手。

「快！快抓住！」

剛要抓到娜萊和英枝的瞬間，船再次開始傾斜，船內設備出現坍塌，發出刺耳的轟隆聲。我沒有抓住她們的手，自己還險些再次掉進客艙。我反射性的退後、挺直腰，當我立刻把頭再探進客艙裡，看到英枝被襲來的衣櫃卡住，捲入水流裡。我看到她揮動著雙臂，卻無能爲力。

突然，娜萊的手出現在我眼前，她被上漲的水流淹沒，因爲穿著救生衣所以浮出水面。我馬上抓住她的手向上用力拉，但是拉不動。

「啊！」娜萊發出慘叫聲。

我看到娜萊的臉，那種表情知道嗎？那是痛到已經無法講話的表情。

娜萊吃力的說出一個字：「腳……」

她的腳應該是卡在坍塌的設備裡，但就算腳踝斷了，也要先把娜萊拉上來才行。

「忍耐一下，娜萊！」

我用力拉娜萊的瞬間，巨大的水流從走廊湧過來。那水流擊打著我的頭，把我推出了五公尺，不，應該有十公尺那麼遠……我鬆開了娜萊的手。我記得很清楚，娜萊被拉上來了，她的腳有受傷，但眞的從客艙裡出來了，可是直到我離開客輪，也沒有發現娜萊。走廊裡也漲滿了水，已經無法再原路返回，從船尾的甲板只要走十步，就是娜萊在的地方，卻無法進入。不管怎樣，我都應該抓緊她的手，她的手，她的手……

＊＊＊

潤傘沒能把話講完，低下頭，用雙手摀住了臉。

主持人安慰著潤傘：「謝謝妳，鼓起勇氣講了這些。我們從潤傘的故事可以知道，娜萊是個勇敢的孩子，船長和船員棄船而逃，海警也膽怯的不敢展開營救，原來是娜萊像船長一樣指揮大家逃了出來。」

潤傘突然想起什麼，繼續說：「我跟獲救的同學一起被送到附近的小島，西巨次島。在那裡看到電視上出現『全員獲救』的消息，大家心想娜萊和英枝也獲救了，高興的抱在一起歡呼。我心想，等見到娜萊和英枝一定要握住她們的手跟她們道歉，能獲救眞是萬幸。但是……那都不是眞的。」

聽了潤傘的故事後，賢愛和娜萊的父母還有我，這才明白娜萊腳踝受傷的原因，那是爲了一起活下來，一直努力到最後的證明。

我轉過頭，深深嘆了一口氣。娜萊各式各樣的照片，有的連成串掛成一排，有的貼滿白色的板子，我在生日會前已經細細看過了，但貼在板子正中央的照片突然進入我的視線。兩名穿著校服的女學生笑得十分燦爛，站在娜萊身後，把下巴搭在娜萊肩膀上微笑著的面孔，看起來好眼熟。那張臉變得越來越大，比站在前面的娜萊還要大，比照片還要大，比貼滿照片的板子還要大。那張臉像輕飄飄的氣球，飄到我面前。她輕輕閉上了眼睛。

我聽到了什麼聲音，不是互助團體這裡的聲音，是戴著全面罩、潛入二十公尺水中的海水聲。蕩漾的、盤旋的、來回推拉的、撞擊的、毀壞的聲音。她睜開了眼睛，與此同時，我驚覺到我感到眼熟的不是她的臉，而是那閉起來又睜開的眼睛，我爲了抓住她拚命掙扎，慘叫著暈了過去。

採訪是在二〇一六年四月二日上午十一點開始，進行了三個多小時。可能昨天剛參加過生日會，崔周哲（53歲）老師的臉色看起來不太好，他的聲音略顯低沉顫抖，但沒有疲倦感，像是在樹蔭下稍事休息的旅行者。

從未缺席並負責主持每一場生日會的崔老師反倒替我們擔心起來。

「很難受吧？一直聽這些故事，還要錄下來再重新聽，又要整理成文字，這也都會對收集記憶的各位造成或多或少的心理陰影。不要認為和罹難者家屬比起來，這種抑鬱的心情不算什麼，人心都很脆弱，各位所感受到的痛苦，千萬不要和其他人比較。如果覺得痛苦，就要找到從痛苦中解脫出來的方法。需要幫助的話，記得隨時來找我，大家都要答應我喔！」

崔老師提到的抑鬱心情雖然一直持續著，但並沒有造成心理上的陰影。

「還有一點，我只講有關羅梗水潛水員的事情，因為他同意我把他的故事講出來，其他潛水員的事我是不會講的。我要講的內容也只是梗水一個人的遭遇，請不要放大去揣測其他潛水員。」

話題直接進入到二〇一五年二月，羅梗水潛水員在江娜萊生日會上昏迷之後。

（以下提問以□標示，崔周哲以■標示）

■嚇壞我了！看到有人暈倒，任何人都會嚇到啊，但我還是迅速做出緊急處理。還記得二〇一四年春天，在珍島體育館和彭木港的場面嗎？每天都有失去孩子的父母哭到暈厥，在那些日子裡若不振作起精神，是無法承受的。現在看到有人暈倒也還是會被嚇到，但與二〇一四年那個春天相比，已經不算什麼。慶幸的是，梗水十分鐘後就醒過來，被送到醫院急診室接受診斷，我守著他直到午夜，還好沒有什麼大毛病，就直接回家了。

□那晚在急診室有聽到暈倒的理由嗎？

■沒有，當時需要絕對的休息，雖然梗水想開口說話，但我勸他先別想太多，像平靜的湖水一樣先休息一下。

一個星期後我接到他的電話，就約在這裡見面。上午十一點，也是這個時間，我們面對面坐了下來，直到晚上六點，我都一直聽梗水講著故事。我見過把聚積整個冬季的水洩洪出來的水壩，他就好比水壩閘門一般傾瀉個不停。我連午飯都沒吃，只負責聆聽，將梗水從巨大的包袱裡卸下的故事，不加任何修飾、原原本本的收集起來，是我唯一能做的事。

到了晚上六點，我們的故事都還沒講到彭木港，要想回到二〇一四年，至少還需要五年左右。我們決定先吃飯，梗水點了炸醬麵，我點了炒飯，我們沒有喝酒。從中華料理餐廳回到互助團體據點時，太陽早已下山，我們又面對面坐下來，這時梗水開始哭起來。

我遞給他手帕，聽著他的哭聲。在這種時刻不只要聆聽對方講的話，也要聆聽所有的聲音，因為是笑聲、哭聲、腳步聲和呼吸聲，所有聲音聚集在一起才組成羅梗水這個人。你們能模仿梗水的笑聲嗎？

（我們沉默。見過很多次羅梗水潛水員，也見到過他的笑容，卻記不得他的笑聲了。不僅僅是笑聲，他製造出的任何聲音都記不清了。崔老師自問自答。）

■他會連哼三下、噴出鼻息，然後張開嘴巴大笑出來。像這樣。

（聽他這麼一說，還真是有點像羅潛水員，我們也跟著笑出來，接著崔老師又泡了一壺菊花茶。接下來要進入故事核心了，崔老師像極了會調兵遣將、英勇神武的將帥。）

■哭聲停止後，梗水沒有再提到孟骨水道，而是講起在這裡暈倒的那晚。

他坐在那裡，聽完生還學生朴潤率講的故事後，轉過頭看到娜萊的照片。但他注意到的是娜萊與孔英枝的合照。直到那時，梗水都還只記得自己找到娜萊的事，但看到照片裡英枝的眼睛，他記起了找到娜萊十九天後找到的女學生，正是英枝。他完全不記得英枝長什麼樣子，但清楚記得那雙眼睛。

很奇怪吧？在漆黑無比的船內，怎麼會只記得遺體的眼睛呢？梗水沒有馬上解釋原因，他喘著粗氣、顯得燥動不定。我勸他，如果現在不想講可以不講。梗水搖了搖頭，他說如果現在不講，恐怕一輩子都沒有機會了，講出來難受，但放在心裡更難受。他要了一杯冰水喝下去，然後講了出來。從這裡開始，請各位回想著羅梗水的聲音聽下去。

那是在發現女學生後，將她們帶上岸的時期。民間潛水員和海警潛水員已經輪班搜索了六次，並判斷那間客艙不會再有失蹤者了，但罹難者家屬還是希望能再搜索一次。梗水覺得這是最後一次了，所以自願下水搜索。進入客艙後，不到十分鐘便找到失蹤者，雖然梗水沒有細說，但可以知道當時找到失蹤者的方法不是靠視覺，完全是嗅覺。

要離開船內的時間還綽綽有餘，他並不知道找到的學生就是孔英枝，找到的學生身材矮小，很容易抱住，但她的頭髮一直撩著戴全面罩的梗水的脖子。雖然已經快要一個月了，但遺體並沒有受到太大損傷。

移動到走廊、開始游泳時，梗水感到渾身不自在。潛水員的預感十分準確，他們在能見度極低的情況下，即使作業環境發生細微變化也能馬上感覺出來，只是跟平常一樣進進出出的走廊，怎麼會有這種感覺呢？

起初他用頭燈照著門和牆查看，船內的設備和漂浮物都被固定得好好的，完全沒有要坍塌的跡象。但還是感覺怪怪的，梗水感到下巴很癢，低頭一看，女學生正睜著兩隻眼睛盯著他！從客艙出來的時候分明是閉著眼睛的，梗水說他也不知道眼睛怎麼睜開的。梗水停下來，用左手幫她闔上眼睛，然後再次抱緊她開始游，大概游了五公尺，準備改變方向上升時，下巴那裡感覺又不對了。這次不是癢癢的，而是像被錐子刺到一樣疼痛。

他低頭一看，女學生又睜開眼睛瞪著他。梗水再次幫她闔上眼睛，但還沒等他開始游泳，眼睛又睜開了。為了讓她闔上眼睛，梗水費了好大工夫，原本有餘裕的時間也已經消耗掉，最後眼睛還是沒能闔上，只好先集中精神離開船內再說了。

梗水為了不被那雙眼睛影響，用左手蓋住女學生的眼睛往前游。在快速游動中，他的右手肘撞到了東西，抱著女學生的右手臂失去力氣，遺體被鬆開了。梗水連忙來回揮舞著兩隻手，卻摸不到離開他懷裡的女學生。梗水嚇壞了，他開始在走廊來回游動，雖然能見度極低，但梗水絕對要找到她，他從走廊這一頭游到另一頭，返回時腳踝被某個東西絆到，有種被什麼抓住小腿向下拉的感覺。他甩了甩腳，然後轉了個圈，因為脖子僵硬，導致背部也開始顫抖起來。那時梗水因為頸椎椎間盤突出剛從醫院回來，但當下他一心只想找到丟失的女學生。

慶幸的是，絆住他的正是那名女學生，他安心的用頭燈照向她的臉，卻嚇得差點再次鬆開她。女學生的左眼出現鐵青色的瘀血。梗水說，感覺是自己剛才甩腳時，腳跟踢到了她的眼睛，他為此感到十分內疚，但沒有時間了，他抱起女學生游了出去，瘀青的眼睛睜得大大的，像在玩瞪眼比賽，他們兩人的眼睛距離不到十公分。

那成為梗水一輩子也忘不掉的眼睛。從那以後，不管梗水做什麼都會想到那雙眼睛，看到那雙眼睛時會感到全身無力，什麼事也做不了。他在娜萊的照片裡看到的，正是那雙眼睛。那雙眼睛越來越大，像在沉船裡一樣直逼到梗水面前，所以梗水才會慘叫著暈倒。

他覺得對不起英枝，更對不起看到女兒臉上瘀青而心疼的父母。梗水說，不管英枝是睜著眼還是閉著眼，都應該抱緊她游出來，不該為了平復自己的不安而用左手蓋住她的眼睛，現在想想都覺得自己很沒用。

我握緊梗水的手說：「你沒有錯。能把英枝從黑暗、危險的船裡找回來，英枝和英枝的父母還有弟弟燦秀都會感謝你的，放下心中的包袱吧。英枝睜開眼睛是想看看找到她的潛水員，你不是也馬上認出英枝的眼睛嗎？英枝也會記得你那雙深深溫暖的眼睛。」

□羅潛水員有見到英枝的父母，告訴他們這些嗎？

■還沒有。巧合的是，我看過梗水和英枝的爸爸坐在一起，但英枝的爸爸不知道找到英枝的潛水員就是梗水。潛水員應不應該公開自己找到的失蹤者，這件事必須要深思熟慮。到現在為止，這類聚會要考慮周全，做父母的如果見到找到自己孩子的潛水員，第一句話會問什麼？當然是孩子最後的樣子！但要回想那些瞬間，對潛水員來說又會造成另一種心理陰影。罹難者家屬按照自己的方式，潛水員按照自己的方式，各自先照顧好自己受傷的心才是最重要的。

我和梗水一起去了安葬英枝的西好追思園，想必你們也都知道，遇難的學生被分批安葬在天堂、西好和曉園三處追思園吧？梗水和其他潛水員都提不起勇氣去追思園，他和我去看英枝是他的第一次。

上個月梗水聯絡我，他又去了一次，看了半天骨灰罈和英枝的照片。孔英枝牌位旁邊並排著的是江娜萊的牌位，兩個都是梗水找回來的孩子。

「我能問您一個問題嗎？」

我點了點頭，梗水突然脫下皮鞋和襪子，給我看他右腳跟處像青印的大斑塊。

「找到英枝、回到駁船後，這裡開始一直發癢。一開始我以為是被蟲子咬，也塗了藥，三、四天過去後，雖然不癢了，皮膚卻開始變黑。起初只有小指甲那麼大，但每天都變大一點，從駁船撤離時都變成巴掌般大，之後倒是沒有再變大。中、西醫都看過，但查不出原因，都說不是皮膚癌或皮膚病。」

我半開玩笑的問他，是覺得和英枝有關嗎？

梗水平靜自然的說：「我剛才問過英枝了，因為好奇所以想來看看她，照片裡的英枝一直對我笑。一開始我還覺得這斑塊很詭異、很討厭，甚至想過做手術處理掉，但跟您敞開心扉講完這件事後，我覺得這斑塊很可愛，也很踏實，這也是英枝永遠和我在一起的證明。難道是我瘋了嗎？」

你們猜，我是怎麼回答他的？很簡單——

「羅梗水再正常不過了。」

什麼是祕密呢？

法官大人：

我打電話給宋恩澤律師約他見面，雖然在娜萊的生日會上打過招呼，但沒有機會深談。我們在鍾路連去了三家啤酒屋，因爲同歲，所以很自然的省略掉敬語。那天以後我便稱呼他「宋辯[30]」，他叫我「羅潛」。

我咄咄逼人的問他，爲什麼會發生這種災難？爲什麼放棄營救？爲什麼在孟骨水道竭盡全力找尋失蹤者的柳昌大潛水員要接受審判？

宋律師默默聽完，反問：「問我有什麼用？我看起來像有答案嗎？我也正盡全力在當法律顧問，但潛水員的問題要你們自己站出來解決啊！不要光等著老天給你丟下正確答案。我是律師，又不是神，老天也只會幫助自食其力的人。」

他講的話重擊了我。潛水員的委屈要潛水員自己化解，其他潛水員也和我一樣，直到那時還是避而不談的過日子。在孟骨水道，潛水員的工作條件如何，身心受到什麼程度的傷害，柳昌大潛水員是如何成爲被告人的，這些我們都未曾對外公開過，甚至連想都沒想過。潛水員聚在一起時也只不過是在洩憤，互相爲對方慘淡的未來擔憂而已。

習慣是可怕的，「潛水員是沒有嘴巴的」這句話如此堅定不移，再加上在孟骨水道工作的所有潛水員都簽了保密合約，因爲不明白海警所謂的「祕密」具體是指什麼，大家都很擔心，要是不知輕重的講出在孟骨水道的經歷，恐怕會對自己不利。

宋律師簡單把情況整理了一下：「二選一：忍著，像啞巴一樣等著；不忍了，都講出來。」

「誰會願意聽潛水員的事情？」

「羅潛！這國家可還沒有徹底腐敗啊！要是眞的一爛到底不早就亡國了？有很多人想聽民間潛水員的故事，我現在不就在聽嗎？而且很好奇，從孟骨水道到住進醫院，到底潛水員發生了什麼事？我也都是從新聞和自己找的幾份資料裡略知一二而已。來來、羅潛，你先跟我詳細說說，然後我們再一起去找肯聽你講故事的人。」

「這又不是你負責的案子。」

「現在是分辨你我的時候嗎？」

見過宋律師後，我整整思考了兩天。正如請願書一開始提到的，我不是A級潛水員，也沒有想當民間潛水員代表的意思，論實力和經驗我都不夠格。但我無法容忍民間潛水員冒著生

30：韓語的「律師」發音近似「辯護士」，常以律師的姓氏簡稱為「某辯」。

命危險在孟骨水道工作的事實被忽視、被扭曲、被這樣遺忘。直到打撈起沉船，做出仔細調查前，最常、最多次進入船內的人只有民間潛水員，在那裡眞切具體看到失蹤者的，也只有民間潛水員。

我沒有馬上接受採訪或與記者見面，當我下定決心要向全世界講出眞相時，才意識到自己對此次船難其實一知半解。我花了一個多月的時間看書、查資料、找相關的影片，並把內容整理在厚厚的筆記本上，如果遇到無法理解或難懂的地方就去查字典，反覆的研究，再不行就向宋律師求助。因爲我這上了年紀又沒什麼文化的朋友，宋律師可吃了不少苦頭呢。宋律師勸我一點一點慢慢來，但我還是心急，因爲除了這件事，我已經沒有想做和能做的事了。

原來我誤解或認知錯誤的內容比想像得還多，宋律師像做個人輔導一樣爲我更正、講解。政府用國民的血汗錢做爲賠償金支付給罹難者家屬這件事，直到那時我都未曾懷疑過，但宋律師說，這裡會有難度，要我仔細聽好。

「賠償金不是用國民繳的稅支付的。國家先支付給罹難者家屬賠償金，然後向事故負責企業行使求償權，把之前支付的賠償金收回來。求償權是指『由賠償義務機關先自行出錢，賠償國民損失後，可要求相應的負責人，償還賠償的金額』，這種方式不是家屬、而是政府先提出的。像聖水大橋坍塌31和大邱地鐵事件都是採用這種賠償支付方法。政府已經向海運公司提起求償權訴訟，那家公司的保險金和財產也都處於假扣押狀態。到這裡，聽明白了嗎？」

「國家先給家屬賠償金，然後再跟出事的海運公司要錢，對吧？如果是這樣，就沒有使用稅金的疑慮了，不是嗎？」

「沒錯。」

「再問你一個問題。有傳聞說和其他事故相比，這次給罹難者家屬的賠償金最多……真有這回事嗎？」

「簡直是漫天大謊！首先，獲得賠償金是罹難者家屬最基本的權利，這次事故的賠償金是以一般交通事故的標準判定，罹難的學生都以「城市臨時工」的等級爲標準，完全沒有考慮孩子的才能和未來的夢想，全都是以最低標準決定賠償金額，因此和其他事故相比，絕對不可能拿到更多錢。罹難者家屬收到的只是賠償金，加上學生個人的保險金以及民眾捐款，其他事故發生時也都有保險金和民眾捐款。我怕忘了所以再重新強調一次——這些保險金和捐款也都沒有使用到一毛稅金。」

「那爲什麼會有這種傳聞呢？」

「有人巧妙的利用數字在搞鬼，以前的事故都只提到補償金，這次事故則是把賠償金、保險金和捐款都加在一起做比較，根本是卑鄙無恥的障眼法！」

31：一九九四年十月二十一日，位於首爾漢江上的聖水大橋，中間某段疑因金屬疲勞而突然倒塌，導致三十二人死亡，十七人重傷。

＊＊＊

法官大人：

原來並不是掌握到新知識就會很開心，我逐一整理出船開始傾斜後，在時間充足的情況下，海警也沒有進入船內營救乘客的眞相，這將我推向了絕望。

書、資料和影片……無論再怎麼查看也找不出結論，必須從三方面來調查事故原因：第一是沉沒原因，第二是放棄營救，第三是隱瞞眞相。這些內容，現在特別調查委員會正在調查中，在這裡就不詳細討論，但我想強調一點，現在正在進行的「民間潛水員疑因業務過失、導致民間潛水員死亡」的訴訟，要放在事故的大框架下來看，釐清事實眞相時，也要把民間潛水員的問題考慮進去。

柳昌大潛水員應該在審判中獲得無罪，國家要對罹患減壓症的潛水員負責到底，找出惡意散布傳聞的人給予處置，民間潛水員搜索的成果應該向全國民衆公開。

潛水員若只是沉默的等待，我們不會成爲甲，也不會成爲乙，更不會成爲丙，甚至不會成爲丁，而是會變成戊——那就是無，一無所有的人。如果我們裝作是透明人，誰來化解潛水員的痛苦和委屈？誰會去抓住把我們大哥誣陷成罪犯的人？誰會找出中斷我們醫療費的人？

首次接受日報採訪的前一天，我和宋律師一起吃晚飯，他從公事包裡取出兩張紙。

「記得嗎？」

第一頁最上面的標題寫著「合約書」，是潛水員稱爲「保密合約」的文件。

「嗯，在孟骨水道簽的。你從哪裡搞到的？」

「怎麼？懷疑身爲律師的我跑去海警辦公室偷的嗎？放心吧，去年五月就有報導刊出，還記得合約內容嗎？」

老實說，當時我一門心思只想快點尋找失蹤者，沒有一字一句認眞細讀合約。

「大致吧。」

「那你現在重新讀讀看，我先開動啦。」

宋律師吃大醬湯配白飯時，我慢慢讀起「合約書」。三個小標題十分生疏：保密的義務、負責安全事故的義務、檢驗業務執行能力的義務。

「重新看過後，感想如何？」

「簡直匪夷所思。」

「比如說？」

「『負責安全事故的義務』這裡！『要徹底遵守預防安全事故條例，若違反而發生不可預知的事故時，所有責任應由本人承擔。』哪有不嚴格遵守預防安全事故條例的潛水員呢？在深海底要是出事，可是關乎性命的！談論安全事故預防，根本說了等於白說。結論還不是出了事，潛水員要自己承擔責任！」

「還有呢？」

「『檢驗業務執行能力的義務』？光是標題就很可笑，這是說潛水員要檢驗自己是否有能力潛水囉？這不是該由海警判斷嗎？」

「沒錯，這裡還寫著『根據海洋警察的判斷，若認爲執行能力明顯下降時，可運用海洋警察的職權中斷執行作業，並做出撤離處理，對此不得有任何異議。』執行能力該什麼時候、如何下判斷，完全沒有明確寫出，因此他們隨時都可以中斷執行作業，也不會造成問題。突然要求已經工作兩個多月、潛入船內找到那麼多失蹤者的潛水員撤離，也是『不得有任何異議』，這也是潛水員自己簽下的內容。」

「太可惡了！作夢也沒想到他們會在合約上做手腳。如果是宋辯，會在這上面簽字嗎？」

「瘋了嗎？如果是我，絕對不會！這份合約裡每一項條款都對潛水員不利。羅潛，你聽好，明天開始你就要違反這份合約了，是哪條知道嗎？」

「知道。『保密的義務』最後這段吧？『特別是本次搜索及救助，關於海洋警察的運作機密在內的搜索及救助時進行的相關內容，不得接受媒體採訪，若有需要，事前需獲得海洋警察的同意。』」

宋律師看著我的眼睛問：「現在還來得及，要不要去問問海警同不同意？」

「說什麼呢？不管了，他們才不會同意呢！」

「這裡寫著『若違反合約條款，將承擔民事及刑事責任』，意思是說會像柳昌大潛水員那樣接受審判喔。」

即便如此，我還是反覆強調願意去做。宋律師伸出手要與我握手，他用發牢騷的語氣說，自己又多了一個要打的官司。聽他這麼一講，我感到十分踏實。

「來、最後整理一下，訴訟中提到柳潛水員在業務上懈怠的內容是指什麼？」

「管理和指揮搜索失蹤者工作的人，一定要遵守的內容有六項：第一項，確保潛水員得到充分休息及安全後進行潛水；第二項，要事前進行關於水下作業的教育及說明；第三項，要確認是否擁有專業潛水資格證，排除沒有資格的潛水員；第四項，潛水員在水中直到返回時，堅守現場，控管作業過程；第五項，水面管供潛水時，應讓潛水員攜帶備用氧氣瓶；第六項，要對潛水員的血壓等健康狀況進行檢查。」

「沒錯，你怎麼看這幾項內容？」

「前提就不對。柳潛水員根本沒有管理和指揮搜索失蹤者工作的權力，根據『水難救護法實行令』第四條第三項，明確指出中央救援本部長、也就是海洋警察廳長，擁有大型水難救助活動的現場指揮和管理權。柳潛水員沒有得到任何海警授命、沒有文件也沒有任命書，這代表我們在孟骨水道搜索失蹤者期間，現場指揮權一直都在救援本部長手上，因此前面提到的六項內容，不是柳潛水員應該承擔的業務責任，都是救援本部長的責任。」

「說得沒錯。再來確認一點，五月六日傷亡事故發生前，有沒有看到以海警的名義貼出有關水面管供潛水的安全守則呢？」

「沒有，應該是到六月五日、也就是事故發生一個月後，才貼出『潛水安全十誡』，事故對策本部也是從那時才開始策畫出『民間潛水員安全支援隊』。簡直是亡羊補牢，但總比不補好。如果這些關於安全潛水的守則是從我們開始工作的四月十七日就貼出來，豈不是更好？總是要等到事故發生才採取後續的挽救措施。」

第二天起，我開始去見陌生人。我想要再次強調，我不是一個善於與陌生人交談的人，反而更適合獨自潛入水中與魚兒作伴，但當時我不得不多講一句話，多邁出一步，多爭取與一個人的視線交會。

我打電話向在D醫院住院時認識的殷哲賢記者求助，殷記者把我介紹給三家播客[32]，我都去錄了音。

宋律師說得沒錯，民間潛水員願意接受採訪的消息一傳開，我便收到各個節目的邀請，不管是誰來邀我都會去，不問形式、時間、地點，到處去講自己自發到孟骨水道搜索失蹤者的工作。雖然我不擅長講話，但大家都願意聆聽，而且得到人生裡第一次的掌聲。

世間的事一向都是雙面的，有光明的一面自然就有黑暗的一面。在接受採訪的一個月時間裡，我收到不少陌生號碼傳來的簡訊，形式和長短都不同，但絕大部分是恐嚇和指責，我參與的電視節目和報社網站也都陸續出現這樣的留言。

法官大人！

我不知道傳來這些簡訊的人是誰，也沒有想找出這些人的想法，儘管我已經做好會在某種程度上受到指責的覺悟，但那衝擊遠比我想像得更大。我以爲自己可以承受，但是我錯了。

除此以外，還有眞正讓我感到痛心的，那是去年夏天的夜晚，柳昌大潛水員被起訴後，民間潛水員被要求公開實際情況，我爲此感到後悔。

那天晚上，我和柳昌大潛水員一起吃了雪濃湯，柳潛水員知道我這一個月來一直在接受採訪，雖然他沒有評論太多，但還是表露了幾句自己的想法。

「現代傳奇，也太誇張了吧？我哪是什麼傳奇。」

「大哥，他們說你是被告人，說你業務過失殺了人，既然他們都能陷害你是罪人，那稱你爲傳奇又有什麼關係？我最討厭誇大其詞和拍馬屁了，特別是和船難有關的那些謊言，簡直是受夠了！但是大哥，你是現代傳奇，不會錯。我們都是不會講話的人，不然還能想出更帥氣的稱呼呢！要是有人稱讚你，別再揮手否認了，你絕對有資格被當成現代傳奇。」

他還是很擔心：「如果是爲了我，到這裡就夠了，我是擔心連累了你啊！」

「我不光是爲了大哥，也是爲了在孟骨水道一起出生入死的大家啊！大哥你還不了解我嗎？是就是，不是就不是。再說，你能連累我什麼？最壞不過是也被扣上業務過失致死的罪名，變

32：Podcast，新興數位媒體，類似電台廣播，但可以透過網路下載後，於電腦、手機等媒介離線收聽，也能讓使用者訂閱。

成被告人。」

吃過晚飯，我們走路到W醫院，在一樓的商店買了一些飲料。坐在病房走廊的崔眞澤潛水員看到我們，站起身子。我們跟著他走進病房，在泗川D醫院時曾聽崔潛水員提起的女兒淑熙穿著校服向我們問好。崔潛水員叫女兒去買東西，讓我們坐在床上。

柳潛水員強迫著叫他躺下。「情況很不好吧？」

崔潛水員一副沒事人似的回答：「別的都還好，就是需要洗腎。」

這哪裡是還好，深海潛水員需要洗腎就代表再也不能潛水了。一般在海上一待就是幾個月，也不能往返於醫院洗腎。再說，要是繼續潛水，腎臟受損會更嚴重。

「你就好好準備出庭吧，還跑來這裡幹嘛呢？」崔潛水員反倒為柳潛水員擔心起來。

我插嘴道：「打聽過賠償金了嗎？」

「我打過電話，全都說很難辦，說特別法裡不包括潛水員，也不能按職災處理。」

「一輩子都得洗腎，國家竟然不幫忙一毛錢？」

「我們都太天眞了，什麼都相信……不能怪別人，是我們自己蠢。」

崔潛水員一直強忍到最後都沒有哭出來，我看在眼裡，更加氣憤。眞的像他所說，是我們太天眞了嗎？信任國家才潛入沉船裡尋找失蹤者的我們，眞的做錯了嗎？

送我們出來時，崔潛水員突然提起一件事。

「我想至少應該讓淑熙知道，她爸爸不是因為在孟骨水道做錯事，才這樣被人徹頭徹尾的輕視，我從現在起也要接受採訪、去上節目，光是這樣乾等，搞不好到死都只是一個愚蠢的父親，我可不想就這樣死了。梗水啊！之前讓你一個人受苦了，從今天起，我們一起做吧！」

從醫院出來，我搭上計程車去木洞，有一個廣播節目要錄製採訪。四天前打給我的製作人說，這次不是簡短的採訪，至少要錄製兩、三個小時。我問他，是三個小時的節目嗎？他說要等剪輯出來才會知道，雖然不能保證會有三個小時，但至少可以讓我的聲音播出一個小時。

從晚上九點開始一直到午夜都在進行採訪，這次採訪提出的問題比以往更尖銳，表示他們有認眞閱讀和整理關於民間潛水員的資料。

但問題出在我身上，去探望崔眞澤潛水員、聽到他說也要面對全世界講出這些事實時，我的胸口便燃起一團火。採訪過程中本該冷靜說明情況，卻提高嗓門，提到把潛水員逼到如此境地的人們時，還表現出粗魯的敵對感，甚至因爲破口大罵而臨時中斷錄音；在要提高嗓音的地方，反倒突然安靜的說不出話。憤怒加上絕望，然後是迎面而來的空虛，一種挫折感油然而生，我在這裡講出這些，眞的可以幫到被國家遺棄、重病纏身的潛水員嗎？

製作人冷靜的關掉錄音，給我時間平復心情，但我還是無法整理好糾結的內心。那天夜裡的錄音最後剪成三十分鐘的採訪。說實話，因爲我語不成句，即便全都被剪掉也不奇怪，能剪出三十分鐘的內容，全都靠那位製作人。

錄音結束後，我到啤酒屋喝了幾杯生啤酒，進店時已是午夜時分，所以也不能坐太久。大概一個小時後，我便感到有些醉意，看來我是想用酒精把心裡的那團火給壓下去。

計程車停在家門前的巷子裡，我沿著巷子走了差不多十步，一個男人擋在我面前。

「你就是羅梗水潛水員吧？」

「你是……？」

我剛抬起頭，眼前便倏忽一片漆黑，毯子罩在我臉上，我抓住毯子往下拉時，身體失去了平衡倒在地上。我拉下毯子，但又有更大的毯子罩住我的頭，這時至少有四個人跑過來，他們抓住我的手腳，用骯髒的布塊塞住我的嘴。我流著口水拚命甩著頭，但完全甩不掉毯子。

問我名字的那個聲音貼近我的左耳說：「賣遺體賣上癮了？自己玩得開心怎麼行？忍著點，速戰速決啊。」毯子罩上後，便是一頓拳打腳踢。

我感到很害怕，只能到此爲止了嗎？在大街上像打狗一樣，就這麼結束了嗎？眞的就這樣了？

＊＊＊

↓呵，瘋人潛水俠終於登場。

↓復仇者聯盟眞是好多組啊。

↓潛水俠不是復仇者聯盟的成員，別把那種傢伙和復仇者聯盟相提並論，讓人不爽。

↓孟骨水道的潛水員就你一個啊？

↓專治自大狂醫院 010-XXXX-XXXX

↓〈發現〉一張嘴巴說出兩種話的蟲子羅梗水！前面說只要醫療費，後面又說要和罹難者家屬一樣的賠償金。

↓只是單純去那裡，單純的工作，現在單純的回來了不就可以了，一個大男人也太斤斤計較了吧。

↓〈發現2〉用舌頭游泳的的蟲子。

↓調查一下，哈哈！

「動眞格的調查一下吧。總是在那裡口口聲聲說自己是民間的，誰同意你們用那個詞了？再說，你們憑什麼是民間潛水員啊？用公司的駁船，用公司給的錢吃飯，用公司的減壓艙減壓，反倒說和公司沒關係？你們自己付錢吃過飯嗎？自己付錢使用減壓艙嗎？公司被罵你們就想畫清界限，說自己是民間潛水員，眞是不講義氣的傢伙！

↓小心你那張嘴，把你撕爛了。簽了保密合約的傢伙還敢在這多嘴。

「去坐牢吧。

「google 一下就能看到：「關於搜索及救助……禁止接受媒體採訪，有必要時應獲得海洋警察的同意。」你們獲得海洋警察同意了嗎？

「要是你，你能同意接受那樣的採訪嗎？

↓得減壓症的傢伙還能在電視臺巡迴呢！

「史上最會裝病的人。

↓海警幹什麼去了？都在保密合約上蓋章了，竟然不把四處張揚祕密的傢伙抓起來？

「海警被解散了。

「啊！

「合約無效了？

「無效？還是有效吧！

↓最近的夜路很黑唷……

↓上次在路上打狗是什麼時候來著？

↓賣遺體賺的巨款，那麼多錢都花光啦？

「魚糕可貴著呢！

↓北韓的特務！

↓沒文化的潛水員懂什麼，還敢到處亂講！

↓到底拿了多少錢在這胡說八道？我給你雙倍，別再當小丑了。

↓明星病患者。

↓眞可憐。

我們在法院前的咖啡廳見到了柳昌大潛水員。柳潛水員講話精簡，並不是因為要上法庭所以話少，而是他原本的性格就少言寡語。在駁船上為了其他潛水員的生命安全會罵上幾句粗魯的髒話，除此之外只講必要的，平時幾乎不講話。

站在採訪的角度，對方回答越簡短，我們提出的問題會越多，若是稍有放鬆，採訪就會像打水漂的石子，跳到預想不到的地方。採訪的一問一答就像打乒乓球一樣。

（以下提問以□標示，柳昌大以■標示）

□是您找到羅梗水潛水員，請他寫請願書的嗎？原因是？

■因為他不一樣。

□可否請您指出一點不一樣的地方呢？

■他要我研究法律，一直要我學習法律。

□什麼法律？

■水難救護法、特別法、義死傷者……反正很多啦，還把保密合約拿來讓我重新看。

□他有說為什麼要學習法律嗎？

■他說不能只交給律師，我也要搞清楚狀況才能獲判無罪。我捺不住他嘮叨，但看是看了，實在太難了。

□之前您也不懂法律嗎？

■當然不懂啊。法律是法官和律師那些讀書人才看得懂，像我們這樣的潛水員，就算沒有法律也是照樣工作。

□您從參考人到嫌疑人、再到被告人，從法律上來看有著怎樣的意義，您起初也不知道？

■一無所知啊。在孟骨水道，我們和海警、海軍一起工作，怎麼會料到會被他們嫁禍呢？我是無罪的，他們最清楚，老天也清楚，大海也清楚。

□可您不是正在出庭受審嗎？

■所以說才委屈啊！

□羅梗水潛水員到處接受媒體採訪，還要把您出庭的過程製作成特別節目或新聞報導，這些您都知道嗎？

■知道。所以說梗水和別人不一樣，這些事其他潛水員連想都不敢想。

□讀到報導說，您是受到海軍、海警和民間潛水員全體尊敬的現代傳說。

■過獎了，我還不到那個程度，我只不過年紀大了點，比較早投入這個行業罷了。

□是您在孟骨水道領導了民間潛水員，對嗎？

■我不是什麼隊長，也沒有被任命什麼職位，現場需要有人掌握整體作業流程，為水下作業的潛水員提供幫助。

□在駁船工作期間，您有什麼堅持的原則嗎？

■平等，對所有潛水員一視同仁，不會發生多關心誰、少照顧誰的情況，所有人都從最基本的開始檢查，畢竟這是關係到生命的危險工作。

□這個原則有一直堅持到最後嗎？

■幾乎。剛抵達孟骨水道的潛水員會多照顧些，因為他們需要時間適應。對潛水員來說，孟骨水道可說是最糟糕的大海。

□最遺憾的瞬間是什麼時候？

■當然是出事那天了。

□回想過那天的事嗎？

■想過上百次！在駁船上的時候想，撤離之後也想。

□假如回到當天，您講的話或行動會有所改變嗎？

■沒有，我還是會做出一樣的行動，其他日子也一樣，那天我也盡了全力。

□但還是發生了最糟糕的結果，不是嗎？

■梗水說了，那結果的責任要誰承擔，必須從現在開始好好追究。我問他這是什麼意思？他說必須把在孟骨水道派遣潛水員搜索失蹤者的整個過程追查到底，找出這個過程中誰該對死傷者負責。要想這樣，潛水員就得掌握法律以及更多知識，不然我就要揹黑鍋。梗水說，他無論如何也不會袖手旁觀。

□您確信會獲判無罪？

■當然。

□您認為關於潛水員的身亡事件需要重新調查和追究責任嗎？

■我看過遺屬寫的請願書，他們想要的，不是包括我在內的潛水員受到懲罰，而是釐清真相。

□海警的主張就是要您來承擔責任。

■法庭上這些話就跟鸚鵡學舌一樣，吵得我耳朵都痛。

□如果潛水員沒有責任，那應該由誰承擔責任呢？

■我也想知道啊，你知道是誰嗎？

□目前公開認定的人只有潛水員。

■就知道你會這麼說，一切都太模糊不清了，像籠罩孟骨水道的海霧一樣，惡毒。

□如果審判結果如您所料，接下來您打算做什麼？

■當然是回家囉。

□還會再去潛水嗎？

■有陣子經常去深海潛水，但現在沒辦法，所以找了在駁船上負責監管的工作。

□若是被判有罪呢？

■別說那種話，禍從口出，我可沒犯罪。

□您讀過羅梗水潛水員寫的請願書嗎？

■梗水不讓我看，說是害羞，但我還是打算看看。

□在羅梗水潛水員之後，包括崔真澤潛水員在內的其他潛水員也開始接受媒體採訪、上電視節目。之前潛水員從沒有過這種情況，對此您有什麼看法嗎？

■深海潛水要是潛到六十公尺以下，潛水員就要改變呼吸的氣體，如果不能正確使用氧氣、氦和氮混合的「三元混合氣」，就會直接踏上黃泉路，因此潛水員一般都不會下潛到六十公尺以下，就算給一百倍的薪水也不願意。

□您講的這些和問題有什麼關聯嗎？

■六十公尺，你以為那界限只在深海裡才存在嗎？我們的人生裡也有啊！那些後輩潛水員現在正在超越那條界限，為此需要像改變氣體一樣，改變很多事情。

□您的意思是說，這和個人的氣節沒有關係？

■「待在原地別動！」這句話要了三百零四條人命！不僅讓三百零四個人喪命，還把潛水員也逼上絕路，把我羅織成被告人。潛水員要是待在原地不動，在座的各位還會來採訪我嗎？民間潛水員……那叫什麼來著？上了什麼播客後，還去見了律師和記者，還有關注我們的國會議員，就是因為我們沒有老實待著，才能走到這裡。潛水員講的話和行動可能會存在爭議，因為大家都是幹體力活的熱心腸，但也請各位記得，老實待著是不會有問題，但再這樣下去會死人的。

□也有人擔心像這樣經常在媒體上拋頭露面，日後很難回去做商業潛水。

■無謂的擔憂。我們只不過是正當的主張自己應得的權利罷了，業界沒有理由抵制在孟骨水道出生入死的民間潛水員。相反的，還應該讚揚、爭搶著錄用才對。

□這個問題也算是某種警告或象徵嗎？

■今後我們要做的事情還很多，要找出特別法裡為什麼排除潛水員，還要準備提交何以把潛水員定義成「被告人」的法律修正案。不僅是搭乘那艘船的乘客人生發生了改變，潛入沉船裡的潛水員也都受到極大的衝擊，那個結果正在影響著他們各自的人生。目前因減壓症無法再潛水的潛水員，生活本身就已經發生了改變，比較幸運還能繼續潛水的人，一輩子也會受到孟骨水道經歷影響。

□您不後悔去孟骨水道嗎？

■完全不後悔！

□如果請您再次負責駁船上的事務，您還是願意接受嗎？

■你這不是明知故問嗎？但還是會有點害怕。

□害怕什麼？

■我們已經改變了，但命令我們潛水、去船內搜索失蹤者的那些人如果不改變，還是教人害怕啊。

□請您再詳細說明一下。

■在孟骨水道工作的潛水員，不是甲也不是乙、丙、丁，甲乙丙丁戊，我們排在戊。梗水開玩笑說，戊就等於無，是看不到的存在，不被當人看的存在，隨便使喚一下就丟掉的存在，我們得到的正是「無」的待遇。如果不是這樣，怎麼會命令潛水員一天潛水兩、三次？讓大家在環境惡劣的駁船上吃住？還給我扣上業務過失致死的罪名？怎麼會單方面中斷潛水員的醫療費？在孟骨水道一起工作的潛水員隨時都做好重新開工的準備，但以目前的狀況來看，我會阻止大家。向我們下達命令的人若是不有所改變，還是老樣子的話，只會重複上演潛水員死亡、患上減壓症、揹上莫須有罪名站上法庭的悲劇。

我害怕的正是這些，真的很害怕。

最好的擁抱時刻

法官大人！

被毆打後我報了警，但沒有抓到那些暴徒，沒有證人，加上我是酒後失足跌倒在地，警察甚至懷疑我看到的都是心裡陰影造成的幻覺。我要明確澄清，從孟骨水道回來後我的確深受幻聽和幻覺困擾，但那晚並不是幻覺，眞的有暴徒圍毆我。沒有外傷是因爲他們用毯子罩住我，而且很有技巧的攻擊不會受傷的部位，他們是從事這行的老手，我一定會找到那些對我施加暴力的人。

＊＊＊

法官大人！

這一個月以來我見了很多國會議員、律師、醫生、電視臺編輯、記者和製作人，唯獨有一群人我沒有去見，那就是罹難者家屬。雖然在教室和生日會上見過幾位家屬，但那也是在我還沒有充分了解此次船難相關資訊以前。如果事前對這次慘不忍睹的船難略知一二，我應該很難鼓起勇氣去教室和參加生日會。無知的人最勇敢。宋律師叫我不要擔心，可以去趟光化門焚香所或安山焚香所，但我還是找了各種藉口。

四月十七日晚上，我和朴政斗潛水員碰面。在孟骨水道經常同一組的海警潛水員休假出來，我們隔著啤酒杯面對面坐著，我問他爲什麼會想到要聯絡我。朴潛水員說，他在網路上看到我的近況，也聽了播客。我們沒有聊太多關於孟骨水道的事，因爲我需要對不了解那片大海的人解釋，但我們是用身體去感受過它的殘忍、堅持下來的人。

朴潛水員很擔心我的身體，細細追問膝關節骨壞死的狀況。我老實告訴他，如果不是中斷了醫療費，早就動手術了。我問他，在孟骨水道工作的海警中有沒有人得了減壓症，慶幸的是，他沒有聽說有人患病。

我留朴潛水員回家過夜，睡前他問我：「不會害怕嗎？」

我回答他：「害怕啊，但沒有比潛入孟骨水道的沉船找尋失蹤者可怕。」

朴潛水員自言自語的嘟囔：「那時候也很可怕……如果我是你，現在會更害怕。」

「爲什麼？」

「政府或海警是組織，你可是個人啊。」

「個人就贏不了組織嗎？」

朴潛水員點了點頭。

「因爲害怕，所以就要選擇逃避嗎？有位罹難者家屬叫江賢愛，她對我說過這樣的話：要是海警裡能有一個人進入船內叫大家跑出來的話，大部分乘客都能獲救。對於民間潛水員不正當的誣陷也是一樣，要有一個人先站出來。」

「眞的嗎？」

「眞的。」

「可是大哥，你會受傷的。」

「政斗啊！去年春天，當有人找我去孟骨水道時，你知道我是怎麼想的嗎？很簡單——做這件事是對的嗎？我可以勝任這件事嗎？現在也是一樣，如果是對的，又是我能做的，我就會去做。」

第二天早上，我們在家附近的餐廳喝了醒酒湯，朴潛水員對我講出眞心話，他想放棄當海警。我問他接下來有什麼計畫，他笑著說。

「走一步算一步囉，跟大哥一樣，當個商業潛水員如何？」

「商業潛水員？是帥氣的職業啊，我也想繼續潛水，但更想爲創建安全社會做些其他事。」

「其他事？像是什麼？」

「應該避免大型事故再次發生，不是嗎？畢竟我只了解大海，我想把有意從事這行的人都聚集起來，組成一個海洋安全團體。政斗，你要是也想參加，隨時都可以過來。」

他說想一想後再告訴我。我們走出餐廳，朴潛水員走在後面，突然問我。

「大哥，你不恨我嗎？」

我反問他：「為什麼要恨你？」

朴潛水員回答：「跟大哥一樣，趕到孟骨水道的民間潛水員吃了多少苦，我比誰都清楚。不僅我，那時在駁船上拉線的、一起下潛到船外待命的、從民間潛水員手中接過遺體的，把找到的遺體搬上船的……所有的海警潛水員都很清楚。危險的事你們比我們多做了一百倍以上，待遇卻遠比我們差。在駁船上時我應該多幫助你們的，對不起。」

我對他說：「你能這麼說我已經很欣慰了，你們當時也都盡了全力，我都知道。老實講，只讓民間潛水員潛入船內時，的確讓人感到不滿，但撤離後想了想，也大概能想到做出這個決定的原因。如果海警潛水員事前就接受過潛入沉船搜索遺體的訓練，熟練的話倒還好，要是訓練不完善，要考慮的事情可就多了。再說海警中會水面管供潛水的人很少，要是下次再有需要潛入沉船進行營救搜索的工作，應該會讓海警潛水員衝在前面了吧。」

朴潛水員把手搭在我的肩膀上，問道：「大哥，我……想去趟焚香所，能陪我一起去嗎？」

他可能覺得我接受過那麼多採訪、上過很多次新聞，一定去過焚香所不少次。當下我沒能告訴他，自己也沒去過。

到達光化門廣場時，剛過早上十點。我們剛好站在上次我經過的岔路口上，我們把棒球帽壓低，各自揹著一個黑色背包。我的背包裡還裝著宋律師推薦給我的兩本書。

朴潛水員也想像過無數次來到這裡的場景，但眞的到了現場卻開始緊張、猶豫起來。

信號燈變綠的那一刻，他問我：「不然還是回去吧？」

奇怪的是，在那一瞬間，我的右腳向前邁出了一步。見到我大步向前走去，朴潛水員也跟了上來。

來悼念的人已經開始排隊，我們站在隊伍最尾端。焚香所一次可以進入十個人，等了三批人以後，輪到了我們。焚香所外為大家提供菊花，身穿黃色外套、身材瘦高的男人遞給朴潛水員一朵菊花，接著又遞給我一朵。那瞬間，我與男人的目光相對，我和他是初次照面，他的肩膀卻顫抖起來，接著道出了我的名字。

「您是羅梗水潛水員，對吧？」

我用極低的聲音吃力的回答「是」，他大概是從報紙或電視上看過我才認出來的。

他毫不猶豫的上前抓起我的手。

「我叫尹泰直，是尹鐘煦的爸爸。」

如果沒有和尹泰直握手，我可能早就癱坐在地上。我的膝蓋突然失去了力氣，像被錐子扎到一樣，疼痛從腳踝一直竄到膝蓋。朴潛水員攙扶著我，好不容易走進焚香所，焚香所正面擺放著罹難學生的遺照，一張面孔映入我眼簾，那是我在盂骨水道找到的第一個孩子，尹鐘煦。

來悼念的人們一直進進出出，我趴在焚香所的角落痛哭起來，這輩子我沒有流過那麼多眼淚，尹泰直和朴潛水員坐在我左右兩側，遞給我手帕和紙巾安慰著我。雖然來悼念的人都看向我，我也知道不能在這裡出醜，但眼淚就是停不下來。我想走出去，但膝蓋一點力氣都沒有，兩隻腳也站不起來。

宋律師走進焚香所，在我身邊坐下，悄悄對我說：「愛哭鬼，我可不是讓你來焚香所哭的……民間潛水員是個愛哭鬼，明天可要上新聞啦。來吧，趴上來，先離開這裡再說。」

宋律師把我揹到對面的帳篷裡，聚在一起製作黃絲帶的女人們和宋律師打過招呼後，走出了帳篷。我趴在那裡，眼淚還是停不下來。

就算走遍全世界、遇見世上所有的人，我也不想到這裡來、遇見這些人。因爲對我而言，這裡就是陸地上的孟骨水道，他們就是活著的失蹤者。這裡的時間不是二〇一五年，而是停滯在二〇一四年四月十六日，時間、空間以及這些人，種種重疊著的沉重教我難以承受，所以才會拚命一直逃、一直逃。

但反過來說，這裡又是我最想來的地方，這些人也是我最想見的人。我從二〇一四年四月自願在孟骨水道潛水到七月，正是爲了這裡和這些人。假若民間潛水員最終沒有得到他們的理解，我們就算聽到全世界的讚美也毫無意義，民間潛水員並不是只對外界閉口不言，我們也在逃避罹難者家屬的視線和對話。

不知道哭了多久，哭到都昏睡了過去。等我醒來的時候，枕邊發現了一張便條。

梗水哥！謝謝你。在孟骨水道，因為有你我才能堅持下來。下次再見。我先回去了。

政斗

我側躺著身體轉過頭，女人們輕聲細語的在製作著黃絲帶。我只想快點離開這個廣場，於是起身走到外面，身穿校服的高中生擋在我面前，名牌上寫著「曹玄」。

「請跟我來，大家都在等您。」

「你是……？」

「我是鐘煦的朋友。」

我短暫注視著這個孩子的臉，這才想起鐘煦書桌上放著的筆記本裡，那歪歪扭扭寫下的留言和曹玄的名字。

「我講些鐘煦的故事給您聽如何？」

「你想告訴我嗎？」

「嗯，我非常想講給潛水員聽。」

「好啊，以後吧，以後再講給我聽。」

我假裝跟在曹玄身後，趁他不注意時拚命跑到馬路對面。去和罹難者家屬面對面，只會讓我覺得像是掉進孟骨水道的深海底，再也無法上岸。

＊＊＊

法官大人：

我不知道走了多久，但如果不一直走，我的心臟會承受不住。我忍著膝蓋的痛一步一步走著。到處都是舉著盾牌的義警，警察的車輛連成線，在車道與人行道之間豎起高牆，有的巷子乾脆被禁止通行，只能再原路返回。

太陽下山，天黑了。我沒有回家，而是一直走著，很多人也都在走著，那天隨處可見黃絲帶，走在市中心的人們再次聚集在光化門廣場，我沒有進入廣場，而是站在世宗文化會館的階梯上，車牆把廣場嚴嚴實實的包圍住，真可謂奇觀。很快的響起音樂聲，很多人跟著唱「黑暗無法戰勝光明」的歌，我不知道歌詞，所以沒有開口。

更多的人，更多揮舞的旗幟，更加高昂的歌聲湧入整座廣場。我依然站在世宗文化會館的階梯上，那時，我看到江賢愛從眼前經過，雖然天色已黑，沒能看清她的臉，但我很肯定那就是她。我像被磁鐵吸引一樣，朝她的方向跑了過去。人潮突然襲來，他們的腳步像孟骨水道大潮期的潮流一樣快，我沒有找到江賢愛，隨著人潮，我不知不覺也被捲入了廣場。

從這裡開始，我的記憶變得斷斷續續，嚴重的頭痛發作了。走走停停，不停反覆著，走著走著就看到車牆，轉過身再走，走著走著又遇到車牆，四面八方都是困住人潮的高牆。我想靠在警車上休息一下，卻被戴著頭盔的義警警告退後。首爾話、忠清道方言、慶尚道方言、全羅道方言，穿插著在我耳邊響起，和全國各地趕來悼念的人們一樣，義警也都是從全國各地動員的。

跟著旗幟前進的人們突然嘩啦啦的開始後退，大而強烈的光柱從正面照在我臉上。我停住腳步，在深海底被黑暗包圍時，如果突然遇到光亮，身體不會馬上做出反應，而是先呆呆的望著那道光。我聽到前面有女人發出慘叫，在那裡，我看到一直在尋找的賢愛用雙手摀住臉、轉過身來。辣椒素噴在她臉上。警察的警告廣播穿入我的耳朵。

「警察將使用水炮應對非法示威。」

我立刻張開雙臂擋在賢愛前面，辣椒素噴到我臉上，皮膚像是硬生生被撕掉一樣火辣辣的，眼淚直流。我抬起頭，好不容易睜開眼睛。那瞬間，右側四十五度上空，拋物線狀的水炮射了下來，我來不及躲閃，直接被擊中右胸，向後倒了下去。

當時如果沒有揹著背包，很可能後腦杓會先著地，造成腦震盪。我被擊倒的瞬間，背包產生緩衝效果，先接觸到地面，我晃了下脖子，後腦杓才碰到地面。水炮的衝擊大得讓我無法支撐住身體，神智變得模糊，雙手雙腳都拚命顫抖。

這樣躺著是不行的，水炮不停射向躺在地上的我，眞像大砲一樣快將我碎屍萬段了，它擊打著我的大腿、手臂、肚子和胸部，還有臉。不光是後腦杓，我整個身體都在痛，像被孟骨水道的渦流席捲，關節也開始不聽話的打起了旋。不管怎樣都要先離開這裡，我心急如焚，但兩條腿還是一動不動。我心想，難道是膝蓋徹底壞掉了嗎？

這時，一個男人衝進水柱裡，他趴下來抱住我，水炮無情的攻擊男人瘦削的背脊。

他一面被水炮攻擊，一面抬頭看向我問道：「你沒事吧？」

那聲音和眼神，我認出了他，他是尹泰直，鐘煦的爸爸。我剛點頭的瞬間，水炮就擊中他的後頸，他的頭像是要掉下來一樣偏向左側。他將我抱得更緊了。

我吃力的對他說：「……快躲起來……」

我聽到尹泰直堅定的回答：「潛水員，你不要動，我來擋著，我來保護你。」

淋濕的胸口擋在我的胸口前，那一刻，除了擁抱沒有更好的答案了，從孟骨水道到光化門廣場，我們再次相遇了。

大家好，我的名字叫尹鐘煦。

請不要問我是不是同名同姓，我就是那個居住在京畿道安山市檀園區古棧一洞，喜歡打鼓、打籃球和玩遊戲，臉上長滿青春痘的尹鐘煦，還需要我展示一下闌尾炎手術的刀口和背上的斑點嗎？

二〇一四年時，我十八歲，是高二學生。二〇一六年的現在，我的朋友都已經是二十歲的大學生了。雖然沒能和大家一起考上大學，但我也成年了，身分證也早就出來了，請不要再拿過去的照片說我可愛、胖嘟嘟了，我可要比坐在最後一排角落裡的高中生要年長，也算是人生的前輩呢。

聽了羅梗水潛水員的故事，真讓人羨慕啊，爸爸也一定很羨慕羅潛水員吧？自從我升上國中，就再沒有主動擁抱過爸爸了，當然爸爸也是一樣。說羨慕是因為羅潛水員和爸爸在光化門廣場抱在一起抵擋了水炮，而且他還和我在孟骨水道的沉船裡擁抱在一起。

事故發生後，任何瑣碎的事情都令人懷念，想對爸爸撒嬌，想多擁抱爸爸，想拉著媽媽的手去逛市場，還想幫媽媽梳頭髮……大部分的同學都會這麼說。當然，我也是。

剛剛聽了羅潛水員的故事，發現我知道的事情還不到百分之一，其他的都超乎我的想像。羅潛水員的故事非常重要，不知道可不可以這麼說，這些故事都非常有趣，每個瞬間都會讓人冒出意外的想法。

正如我很好奇大家在此岸的生活一樣，想必各位一定也很好奇我在彼岸是怎麼過的吧？因為生死相隔的高牆，我無法邀大家來做客，只好給大家講幾個故事。

我去的彼岸和這裡幾乎沒什麼兩樣，睡覺、吃飯、和朋友玩、吵架、各自回家，也會哭、會笑、會生氣和開心。

要說兩個世界最大的差別，那就是我居住的村子總是櫻花盛開的春天，即使刮風下雨，花朵也不會凋零。我們一年裡還有兩次可以到這裡的機會，一次去見家人，另外一次就看各自的想法了。去是可以，但不能和人講話，更不能告訴對方自己到了這裡。如果違背了這些，就會被剝奪珍貴的機會。

在彼岸的同學們總是像在比賽一樣，誇獎著自己的爸爸、媽媽、兄弟姐妹，所以就算是講上一天也不會超過十個人，排在後面的同學短則要等三、四天，最長要等上十天。規則是只要有人開始講，大家就要一直聽到最後。但我不管何時，只要想講，都可以不按照規定的先後順序講關於我爸爸的事情，因為從船難發生後到四月二十二日，是我爸爸為抵達彭木港的同學們拍照的。

在潛水員的幫助下，從沉船裡出來到彭木港的過程中，我們也非常緊張，因為我們離開安山的時候還活著，現在卻是死了要去見家人。同學們都沒有死後去見家人的經驗，我們也沒有信心可以順利見到爸媽還有兄弟姐妹。載我們的艦艇要去哪個港口，哪些人在那裡等著我們，想到這些，我們也很擔心。

起初剛被送上岸的同學吃了不少苦頭，不光是父母，記者、海警還有不認識的人都看熱鬧似的一窩蜂圍上來，查看同學們的臉。我們好像被關在動物園裡的猴子一樣，大家都想遮住臉躲起來，但你們也知道，死人是動不了的。

接下來，被艦艇載上岸的同學見到的人就是我爸爸。他們說在白布被掀起以前，就先聽到我爸爸嚴厲的警告聲。

「請退後！不可以隨便拍照。你們剛剛問我是誰？我是二年級學生尹鐘煦的父親，我兒子鐘煦也去了畢業旅行，卻沉在孟骨水道的那艘船裡，到現在還沒取得聯繫。現在明白了吧？請退後吧！多謝合作！喂！那裡！不許拍照！」

同學當中有的人認識我，有的人不認識我，但不管怎樣，他們聽到是一起去畢業旅行的同年級學生家長，躺在那裡的緊張心情也稍稍放鬆下來。

爸爸小心的掀開白布，強忍著眼淚，先和同學打了招呼。

「回來吃了不少苦吧？我是尹鐘煦的爸爸。」接著他拿起手機說。「我用它給你拍張照片，因為你的爸爸、媽媽不一定在彭木港，還有很多人在珍島體育館，安山學校的老師們也都來了，我把拍下來的照片傳給在體育館的老師們，這樣爸爸、媽媽看到照片就可以確認你是誰了。想了很久，這是最快知道你是誰、好幫你找到家人的方法。爸爸、媽媽看到照片會很快來接你回去的，再忍耐一下喔。」

我爸爸為同學們一一拍好照片傳送出去，這樣一來，其他爸爸媽媽就不用跑到彭木港來確認遺體了。我爸爸不分男、女同學，只要是送到彭木港的遺體都會先打聲招呼、再拍照。那時和我爸爸打過招呼、用照片找到家人的同學，至今都還很感謝他呢，所以大家才給我隨時可以誇獎爸爸的機會。

有一個祕密我沒有對大家說，因為同學們沒有來，所以先講給你們聽。

我也是得到羅潛水員的幫助才從沉船裡出來，搭乘艦艇到彭木港的。艦艇靠岸前，昨天見到家人的同學跑來，像是有什麼天大的祕密要告訴我似的，悄悄的說。

「鍾煦，你一上岸就能見到爸爸了。」

「什麼意思？」

他沒有回答。

艦艇靠岸後，我和七名同學一起被抬上碼頭，男人打招呼的聲音和拍照的聲音從遠處傳來。可能是被事先提醒的關係，那聲音一聽就知道是爸爸。我真的好想快點見到他。

終於輪到掀開我身上的白布，我等待著爸爸叫出我的名字，但他沒有，取而代之的是簡短的沉默，他甚至沒有和我打聲招呼就拿起手機，像對其他同學一樣幫我拍了照。他退後兩步，剛想把照片傳給在珍島體育館的老師時，又再次向我走來，突然跪在地上，喊著我的名字哭了起來。

「鍾煦啊！對不起，鍾煦啊！」

當時我真是嚇壞了，感到很難過也很慌張，很多同學和我有相同的經驗，所以我很快便理解了爸爸為什麼流淚，因為這是我第一次死後見到活著的爸爸，活著的爸爸第一次見到死去的我。一直以來，他見到的都是在吃東西、大笑、發呆、讀書、看電視、打哈欠、活蹦亂跳的我，這是他第一次見到被水淹死的兒子的臉。爸爸沒有把我的照片傳出去，而是靠近我、注視著我的臉，在那裡尋找著曾有著呼吸的我。只有爸爸擁有那樣的能力，這讓我感到十分驕傲。

到達彼岸後，我和同學們經常會聊起有關未來的希望，很多人因為沒能在今生實現夢想感到遺憾。我們也常常聊到，若是可以在今生多停留一陣子的話會怎麼樣。因為無法實現，所以總是留有遺憾。

因此，我一年會去找一次世界級的鼓手。今年去了Green Day的鼓手特雷．庫爾（Tré Cool）的練習室，完美的隔音效果，過了午夜他還在瘋狂練鼓，練習室裡除了他在打的鼓，還有一套鼓像是為我準備好的一樣。特雷．庫爾打鼓的魅力在於力度和速度，不管我怎麼練習也打不出他那種俐落的聲音。我像照鏡子一樣，與特雷．庫爾面對面坐下來打鼓，真是夢境一般的時光。當鼓棒揮舞在空中時，不知是因為光線太暗，還是因為陶醉在音樂裡，他完全沒有注意到我的存在。我和他一起打鼓，但我的鼓棒會在接近鼓面時停住。活著的時候，打一分鐘就會上氣不接下氣，但現在連續打三首歌也能穩如磐石。坦白說，在來見特雷．庫爾前的半年裡，我每天晚上都一個人練習打鼓，還練習了特雷·庫爾特別的打法。

演奏結束後，特雷·庫爾把鼓棒向空中一拋。我帶著與他合奏完的喜悅，手握鼓棒，低下頭喘出一口長氣。就在那一瞬間，凝聚在我額頭、臉頰和鼻頭的汗珠一起掉落在鼓面上。

啪啦——

像是陣雨開始前的聲響，雖然是極小且短暫的聲音，但還是被聽覺敏銳的特雷·庫爾聽到了。他慢慢朝我所在的鼓架走來。我更加驚慌，一直握在手中的鼓棒從空中掉落，鼓棒剛掉在鼓面上，特雷·庫爾就嚇得奪門而出。後來他因為感冒發燒，休息了一個月沒再練鼓。

我回去後被老師訓斥了，因為把汗珠滴落在特雷·庫爾的備用鼓上，害他延後了演出。其中一名老師突然問我能像特雷·庫爾那樣打鼓嗎？為了證明我沒有說謊，我又在老師們面前表演了一次。我成功的連續演奏了三首曲子，像在特雷·庫爾的練習室裡一樣，汗珠掉落在鼓面上。

我坐在爵士鼓旁，老師們起身站在一邊開起了會。我想大概最少會被罰一年的時間不能去此岸了，突然感到很沮喪。我真的很想念爸爸、媽媽。不一會，會議結束的老師們回到座位上，其中一位老師的話出乎我意料。

「下個月有一個特別的機會，可以到那邊待兩個小時左右，機會就給你了，有一半以上的同學也推薦了你。」

「但是我違反了約定。」

「的確非常嚴重，但也是不小心的失誤，就當作一次將功贖罪的機會吧。我們開會討論，覺得鐘煦你是最佳人選，想去嗎？」

所以我才能站在大家面前。兩個世界的交流，雖然原則非常嚴格，但也不是完全沒有方法，可能是我學的知識還不夠多，不知道在這裡告訴大家我是從彼岸世界來的，或者給大家講解死後的經歷會有什麼問題。

如果今天我能順利結束演出，那麼下次其他的同學也會有機會。羅潛水員那一個小時的演講真的非常有趣，我比他的經驗少又沒有幽默感，真是很讓人擔心。為了今天的演講，我非常努力的練習，感謝大家一直聽到最後。

在國二好友、吉他手曹玄的折磨下，我開始練起打鼓。說實話，當初我是想彈吉他的，但現在如果一天沒有打鼓，都不知道要怎麼過了。在沒有家人的世界裡，爵士鼓成為我的家人，每次打鼓時，我的心也隨之跳動，兩個世界彷彿也都在跟著跳動一樣。

第一首曲子是我為羅梗水潛水員創作的。

曲子收錄了潛入孟骨水道漆黑冰冷的客艙，從春天到夏天的聲音，不僅有水聲，還有附近東巨次島的鳥叫聲和風聲。我一直懷著對羅梗水潛水員感恩的心，直到今天聽了他的故事，讓我覺得潛水員就是我的家人，因為他們記得遭遇不幸的我們，在乎我們的人就是家人。

就像爸爸在光化門廣場擁抱潛水員，像潛水員在孟骨水道擁抱我一樣，期望大家也能找到那珍貴的瞬間。我是尹鐘煦，接下來，我將開始演奏，歌曲的名字叫〈東巨次島的夏天〉。

後續　東巨次島的夏天

法官大人：

好久沒有動筆了，二〇一五年十二月，距離柳昌大潛水員的一審判決結束，已經過去八個月的時間，法官宣判無罪時，低沉明朗的聲音至今還迴響在我耳邊。

我以為再也不會動筆給您寫什麼了，剛剛打開筆記本時，不過是想提筆寫寫日記，簡單寫幾行到東巨次島的感受而已，卻又不知該從哪裡寫起。除了國小時被強迫交日記作業，後來我再也沒寫過日記。最近寫過的只有請願書，所以又把法官您當作傾訴的對象。

七月十一日，我從珍島的彭木港搭乘金吳渡輪七號進入東巨次島，為了在早上九點四十分準時出航，大家前一晚提早抵達彭木港。我在焚香所旁的貨櫃屋見到赫胥的爸爸崔隆才，和他一起過了夜，沒找到失蹤者的家屬仍輪班堅守在彭木港的焚香所。

凌晨時因為耳朵痛，我很早就醒來，抬起頭看向窗外，卻被嚇了一跳。窗外空中飄動著人影，原來那是包括赫胥在內的九名尚未找到的失蹤者照片的橫幅。我們在房間裡安穩的睡覺時，那些還沒找到的失蹤者卻在漆黑的孟骨水道的船裡，等著被打撈上岸。

雖然聽說過東巨次島距離沉船地點很近，但真沒想到竟然如此近！一．五公里，如果海浪不大的話，這是擅長游泳的人可以游到的距離。若是看了剛出事時的影片，會以爲客輪是在茫茫大海中央沉沒的。當時沒有人把船與小島之間的距離拍攝下來，在我的記憶裡也沒看過這樣的影片。

我感到很吃驚，從二〇一四年四月二十一日到七月十日，在駁船上居住的兩個多月時間裡，竟然沒見過東巨次島。雖然知道周圍有很多小島，但從沒有留意過，當時對潛水員來說，我們關心的只有海底，一心只想盡快找到失蹤者。小島的名字是什麼，駁船與小島的距離有多遠，這些我們連想都沒想過。

但這也只不過是身爲潛水員的觀點。二〇一四年四月十六日，在那片大海裡丟掉性命的三百零四人的觀點可就不同了。他們如果不待在客艙、都跳到海裡，可能會有更多人獲救，因此這麼近的距離更令人感到惋惜和難過。

聚集在彭木港的人一共有七名：我和殷哲賢記者，尹泰直和他的妻子吳珠善，半年前丟掉海警工作的朴政斗潛水員，江娜萊的姐姐江賢愛，最後是宋恩澤律師。東巨次島的漁民池秉石到村子口的碼頭來接我們，池秉石在四月十六日事故發生時，開著漁船到孟骨水道救出了逃生者，他還幫助罹難者家屬在東巨次島監視及記錄打撈過程。他一一與我們握手，歡迎我們到來。

「歡迎、歡迎，我還擔心會下大雨呢。在這兒的時候，有啥事情儘管開口跟我講，都是些吃飯不幹活的傢伙！還不趕緊把船撈上來，都不知道在那裡幹啥呢！我這心啊，跟熱鍋上的螞蟻一樣，咋辦才好呢？」

從村子到監視打撈的帳篷要走三十多分鐘陡峭的斜坡，朴政斗潛水員和尹泰直分別揹著裝滿飲用水、即食飯和小菜的箱子。因爲一整夜的雨，山路泥濘又打滑，夏天都這麼難走了，冬天下暴雪的時候，家屬又是怎麼爬上去的呢？如果不是父母想要親眼監視奪走自己孩子的大海，是絕對無法堅持下來的。

罹難者家屬每週五交班，在這帳篷裡一住就是一個星期。我們提早趕來幫助他們井然有序的採取行動，最重要的是持續的監視、錄下在孟骨水道進行的打撈工作，記錄特別的事項，此外還要負責做飯、洗碗和打掃。

尹泰直夫妻已經來過東巨次島兩次，他們還曾幫助包括池秉石在內的東巨次島居民們收穫和整理海帶，所以兩人在前面爲我們示範。池秉石一再強調小心不要被蚊子咬了，他說小島上的蚊子會穿透褲子咬人，被咬的傷口會腫得老大。

我跟著尹泰直夫妻練習了呼喊，雖然聲音傳不到打撈現場，但可以望著孟骨水道，把積壓在心底的話全部發洩出來，不必在乎周圍的視線，盡情把藏在心裡的感情表達出來。

當我第一天知道事故現場距離小島這麼近時，連晚飯都吃不下。

第二天凌晨起了海霧，霧氣遮住了中國上海打撈局的「大力號」駁船，完全看不見了。霧氣籠罩住兩個圓形的白色帳篷，像是降落在陌生行星上的飛碟。快要臨近中午了，還是不見霧氣散去，於是我們決定再近一點觀察打撈現場，打算沿著監視帳篷下面平緩的山脊下去。從村子到監視帳篷的山坡已經很陡峭，從帳篷再到接近大海的山路更加危險，幸好去年冬天留守在這裡的媽媽們把寫著孩子名字的黃絲帶繫在樹上，托這些黃絲帶的福，我們才沒有在大霧裡迷路。

黃絲帶結束的地方一直到海岸都是陡峭的岩石，我們像猴子一樣用手撐著地面往下走，抵達的地點在事故發生以前，曾是釣魚愛好者常來的小島盡頭。剛好，風開始大了起來，吹散了霧氣，駁船和拖船重新出現在我們面前。

我們先一起呼喊了還沒有找到的九名失蹤者的名字，接著泰直和珠善夫妻倆呼喊了兒子尹鐘煦的名字，賢愛跟在後面呼喊了妹妹江娜萊的名字，站在旁邊的我用手圍成喇叭呼喊了孔英枝的名字。我們拿出裝有三百零四人照片的名冊，細細看過每個人的臉。有的人緊握著拳頭，有的人用手掌拍打著胸口，有的人揮擺著手臂，有的人不停搖頭，我們站直身體，呼喊著這些名字。

雖然日期還不確定，但我打算等打撈結束後再接受膝關節手術。我會忠實的完成做爲潛水員的任務，也會爲建設安全社會努力。今天也和往日一樣準備了豐盛的晚餐，池秉石帶來親手做的拌海苔特別美味。明天大家將結束七天六夜的行程，離開小島。

吃過晚飯後，大家圍坐在燈火下，各自忙於自己負責的事，像這樣聚在一起等待夜幕降臨還是第一次，孟骨水道事故現場的作業燈火顯得格外明亮。尹泰直夫妻、殷哲賢記者、朴政斗潛水員、江賢愛、宋恩澤律師、池秉石還有我，作夢也無法想像我們八個人會在二〇一六年七月十六日這個夏天，聚集在東巨次島。

二〇一四年四月十六日，預計經過孟骨水道的客輪沉沒了，從那以後的兩年又三個月時間裡，大家都因事故帶來的衝擊，時而堅持，時而被擊垮，時而又重新振作起來，聚集在東巨次島正是結果。這些人還會再聚集在東巨次島上嗎？預測未來很難，但我想那一天永遠都不會再來了。

我認爲打撈沉船並不代表結束，而是新的開始。把沉船打撈上來，找到沒有找到的失蹤者，接下來要對船體進行縝密的調查，事故中沉沒的船體是最明確的物證，要以此爲基礎釐清眞相。

從二〇一四年四月十六日開始，我們的生活無論好壞都在持續進行著。柳昌大潛水員一審判決無罪，但檢方上訴又開始進行二審；大部分得了減壓症的潛水員還要繼續接受治療；上了大學的生還學生們，不但要克服事故造成的創傷，還要以事故證人的身分生活；罹難者家屬中甚至有人覺得，釐清眞相可能需要三十年以上的時間，他以光州民主化運動[33]爲例，呼籲大家從現在起要有長期抗戰的準備。很多罹難者家屬都沒有提交死亡申報。有誰可以想像不提交死亡申報繼續生活的心情？他們無法就這樣送走孩子，這也代表他們不肯放棄的決心。

我過得很好，遇到會和我熱情打招呼的罹難者家屬，也有像尹泰直這樣主動聯絡我，找我一起來東巨次島的家屬，我定期與崔周哲醫生見面聊天，但依舊沒能痊癒，身心還需要調整和治療。在孟骨水道時就已經壞掉的部分、隱藏的傷口，如今也一起顯現出來。我前後受阻，只因活得太過自我。

失眠已經有所好轉，幻聽和幻覺的次數與強度也減少了，但是今晚，躺在這裡卻翻來覆去睡不著。可能是天氣太熱，又或是蚊子太多，也可能是因爲明天要在彭木港見的人。柳昌大潛水員瞞著我，三月時擅自去見了我的未婚妻。不用猜，他肯定沒少罵我，但他的謾罵很靈驗，我剛到東巨次島當天便收到簡訊，猶豫了四個月的未婚妻終於想開了點，我回訊說等回首爾再見面，她卻趕來了彭木港。她說想親眼見見總是和我名字連在一起的地方，說不定我和她看過孟骨水道後，再也不會到這裡來了。我約她在彭木港燈塔旁的天堂郵筒見面，我不會主動去擁抱她，但如果世熙先擁抱我，我是不會再放開她了。

就寫到這裡了，這次也寫了這麼長，如果被宋律師看到又會嫌我寫太多，叫我刪掉一半了。雖然法官沒有提到我寫的請願書，但還是要感謝您充分聽取柳昌大以及民間潛水員的證詞，並審查了資料。我曾經因爲判決下得太慢而感到氣憤，但聽到無罪判決後，細想了一下，是托法官的福，才讓潛水員有機會站在法庭上講出孟骨水道的事。審判剛開始時，很多傳聞都說會判有罪，當時潛水員們都感到挫敗和羞愧。我雖然違反了保密合約，站出來說出民間潛水

33：又稱五一八光州事件。發生於一九八〇年五月十八日至二十七日期間，於韓國南部的光州及全羅南道，是一次當地民衆自發的民主運動。當時掌握軍權的全斗煥下令武力鎭壓，造成大量平民和學生死傷，至今仍未有人為此次武力鎭壓事件負責，仍未查清下達掃射民衆命令的真相。

員的經歷，卻對柳昌大潛水員能獲判無罪沒有多大信心。

感謝您做出的判決，可以讓我們無愧的去面對在孟骨水道找到的失蹤者和他們的家屬，我大概是想以這樣的方式向您表示感謝，才打開筆記本吧。

「羅潛！還沒睡？」

宋恩澤律師戴上眼鏡趴在我身邊，我趕緊闔上筆記本。尹泰直翻了個身，於是我們不得不走出帳篷，我和他並肩望著駁船的燈火。

「還有想要請願的事？」

「沒有，只是記錄一下。」

「羅潛，你知道嗎？自從寫請願書以來，你眞是沒少做記錄！」

「我嗎？眞的啊？」

「眞的。今天記了什麼？」

「一則祈禱文。」

「你有去教會？」

「我沒有信教。」

「那你寫什麼祈禱文？」

我指著打撈現場回答：「我祈禱那燈火不要成爲最後的謊言。」

「最後的……謊言？」

「如果那也是謊言，黑暗就眞的太長太深了！」

「就算眞是那樣，這些父母也會不斷一直去分辨什麼是眞、什麼是假的。」

「我知道，所以才更覺得心疼。已經失敗那麼多次，這次一定要聽到好消息啊。」

「我也希望。」宋律師像是祈禱一樣合起雙手。

我們回到了帳篷裡。

嘩啦啦——

開始下起陣雨，雨點落在帳篷上的聲音清楚極了。反正也睡不著，我睜大眼睛盯著孟骨水道的燈火，在心裡默念著在那裡失去生命的三百零四人的名字，默念完三百零四個名字，黑暗還沒有退去，就再重來，就像等待潛水時看著圖面，默念著還未找到失蹤者名字的那個凌晨一樣。

作者的話　擁抱的人

二〇一六年六月十九日上午，我來到碧蹄追思園，聽聞他沒有留下一張遺書就走了，我傻傻的想，這部長篇小說《謊言》，說不定就是金冠灯潛水員的長篇遺書。

想寫時，未必就能寫得出來，即便迫切的想要著手某部作品，但可能一生都未必有開始的機會。有的作品則是當機會主動找上門，自己卻放棄了。

六月二十四日凌晨完稿後，我整理了桌面上散亂的稿紙，把白虎紙鎮壓在一沓稿紙上後，才思考起——這裡是哪裡？眞的都寫完了嗎？這就是金冠灯潛水員所說、在孟骨水道沉沒的世越號被埋沒的左舷、能見度爲零的四十八公尺深海嗎？他說，不要害怕眼前的黑暗，要伸手去摸一摸周圍，用耳朵去聽一聽，用鼻子去聞一聞。

這裡和陸地完全不同。

「作者的話」我向來寫得很短，我曾經問過編輯，都已經把想說的話寫進小說了，作者的話還有什麼必要呢？現在我寫的這些算是作者的話嗎？不過，就算不被當成作者的話也沒關係，看成是擊打招魂鼓也好，後知後覺的號哭也好，或是擺在桌子上的一杯燒酒也可以。

書緣，應該從與書的緣分開始講起。

二〇一五年和二〇一六年對寫長篇的我來說是很特別的兩年，因爲我打破了從構想到出版至少要花費三年時間的寫作原則。如果沒有發生二〇一四年四月十六日的世越號船難，二〇一五年二月的長篇《目擊者們》就不會出版了。面對這令人難以置信的船難，我有很長一段時間無法提筆，等回過神來打算繼續之前的長篇寫作時，卻很難再進行下去。我在我們的歷史中找出與世越號相仿的大型海難事故，分析事故原因、找出眞相，這才開始提筆寫起小說。

描寫朝鮮後期漕運船沉船事件的長篇小說《目擊者們》出版後，我感到更加失望。小說裡，朝鮮的名偵探找出船沉沒的原因、抓住了犯人，正祖也表現出願意爲事故承擔責任的姿態。但小說外的世界呢？世越號沉船眞相的釐清停滯不前，歷史成爲映照現實的鏡子，無論如何都難以擺脫隱喻和象徵的界限，因此，我也沒有勇氣去見罹難者家屬、生還學生或潛水員。

當時，接到四一六記憶儲存所[34]相關負責人的電話，那是二〇一五年九月二十二日，「與法語學者黃鉉產共度波特萊爾朗讀之夜」的活動結束後。他們說是看了我寫的《目擊者們》才打電話來，目前正在為世越號罹難者家屬準備播客活動，問我可不可以擔任主持人。我沒有推拖就一口答應，為什麼會那麼爽快的答應呢？大概是因為面對船難的痛心、鬱悶，讓我更想了解些什麼。

播客的標題定為「四一六的聲音」，製作人鄭惠潤，編輯兼主持吳賢洙，還有詩人咸程浩和我也輪番擔任主持，我們分組錄音。正如標題，認真傾聽了因此次船難而背負痛苦的人們的心聲。

從二〇一六年一月十一日開始到四月四日，每週一錄音。原本計畫是隔週錄音，但開始後發現，每週的錄音時間都不夠用，即便不是我主持的時候，我也會在錄音室外聽他們講故事。後來，我把這個錄音方法告訴金冠灯潛水員時，他笑著說了一句話。

「以小組採取行動，我們在孟骨水道也是那樣。」

錄製播客期間很難做其他事，把十四名來賓的聲音錄下來，再把那些聲音收錄在一起，製作成廣播用的紀錄片，不知不覺就已經來到二〇一六年四月十六日，世越號兩周年了。

從第一次錄音開始，我就在本子上做紀錄。節目會剪輯成一個小時，但錄音經常會持續三、四個小時，在那幾個小時裡，雖然只聽一個人的聲音，卻有無數個場面和故事浮現在腦海裡。中途休息時，大家到頂樓抽菸，我就在本子上寫下自己點滴的感想。這些感想日積月累，卻也無法成為短篇小說，怎麼可能把這些深沉的聲音轉換成小說呢？每一個聲音對我而言，彷彿是數十億光年以外的銀河系，那段距離間充斥著黑暗的物質。

我曾經說過，在下筆以前，小說的輪廓就已經定型了。作者在寫初稿前去過那裡、讀過什麼、見過什麼人，都會影響小說的內容與形式。

在錄音室裡面對面坐著、聽著這些聲音，有種像是在潮濕陰暗的野獸體內的錯覺。這讓人想到了約拿在鯨魚肚子裡的日子[35]，因此也可以想像，去年出版的《目擊者們》和這些聲音的差距有多遙遠。

34：世越號事件發生後，為了紀念並記錄船難資料而成立的安山市市民記錄委員會，屬於四一六家庭協會。

35：典出《聖經》，約拿被鯨魚吞入肚子中三日三夜。

把播客集結成書出版已成爲一種流行，我們也就這個問題討論過，但結論是無法寫成書。因爲我們沒有信心可以把聲音傳達的眞實感整理到紙張上。顫抖、哽咽、嘆息和擊打胸口的拳頭，那些拳頭。

三月二日，金冠灯潛水員來到錄音室，由咸程浩詩人和吳賢洙編輯擔任主持，我在錄音室外聽他講故事。那天我什麼也沒有記錄，但他的聲音讓我覺得，他的聲音是中心，其他來錄音的人的聲音都像是圍繞他轉動的行星，這讓我產生「說不定憑藉這種感覺可以寫些什麼」的想法。

也許有人會問，如果那天沒有聽到金冠灯潛水員的聲音，就不會寫《謊言》了嗎？我可以毫不猶豫的回答，是的。也許五年或十年後，那些點滴的感想會出現在小說裡，但絕不會像現在這樣，至少應該說，他是與這部小說相關的，特別的「一個人」。

不管是人生還是小說，能有這樣一個人很重要，正如世越號罹難者家屬一再強調的，海警也好，船員也好，如果能有一個人進到船裡叫大家逃出來，那三百零四個人就不會喪命了，大部分人會活下來。但二〇一四年四月十六日早上，沒有這樣一個人。

「我來拿鎬頭」「我來揹背架」「我來烤肉」……金冠灯潛水員總是這樣衝在前面，但也有幾次站在我身後。那時他是在看我，抑或是窺視他自己？那是懂得深度的潛水員才擁有的眼神。

二〇一六年四月十六日，我與金冠灯潛水員一起去了安山藍天追思園。開車到停車場後，他沒有跟上來，而是在原地猶豫徘徊。我勸他，如果太爲難的話就在這裡休息，然後跟著「四一六的聲音」錄製組一起去探望罹難的學生。

望著放骨灰罈的牆壁上貼著的照片時，金冠灯來到我身後。他一直盯著地面的視線慢慢望向牆壁上學生們的照片，然後又低下頭，長長的嘆氣聲從背後傳來。

那天我們還去了西好和孝園兩處追思園，他在西好比在藍天時更靠前了兩步，在孝園又比在西好時更靠前了兩步。回到停車場後，他連抽了好幾根菸，我知道他正在縮短著某種距離。

五月十六日，我們在東巨次島和彭木港住了兩天，在返回首爾的路上去了全羅北道高敞支石墓公園。前一天在可以展望鬱陶項的咖啡廳，他講起關於李舜臣將軍的故事。第二天，他看著雲林三別抄公園的告示牌，又講起三別抄對蒙抗爭[36]的故事。他很樂於講解有關歷史人物的故事，如果他是歷史老師，學生一定會很開心的跟著他到處參觀考察。

在史前時代支石墓遺址時，他也很能講話，還以爲他會安靜的欣賞陽光照射的山丘上排列的石頭，沒想到金冠灯就是金冠灯，每走過一塊石頭也能講出一堆故事來。一塊石頭能講出這麼多故事，與其去當歷史老師，他大概更適合當個作家。

但是，這麼愛講故事的他卻安靜了下來。我們走上山丘、繞著支石墓走一圈下來後，他突然不講話了，原來他正望著公園入口處開滿的白春菊。我站在入口處等他。在我開口以前，他先含蓄的說。

「那時候這裡也應該開滿了花。你看，多好看。可能有人採下花放在石頭上，也可能有人就這麼看著。把花放在死者身邊的理由是什麼呢？」

「爲什麼那麼愛講老虎的故事？」

「威武帥氣啊！奔跑在白頭山和東北平原的老虎跟我很像，要給你說說老虎的故事嗎？現在在白頭山那邊、中國與俄羅斯接壤的地方還有西伯利亞虎出沒呢……」

他不知道我寫過長篇小說《密林無情》，自己在那陶醉的講了二十多分鐘老虎的故事。

「那你名片上爲什麼寫 Sea Turtle（海龜）呢？」

「那是在知道老虎以前，潛水的時候只盯著海裡，哪有功夫想什麼老虎呢！可我從孟骨水道經歷了這些回來後，發現老虎更吸引我。」

我跟他說了老虎和小說家的四個共同點：單獨行動、一生居無定所、執著的追擊獵物、喜歡一次性進攻的猛獸。他聽了我的說明，更加喜歡了，他說那不是老虎和小說家的共同點，是老虎與金冠灯的共同點。五月二十五日，我到他的花店，送了他一套《密林無情》，上面寫著「給海虎金冠灯」。他開心的說要用這個當綽號，下次再印名片時不寫海龜，要換成海虎。

我爲他在書上簽完名出來，看到花店門口擺滿金冠灯潛水員的個人裝備。雖然從書上和資料裡確認過這些潛水裝備，但我此次前來的目的是爲了親眼看看這些裝備。他一一拿起爲我說明，這是潛水服，這是水中電話，這是生命線，這是蛙鞋，這是全面罩。

我說想錄下他穿上和脫下潛水服的過程，他說需要穿維持體溫的內衣，於是返回店裡。從

36：「別抄」意為精銳部隊，三別抄是高麗王朝時期一支戰鬥部隊。

店裡出來後，他開始穿起潛水服。他把腳伸進連體的靴子裡，從掛著防水線的袖口伸出手。

這時，十一歲的大女兒走過來問：「爸爸，你在做什麼？」

他沒有作答，繼續穿著潛水服。

女兒追問：「爸爸，你又去潛水嗎？」

「不去。」

他簡短的回答，然後把背上的拉鍊拉好、戴上頭套，再把全面罩戴在上面。他拉了下帶子勒緊脖子和頭部。準備就緒後，他稍稍抬起面罩說道。

「生命線裡沒有空氣，現在這種狀態下無法呼吸。」

我做出ＯＫ的手勢後，他急忙脫下全面罩，整張臉憋得通紅，不僅額頭、整個腦袋都大汗淋漓了。我按下停止鍵，轉過身去確認剛剛錄下的影片，那時我看到了，他在沒有脫下潛水服的狀態下慢慢轉過身望向花店，然後搖著頭露出微笑。他是在向店裡奔跑於花盆之間的女兒解釋：爸爸，哪裡也不會去！

那之後的十多天，我沒有見到金冠灯潛水員，因為要集中精力推敲水中的場面。我們說好，完稿後一起去濟州島。

他事先跟我講好：「下酒菜的材料我親自潛水準備，你就好好在海邊休息就可以了。」

六月四日星期六晚上十點，金冠灯潛水員傳來短訊。

—睡了嗎？

—才要開始工作。

—週末也要工作？

—作家哪有什麼週末啊！

他說剛好當代駕把客人送到木洞現代百貨公司附近，我告訴他附近一家居酒屋的地址。三十分鐘後，我們面對面坐了下來。

他高興的笑著問我：「我不是想找你出來才傳訊息的，害你今天不能工作了，怎麼辦？」

「來對了，我正好有事要問你。」

酒很快就選好了，下酒菜卻挑了半天。他把今天居酒屋裡準備的食材檢查評價了一番後，說章魚是當季食材，於是點了章魚。

乾了第一杯酒後，我說：「我得了失眠症，好不容易睡著後不到一小時就醒了，作了一堆夢，醒來什麼也記不住。」

他盯著我的臉回答：「我已經這樣兩年多了，喝點酒會有幫助，不行就去找專家談談，開點處方藥吃。」

「兩個方法都不想……」

「那就快點完稿，去完全想不起大海的地方轉轉。」

「眞有那種地方？那你先去！」

「……沒有那種地方。」

章魚很合我的胃口，但他勸我不要吃，說有點壞掉了，然後又點了鮭魚。

「大哥，你是說要專心修改水中情況的部分吧？」

「是啊。」

「那小說不就快寫完了嗎？」

「初稿完成了，但還得大幅改稿。」

「寫請願書的民間潛水員最後怎麼樣了？」

這次換成我盯著他看，不能向登場人物的原型透露小說的具體內容，這是原則。如果告訴他結局，可能會冒出這樣或那樣的意見，那會制約我的想像力。可能是喝了幾杯酒的關係，也可能是因爲無法迴避眼前放棄代駕跑來坐在我面前，睜著一雙炯炯有神的眼睛等待答案的他。

「小說會在二〇一六年七月結束，潛水員和家屬一起去東巨次島，畢竟是打撈前，在那裡大家望著孟骨水道呼喊著還沒有找到的失蹤者的名字。目前結局是這個方向。」

他馬上接話：「很好啊！七月雖然蚊子多、會很辛苦，但還是一起去吧。」
「小說是這樣，但也沒說眞的要去……」
「小說裡去，現實裡也去。如果小說出版前能打撈上來最好，不過似乎是不可能了。」
他能喜歡這個結局眞是萬幸。
我轉移話題問他：「那你以後打算做什麼啊？」

凌晨三點準備散會，他把自己戴著的白色紳士帽扣在我頭上。他的頭髮理得很短，他曾說，如果遇到很辛苦的工作時，會把頭髮理得更短。
「送給你，這是魔法的帽子，頭痛或睡不著時就戴著吧。」
「有點小耶。」
「小才好戴嘛。」
「那你呢？」
「這種帽子我有十多頂呢。」
這是他送我的第一份、也是最後一份禮物。
「大哥，小說的名字爲什麼要叫《謊言》呢？」

「我問你有關潛水員的各種問題時，你的回答裡最常出現的就是這句話。參與『四一六的聲音』的罹難者家屬也最常講這句話。」

「我真的那樣講啊？」

「嗯，你說過，似懂非懂都不是真的懂。」

「……這樣啊。沒錯，在這兩年裡聽到太多的謊言了。」

從居酒屋裡出來，我想幫他叫車，但他推著我的後背。

「你先走。」

「我看你上了計程車，我再走。」

「我想再走一走。」

「太晚了。」

「我還想再喝一杯，可是太晚了對吧？大哥，等你完稿後我們再喝，你回去吧，我也回去了。」

他鞠了個九十度的躬，然後朝巴利公園的方向走去。我看著他遠去的身影，正了正紳士帽，轉過身。今天的醉意似乎可以入睡了。

大概走了六、七步，我感到脖子後面發癢，一邊抓癢，一邊側轉過頭，發現金冠灯停下了腳步，正站在那裡目送我，他是爲了看著我先消失在這條街上。我舉起帽子向他揮了揮，他也把手舉過頭頂，誇張的向我揮著。

我觀察了他四個月，這是小說家糟糕的職業病。之所以能知道身後的金冠灯潛水員有著怎樣的表情、怎樣的行動，是因爲我有意識的去觀察了他。不僅是在我面前，也在我背後，我想要了解潛水資歷二十一年的商業潛水員的一言一行。在背後時，金冠灯很安靜，他總是垂下視線沉潛著。

六月四日在居酒屋時也是如此，他在我面前一直講著「未來」：有關海上安全教育的計畫，和恩平區義工打算做的事情，爲了改善潛水員待遇打算做的計畫，想爲東巨次島的漁民們做的事情。他在講這些事時充滿了活力，語速加快、眼神發光，雖然他沒有具體計畫過要和我一起做的事，但聽到他計畫那些未來後，我傳給他一則這樣的訊息：

——一個人要做，大家一起也要做，這才是人生。

我讀過有關「未來記憶」的專欄，不要牢記做過的事情，而是要記得應該做的事，這句話一直迴盪在我心中。

「為了幻想出未來的時間，依附在自己曾有過的記憶裡，這是很正常的。關於未來的想像，是自己可以找到的相關記憶的綜合體。做為過去記憶的綜合體，從中選擇、製造出最具可能性的無限組合。可以擁有的未來記憶，並不只是單純從過去的經驗中得到某種想法，而是與後悔和領悟並行，得到關於積極人生的經驗。即，與洞察同行的隨心所欲。」

——李高恩《活在未來的人》（二〇一六・六・二三），Science On

三月二日，我在錄音室聽到金冠灯的故事，三月九日晚上又在我的工作室見到他，進行了長時間的採訪後，自此產生了以提交請願書的潛水員為主軸寫一部長篇小說的想法。回頭細看，是因為他有幾分特別之處。

後來我也採訪了其他潛水員，但最初的構思仍沒有改變。在商業潛水員這個職業下，突顯出金冠灯特有的洞察力。

金冠灯潛水員不是上山的人，而是下海的人。人要學習、掌握某種知識技巧，總會透競爭來一個階段、一個階段的提高，他卻是一直在下降。他說比起站在山頂俯瞰風景，更喜歡在水下獨自潛泳的自由。我看過有關下潛深度競賽的電影，他卻說自己對競爭沒興趣。

準備、傾聽和整理播客「四一六的聲音」過了半年，有很多刺痛內心的文章。其中藝恩的爸爸劉敬根強調的這句話一直放在我心上。

「孩子們爲了能一起活著出來，盡了最大的努力。」

孩子們不是因爲不懂事才感知不到危險，他們就是充分感受到危險，爲了能和同學們一起活著出來，才按照廣播講的，待在原地沒動。

金冠灯潛水員很喜歡用「一起」這個詞，他計畫的未來裡總是充滿和各種人一起做的事。第一次來錄音室時，他就已經和各個行業的人策畫著什麼。他是第一個主動找到罹難者家屬，和他們一起在光化門廣場、東巨次島和檀園高中教室度過時光的潛水員。他爲什麼在所有潛水員中沒有保持沉默，爲什麼要到陌生的地方去見陌生的人？跟隨著他的軌道，就可以大致了解這些與世越號有關的人們。

我找到幾個他提到的、以「一起」爲中心的故事。

「所謂水面管供潛水必須要一起行動，監管、拉線、通訊和記錄的人，最少要五、六個人一起幫助潛水員。還有減壓艙、空氣壓縮機、生命線和水中電話，這些都是關乎性命的。」

「民間潛水員分成 Alpha 組和 Bravo 組，搜索失蹤者基本是以組為單位進行作業。為了開闢通路，有很多潛水員的肌肉撕裂、韌帶拉傷，所以你們不能只問我找到了幾個人，那不是我一個人做到的，是整個小組一起做到的。」

「在船內發現失蹤者後該怎麼做呢？必須抱在一起。如果往生的失蹤者不幫忙，是無法從又窄又黑的船裡出來的，所有潛水員都對此深信不疑。」

從藍天、西好、孝園追思園回來後，在彭木港過夜時，金冠灯潛水員會說。

「累是累，但你們能陪我一起，就不覺得累了。」

在《謊言》裡，我把潛水員參加羅難學生的生日會寫進去。但現實中，金冠灯潛水員還沒有勇氣去參加。在他的未來記憶裡，會想和我一起去參加嗎？

四月十六日晚上，去了三處追思園後，我們提早吃完晚飯、來到光化門。陰冷的雨一直下著，很難估計兩周年的追慕式會聚集多少人。快要抵達光化門廣場時，他高興的吶喊、搖擺穿著雨衣的身體，因爲廣場上全都是人。

「眞有這麼多人沒有忘記世越號？這麼多人和我們一起？」

他輕快的扒開人潮行走著，那天他眞的像是一隻海虎。

還有一點，金冠灯潛水員是個非常重視過程的人。爲了能順利完成深海潛水，整個過程要萬無一失，他會在腦子裡構思整個過程，如果有想不通或奇怪的地方，會親自進行確認。

他還會對我們習慣以常識接受的結果或事實提出質疑，他的問題是向未來、現在和過去提出的。李舜臣將軍因何而偉大？三別抄的抗爭爲什麼會失敗？他不是從結果，而是從過程去理解。如果知識不夠充足，他還會展開想像來彌補空缺。討論的時間長了，討論的內容也廣泛了。

他對於自己不懂的過程會毫不猶豫的追問和討論，未來想要實現的計畫和過去發生的歷史事件，瞬間自然而然的在他存在的地方交錯開來。

他爲什麼會想要一次了解這麼多呢？

金冠灯潛水員也很憤怒，他固然對不該有的結果感到氣憤，但那充滿謊言的過程更讓他咬牙切齒。

我認爲金冠灯潛水員已經有了新的開始。從孟骨水道撤離後，他與很多新結識的人一起，嘗試著抵達一般人並不知道的、很深很深的地方，因爲他向我講述了很多有關那裡的細節。

六月十六日晚上，他也是和世越號的罹難者家屬一起，與恩平區志工們在一起。

如果我沒有把自己關在工作室十幾天構思著小說，而是和金冠灯潛水員見面、討論小說裡的問題，如果是那樣的話……

是金冠灯潛水員，讓我學習到在能見度爲零的深海裡一起尋找什麼的方法。伸手去摸，然後在腦海裡勾畫，然後擁抱在懷裡。

《謊言》第一部的第一個篇章標題是「我爲什麼要去呢？」這個問題，在居酒屋收下他送的紳士帽時，我還是沒有找到答案。直到永遠送走了他，回來完稿後的二十四日凌晨，我想明白了。

他是一個比起高度、更懂得深度的人，爲了下潛到更深的地方，他在那個過程裡一一追尋著謊言與眞實，所以他去了孟骨水道，所以他才會到光化門廣場、東巨次島和檀園高中的教室，才會來找我。因爲他擁抱了太多的人，下潛到沒有人察覺的深度，他在那裡等著我們。

有深度的人是不會自己顯露出來的，他在重疊著的黑暗裡選擇了沉默，但最終還是沒有定格在那裡，他摸索著，聞著味道，傾聽著，留下永遠未完成的完成。

國會議員選舉期間，我問過他幫朴杜民候選人開車的理由。

「就和二〇一四年四月二十三日去孟骨水道一樣。」

「一樣？什麼一樣？」

「我問了自己兩個問題：這是對的事情嗎？是自己能做的事情嗎？想快點找到失蹤者是對的事情，我又會深海潛水的技術，所以就去了；幫助朴候選人也是一樣，爲了幫助查清世越號眞相的朴杜民候選人是對的事情，我還有當代駕的能力，所以就去做了。大哥，你不也是一樣嗎？」

「我哪有？」

「你覺得和世越號罹難者家屬互動是對的，還懂得寫故事的技巧，不是正寫著長篇小說嗎？」

擁有會寫小說的技巧，是好事嗎？現實總是比小說更加殘忍。

六月十七日一早聽到噩耗，十九日參加完葬禮回到工作室，我發覺《謊言》的後續有點太過樂觀了。我曾想過要不要把親眼目睹經過、提交請願書的潛水員之死做爲結局，但最終還是按照金冠灯潛水員喜歡的結局收尾了。我想到的最眞實的東巨次島的夏天，如今卻成爲他最後期望的風景。

如果是金冠灯潛水員，他會從這個夏天開始，直到世越號被打撈上來前，一直在東巨次島的監視帳篷前，睜大雙眼站在那裡的。

熱情的閱讀，冷靜的憤怒。

二〇一六年七月
金琸桓

謝辭

感謝參與播客「四一六的聲音」第一季錄製的全仁淑、金乃根、金美娜、殷仁淑、崔京德、李美京、張薰、朴耀蘇、鄭成玉、南哲賢、張東元、鄭宗萬、劉京根。聽到你們的聲音，讓我構想出這部小說的很多場面。還要感謝一起參與製作「四一六的聲音」的製作人鄭惠潤、詩人咸程浩，以及提供幫助的金宗天、曹永才、金義萊、林英浩、Band Huckleberry Fin。感謝四一六記憶儲存所主辦了播客，以及提供錄音室的ＣＢＳ。

感謝在孟骨水道爲搜索工作獻身的「四一六民間潛水員」，特別感謝民間潛水員黃秉洙、金尚宇、裴尚雄提供了寶貴的時間接受我們採訪。

感謝鄭惠鮮老師、李明秀老師。參與互助團體「鄰里」的生日會，讓我學習到紀念一個人的眞正方法，也不會忘記卞永洙導演溫暖的鼓勵。

感謝看了初稿並提出意見的李京雅、李善亞。

如果沒有吳賢洙作家的關心和品評，這本小說很難完成。從主持播客到動筆寫初稿、考察再到完稿，感謝爲我做出正確判斷、提出創意性意見的人們。

《世越號，那天的記錄》（世越號記錄組「眞實的力量」）和《記錄世越號》（吳俊亨，

Mizibooks）對理解世越號船難提供極大幫助。並參考了《打破新聞・目擊者們》第一集「中斷搜索，那天的記錄」、第二集「打撈，國家在說謊」、JTBC《李圭然的Spotlight》第二十八集「國家的背叛，我們的搜索並未結束！」、EBS《名醫》第三二一集「減壓症」。

透過閱讀《四一六檀園高中略傳》（略傳作家團，Goodplusbook）和《星期五回來吧》、《春天會再來》（四一六世越號船難作者團體，Changbi）讓我了解到檀園高中罹難與生還學生的情況。在四一六家庭協會的「找尋眞相/打撈特別工作組」分科資料室提供查找民間潛水員搜索的相關資料。

在此深表感謝。

導讀推薦與各界好評

導讀　一個駐韓記者對世越號船難的見聞與告白

駐韓獨立記者／楊虔豪

回想起那個長久的傷痛，發生至今，三年過去，我仍記得那個四月十六日，首爾密布著烏雲，早上提前結束在首爾江南的表定採訪行程，那時快要十點，坐在公車上要回家，韓聯社發送了速報到手機中，說西南方的珍島海域上，一艘載有四百多名乘客的客輪沉沒中。

情況看似緊急，當時船上載著多數是去校外旅行的京畿道檀園高中學生；船內進水，乘客身上有穿救生衣，而南韓海洋警察已派員和船隻前往現場。

當下資訊並不多，我刻意多等待一會，希望確認更多具體內容再一併發出，果然又傳來「二百六十位乘客被救起」的消息；過了十一點，我在公車上用手機把訊息翻譯成中文，一字一字打出來要發送的當下，新的消息進來，MBC電視臺發出引述海警的速報：「船上學生全員救出」。

雖然覺得詭異，但其他電視臺與紙媒也紛紛發出相同報導，內心的疑慮才消失，馬上在我經營的臉書新聞粉絲團追加這句話後發出，也為這些學生們鬆了口氣。不料，才過不到十五分鐘，這消息再度被證實為誤傳，我只得刪除剛才的發文並重寫。實際上，還有超過三百名乘客受困中。

到了中午，公車剛好回到家，已出現有人死亡的消息，但被救起的乘客只多出十人，再也未增加；失蹤人數爲兩百八十多人，這個數字之後一直維持，然後，隨著遺體一具一具被抬上岸，被殘酷的轉化爲死亡數字。

事發初期，資訊混亂，而諸如「朴總統接到報告，指示全力救援」、「海警出動大規模人力搜救」等字幕，不斷在電視新聞出現，大家都認爲，面對這種大型事故，政府理當總動員搜救，一開始不疑有他。

直到幾家小衆媒體報導失蹤者家屬崩潰，甚至與海警、官員發生拉扯衝突，在首爾緊盯消息的我才發現事有蹊蹺，後來才親自從乘客家屬口中聽到，「全力出動搜救」根本不存在，事發海域不見海警有積極動作，一切都是民間潛水員自告奮勇在前線作業。一位生還者母親生氣的向我轉述兒子從船內逃生的經歷：「他並不是被海警救起來的，是自己逃出船外的。」

事發第三天下午，各家媒體又紛紛報導「海警成功進入船內救援」，事後又被海警親自「打臉」，指出此說法「不符事實」；過半小時後，韓聯社卻仍把這則已非事實的新聞，用斗大標題擺在網頁頭版。我這才發現，公營媒體已非因資訊混亂而無心錯報，根本是背後有黑手刻意誤導。

剩下的失蹤者，都未被救出，世越號四百七十六位乘客中，有三百零四人葬身大海。最受煎熬的莫過於家屬，一下是得知子女搭上了沉沒中的客輪，然後收到「全員救起」消息而放下心中大石，沒一會又發現是誤報，心肝寶貝還在船上。

電視新聞上，出現政府動用所有資源救援，親赴現場卻發現，當局根本什麼事都沒做，最後發腫的遺體被抬上，至今還有五人失蹤；家屬的內心如同坐上失控的雲霄飛車般，上下震盪起伏，彷彿見不到時間界線，然後接踵而來的，是連串無止盡的心靈創傷。

船難發生初期，南韓陷入低迷氣氛，電視臺中止常規節目播送，每天都是新聞特報轉播搜救進度；各家企業投放形象廣告，哀悼死者、慰問家屬；首爾市多處掛起黃絲帶，寫著「我們不會忘記你們的」，只是搜尋告一段落後，一切都變了樣。

受夠媒體操弄不實報導，還有政府應對無能的罹難者和失蹤者家屬，展開絕食與遊行抗議。在公民團體幫助下，他們於首爾市中心的光化門廣場前搭建起帳篷，參與集會活動，要求徹底調查船難眞相，追究政府在應對過程中的疏失。

原本只是單純希望能釐清親人葬身海底的原因和應對過程，並防止類似悲劇不再重演，但這時，氣氛又變了調：執政黨和保守派媒體和開始指責家屬背後有特定勢力運作，參與示威是「爲了獲得更多賠償金」，網上蜂擁出現攻擊家屬的留言，甚至有人群聚在絕食家屬前，大吃炸雞和漢堡，宣稱家屬「要求過多」、「作威作福」。

家屬要求政府出面，組成船難特別委員會調查相關問題，原先承諾「有事就隨時聯絡」的朴槿惠總統，保持沉默不予回應，甚至有執政黨的國會議員公開指責組成特別委員會是「竊取國民的稅金」。

兩年後，又有一個震撼彈爆出，KBS電視臺工會公布青瓦臺官員在船難發生當下，親自致電新聞部主管，要求減少批判海警應對不力的報導。諷刺的是，批評「竊取稅金」的國會議員，最後也入主青瓦臺成爲政務首席祕書官；施壓KBS的青瓦臺官員，後來當上執政黨黨魁。

船難滿周年前幾天，我前往成均館大學採訪由學生社團邀請罹難者家屬分享心聲的座談會，校方卻以活動「具政治性」爲由，臨時取消出借舉辦場地，迫使他們挪移陣地到校外舉行。船難周年夜晚，家屬與市民聚集在光化門廣場前示威，在現場採訪的我萬萬沒想到，等待他們的，是警方動用催淚液和水柱直噴伺候。權力有形無形的打壓，似乎在透露，當局眞有不可告人的祕密得遮掩隱瞞，否則將危及政權存續。

船難中活下來的人，同學幾乎消失，生活變了樣，政府也中斷對他們的心理治療支援；罹難者家屬恨不得活下來的是自己的孩子，失蹤者家屬也怨嘆爲何自己的寶貝連遺體都沒送回來。一位亡者母親對我說：「從宛如地獄的船艙內活下來的孩子，變成罹難者的罪人；把孩子送給上帝的罹難者家屬，成了失蹤者家屬的罪人……我們做爸媽的，不希望後代承擔這錯誤的懲罰。」

採訪罹難者家屬抗爭長達半年，我見到每個人都陷入絕望，直到朴槿惠身陷親信干政案被拉下臺，世越號也終於被打撈起；新總統文在寅在當選前後多次拜訪遺族，承諾將全力究責並釐清眞相，才讓他們布滿傷痕的內心獲得小小安慰。但船隻沉海三年，斑駁毀損，期間執政者也可能早已銷毀或封印物證，讓船難調查，難上加難。

我常向人解釋，世越號是船長怠惰與草菅人命，加上政府無能還有媒體失職所導致的大型慘案，它並映照出公務體系多麼缺乏效率，還有社會的虛偽及缺乏保護體系，讓受牽連者難以平撫傷痕。

《謊言》從搜尋世越號乘客的民間潛水員角度出發，同時匯集自身的傷痛及亡者、生還者與家人的苦難，揭露既脆弱又邪惡的國家體系，如何不堪的運作；我們必須藉本書警惕，若同樣問題發生在臺灣，種種情節會不會再度出現？若不希望如此，我們得思索構築有效的社會安全網，阻擋悲劇上演。

比海底更黑暗的人心

知韓文化協會執行長／朱立熙

坦白說，我是一邊流淚一邊讀完了《謊言》，而且在閱讀中一再掩卷嘆息、沉思，斷斷續續讀了半個月才把全書讀完。這是一本非常沉重的書，沉重的壓力就像潛水員潛入深海裡的高壓一樣。

記得二〇一五年四月十六日晚間，我在政大「韓國政治與民主化」的課堂上，放映了駐韓獨立記者楊虔豪為公共電視製作的《世越號周年特輯：被遺忘的痛》。一位女學生當晚在臉書上寫道：「今晚是被朱老師逼看的啊……看影片時一把鼻涕、一把眼淚，無法停止。」看到學生的貼文，讓我充滿了歉疚。

為了寫這篇推薦文，我把二〇一四年四月十六日「世越號船難」的相關紀錄片再複習了一遍，包括：韓國「打破新聞」製作的《世越號慘案一百日特輯：黃金救援時間內毫無作為的國家》；被「釜山影展」禁演，使得影展遭韓國電影界抵制與國際批判的紀錄片《潛水鐘（Diving Bell）》，以及前述楊虔豪製作的特輯等。這場災難對我本人以及我在政大、臺師大的學生而言，是過去三年間揮之不去的噩夢。

這次船難根本就是「人禍」，我認為前總統朴槿惠即使被判刑後關到死，都不足以補償她的罪愆。在紀錄片《潛水鐘》中訪問到的潛水技術公司社長李宗仁更指控，這是「惡魔集團」蓄意謀殺的罪行。深海底下的黑暗，沒有潛水過的人根本難以想像，但比海底更黑暗的是海面上的人心——泯滅人性的黑心。

二〇一五年五月下旬，我去光州參加「世界人權都市論壇」後，到首爾與老友敘舊。淑明女子大學教授金應教帶我來到光化門，在搭棚抗爭近一年的祭壇前捻香祭拜死難學生。中午時，我與受難家屬、牧師、律師一起用餐，聽著他們淚流滿面的講述各個家庭的遭遇與因應對策，我深刻感覺到經過這個事件的磨難，家屬的心靈創傷其實都需要接受心理治療了。

讀著《謊言》的同時，也讓我想起一部談論死刑議題的韓國電影《執刑者的告白》，它不從受害者與加害者的立場去看待死刑，而是從執行死刑的獄卒（劊子手）角度探討死刑，因爲不願再沾染殺人的血腥，獄卒有人提前退休、有人精神錯亂，這是一般人難以想像的狀況。

《謊言》也是一樣，它從世人全然不知的「民間潛水員」角度，看待世越號船難這場人禍裡的人性善惡、生命價值，以及更惡質的「謊言」。整個事件被一張「謊言大網」所掩蓋，閱聽衆一再從媒體的誤導中得到錯誤的認知，而這一切都是從中央到地方政府的不作爲與無作爲，只圖全力遮蔽眞相，以免醜化前總統朴槿惠的形象。

更可惡的是，案發後失蹤七小時的朴槿惠，有兩小時是在青瓦臺裡由美容師幫她做頭髮，再到江南的整形醫院打肉毒桿菌。也就是說，她認爲自己的外貌比那三百多條人命更重要，這七小時的檔案紀錄未來公開後，必將掀起另一場政治風暴。朴槿惠，歷史會記載妳的暴政與惡行，毫不輸給妳的獨裁父親朴正熙！對世越號船難的冷血無情，就是壓垮朴槿惠政權的最後一根稻草。

《謊言》裡描述的珍島體育館罹難學生親人的哭號場景，也讓我想起一九八〇年「光州大屠殺」後的尚武體育館，家屬跪在幾百具棺木前嚎啕大哭的慘狀。相較於臺灣，韓國大型災難事故的頻率與死難人數多出數十、數百倍，這也是韓國各地都設有創傷療癒中心（Trauma Center）的原因。

由衷期盼臺灣永遠不要發生這樣的災難，也由衷期盼臺灣讀者讀過《謊言》後，能有足夠的智慧與判斷力，不被粉飾太平的謊言所矇騙。幸甚！

謊言背後——世越號事件的新舊價值衝突

東吳大學社會學系助理教授／何撒娜

二〇一四年四月十六日，這一天在韓國歷史中將永不會被遺忘。這天發生的世越號沉船事件重創韓國社會，而至今人們仍在追尋事件的眞相。

事件發生當時，我在韓國某大學任教。上午課程結束後，我打開電腦，隨意瀏覽著郵件與新聞，看到一則不起眼的新聞快訊標題寫著：「仁川海域附近客輪發生船難．乘客全數獲救」，我慶幸著沒有釀成大災難，也暗自稱許韓國救難系統的迅速有效率。

誰知入夜以後傳來更多消息，載有四百七十六人的世越號於全羅南道珍島郡海域發生沉船事故，生還者根本只有一百七十二人。乘客中包括三百二十五名前往濟州島旅行的檀園高中學生和十四名教師，他們當中僅有數十人獲救，絕大多數的孩子還困在船艙裡。韓國的四月天春寒料峭，晚上睡覺必須打開暖房設備才能入睡，想到那些孩子受困在冰冷的海水裡生死未卜，心裡起了一陣寒顫。當天夜裡，我跟眾多韓國人民一樣，夜不成眠，睡睡醒醒，不時上網看最新的救援狀況，默默祈禱那些孩子們能撐過夜裡海水的低溫，等待黎明時更大規模的救援行動。

跟大多數韓國人民一樣，我相信媒體上宣稱的：政府正派出五百多名專業搜救人員進行大規模搜救。但隨著時間流逝，人們感到越來越不安，整個社會停頓了下來。螢幕上的數字彷彿凍結，獲救人數始終沒增加，失蹤人數仍居高不下。

事件發生至今三年多，韓國社會所受到的極大創傷仍未完全復原，這麼大的災難，卻仍不清楚眞正原因與責任該指向何方。整個救援過程有太多匪夷所思的疑點，像是沉船最初的黃金救援時間竟未採取任何救援行動，導致那麼多生命白白犧牲；船長與船員命令學生留在船艙裡等候，自己卻率先逃跑；船公司的俞姓老闆一家人，面對此一悲劇的方式竟是變裝潛逃，軍警動員出動大規模人力搜山仍找不到人，不久後卻戲劇性的在偏僻山區找到一具屍體，宣稱就是船公司老闆俞炳彥，就此迅速結案。

這個事故突顯出韓國政府沒有效能、企業主缺乏道德良知以及毫無公共安全救援的因應體系。然而，這些現象並非韓國所獨有，在其他國家甚至臺灣也一樣看得到。從整起事件發展的過程裡，我們該如何理解韓國文化與社會結構的特殊性？

權力的文化脈絡

首先感到極度困惑不解的，是船長竟能不顧被要求在船艙裡等候的學生，自己先棄船逃亡。握有權力的人，不是應該負起對等的責任嗎？在韓國歷史上的其他重大公安事件也有類似情況。一九九五年，三豐百貨公司倒塌，在建築物倒塌前，早已知情的社長跟其他主管率先平安逃出，五百多名未被通知的民眾死亡；二〇〇三年，韓國大邱市的地鐵列車遭到縱火，並波及另一輛列車，最終導致超過三百人死傷，事故發生當時，列車長也棄乘客不顧，率先逃出列車。

我們可以從兩個方面來理解這件事：權力在不同文化脈絡裡的意義，以及傳統與當代社會價值之間的衝突。權力越大、責任越大，是我們在當代民主社會裡的普遍認知。韓國雖然是現代化民主國家，卻仍保留許多傳統社會的結構與價值，那就是建立於儒家文化長幼尊卑傳統之上的社會階序，以及集體行動的原則。「權力」在這樣的社會文化脈絡裡，上對下有絕對的權力，下對上有服從的義務。世越號裡多數罹難的師生順從指示在船艙中等待，喪失寶貴的救命時間，並非是沒有思考判斷能力，而是長期處於這樣的社會階序裡，在緊急時刻很難跳脫傳統思維模式。導致上位者往往沒有負起責任的觀念，讓權力演變成爲特權。

傳統價值與新自由主義的衝突

傳統社會階序與群體性帶來的雖不全然是負面價值，卻在當代新自由主義社會裡遭受很大挑戰。新自由主義推崇個人，利益最大化是唯一導向，很多時候連人際關係也都被商品化。這讓同時保有傳統社會倫理價值的韓國人，在現代生活裡面臨巨大的矛盾。

在世越號事件裡，也能看到這兩種不同價值間的衝突。有老師爲了救學生而犧牲自己的生命、有學生把自己的救生衣讓給其他同學而喪生；然而，我們也看到船長、船員與海警對待這些乘客如同不重要的物品。傳統的群體倫理與新自由主義主導的現代化生活，產生巨大的矛盾與衝突。這種新、舊價值觀間的矛盾衝突，不僅在沉船事件中展現，也影響著當代韓國人生活的各個面向。

風險社會與反身現代性

關於沉船事件還有很多值得仔細探討的面向，例如財團橫行的危機，還有韓國社會以「血緣」、「地緣」、「學緣」等「三緣」爲主的社會結構，也是造成此次沉船事故的主要原因之一；在救援過程中，也看到韓國人拒絕外來者協助的排他性。但我覺得，傳統社會階序中的權力與責任概念與社會變遷產生的價值衝突，是最關鍵的因素。

風險與災難是現代生活中不可避免的部分，面對災難與風險的準備，不能再像傳統社會一樣是其他人或整個群體的責任，而是「自己」的責任，不能坐等別人來解決這些問題，每個人自己就是主體，必須主動承擔，在必要時做出正確的選擇與行動。就像本書中的這些民間潛水員，選擇主動投入災難現場，做自己認爲正確的事。

哀悼這場苦難最好的方法，就是不要輕易遺忘。我們必須認眞思考事故發生的原因，追尋事情的眞相。

每一個真實對面，都有上百個謊言

作家／馬欣

「沒有一個人站出來告訴大家根本沒有進入船內搜救的真相，越是高官越是站在麥克風前面油嘴滑舌。」一個等不到生還者的家長說。

發生在二〇一四年的韓國「世越號」船難，或許很多人已經逐漸淡忘，包括韓國人自己可能變得相對沉默，但這件巨大災難發生後，除了沉在海底的三百多名師生，受害者仍不斷增加，諷刺的是，這些「受害者」居然是當時冒險潛水進船內尋找罹難者的民間潛水員。

早就過了黃金七十二小時救援時間，官方與海警潛水員沒有人眞正進去深海船底搜救，只等待民間人士憑著一股良知進行了長達三個月的潛水搜尋，而這群民間潛水員之後不是因身體重殘入院，就是被控業務過失遭審問，甚至自殺，由他們背負著不名譽的罪，「世越號」船難到底背後藏著的是什麼眞相？

這群民間潛水員爲了救災搶時間，沒有人想到要跟政府簽下保障自己權益的合約，就這樣潛入以海流湍急聞名的孟骨水道尋覓罹難者。在深海潛水界，孟骨水道是被稱爲在那裡潛水一天就等於耗掉一個月生命的危險地帶，但海警潛水員並沒有潛入船內，僅是協助民間人士進入狹小變形的船艙，在黑暗深海中搜尋遺體。因沒有裝屍袋，他們必須緊抱住遺體、臉對臉的緩緩回到海面上，無法避免與死者肌膚、氣味的接觸，回到狹小的駁船上，三十名搜救人員沒有床、全都睡地上，無法與海警一樣住在寬敞的軍艦。

在惡劣的搜救環境中，他們開始發惡夢、出現幻覺，駁船上沒有醫生，只有物理治療師幫忙做基礎按摩，讓他們暫時忘記身體疼痛，繼續忍耐身體難以承受的劇烈海流。《謊言》的故事是由一名民間潛水員所揭發。他們進入沉船搜尋的當下，鮮少有媒體報導他們，新聞只是煽情的拍攝屍體與家屬哭泣的畫面。直到其中一位民間潛水員被控業務過失，三個月後必須以殘破的身體出庭接受審訊。

「潛水員是沒有嘴巴的。」書中一開始就提到這個守則，但他們已不再確定政府是派他們去「救生」還是「送死」，他們的嘴巴必須打開來了，即使當時民衆接受了媒體三個月的疲勞轟炸，已經沒有人要聽。

卡夫卡有一本書叫《審判》，主角K某一天莫名被捕了，他要申訴，但面對整個官僚體制，接受長期的審判，卻不知道自己的罪名是什麼？K的故事卻眞實發生在「世越號」的民間潛水員身上，一名潛水員在每日下水兩到三次的過程中意外死亡，必須有人出來扛罪名，政府就將矛頭指向其他過勞的潛水員，因爲之前根本沒有人知道他們的存在。這驚悚程度接近一個恐怖的床邊故事，但不幸它是眞實的。

當權者如何用「謊言」殺人？其實比想像中更容易，無論掌權者可能只是傀儡領袖，或背後有財團控制，「世越號」事件發生至今，眞相仍然無解，當時掌權者朴槿惠儘管已因收賄、濫用職權入獄，但「世越號」救災不力的責任仍無官方承擔，只有一批批民間搜救者成爲代罪羊。而那群民間潛水員都因嚴重的減壓症無法再潛水，失去生計，迎來的是出入法院、醫院，以及漫長的復健。

只要釋放一個「謊言」，就可以讓「眞相」鞭長莫及。比方對外誇大撫恤金額，但民間潛水員根本不符合撫卹法案中的「受害者」規定，他們從未得到應有的賠償。

「政府應該不會這樣對我們吧？」我們都這樣想吧？曾經光州血腥鎭壓事件的受害者這樣想，進入孟水骨道的救援者也這樣想，「世越號」的受難者家屬應該也沒想到，政府會在黃金救援期間內閒置救生設備，只等待民間救援，遺棄了他們的兒女。

民間救援者甚至被要求簽下保密協定，這是爲哪一方編織了遮羞布？錯放消息，犧牲百姓，保密至此？

一件重大災難發生後，最令人難以忍受的不只是生離死別，還有伴隨災難而來，一連串被刻意扭曲與荒謬化的現實。只要有心者放出一個謊言，讓民衆產生矛盾，認爲「夠了吧！」「拿到錢可以了吧，還要過日子呢！」……眞相就會變成啞巴，謊言成爲共識，我們誰都會是卡夫卡筆下的K，「世越號」事件正隨著海流，這樣無盡的說明著。

有嘴巴的潛水員

udn鳴人堂主編／許伯崧

「沉默只會鼓舞折磨者，不是被折磨的人。」這是諾貝爾和平獎得主埃利．維瑟爾（Elie Wiesel）在一九八六年的頒獎典禮上重擊世界的一句話，儘管脈絡不盡相同，但對於韓國世越號沉船事件中執行搜尋任務的民間潛水員來說，或許足以受用。

潛水員是沒有嘴巴的，這是本書經常浮現的一句話。由於職業特性及商業市場的潛規則，潛水員往往是沉默的一群——在黑暗的深海裡他們沉默，上岸、卸下裝備後沉默亦然。「沉默」似專業潛水員的職業倫理，然而，倘若將其做爲行爲指導原則，那麼關於彼時彼地的眞相，或將永久沉沒於孟骨水道。除非駁船上的潛水員願意張口說話。

書中的主人翁羅梗水開口了，因爲他崇仰的資深潛水前輩柳昌大，因一名潛水員在執行搜尋任務時意外死亡，柳昌大遭檢方以業務過失致死罪起訴，對於「一起」出生入死、患難與共的民間潛水員們，檢調對柳潛水員的起訴令他們憤怒，想起搜尋時嚴苛的海象、裝備與醫療資源的闕如，與血汗的勞動條件，羅梗水決定書寫請願書給法官。

他意識到，一旦潛水員繼續沉默，形同鼓勵社會輿論持續栽贓與抹黑，沉默只會招來悔恨，並以此度過餘生。

真實的謊言，或謊言的真實？

二〇一四年四月十五日，經由仁川港前往濟州島、滿載四百七十六名乘客與船員的世越號客輪於行經孟骨水道的途中，因不明原因使船身傾斜下沉。第一時間傳出世越號沉船消息後，各種未經證實的訊息充斥於媒體，如「全員救出」的快訊一度安慰了韓國民衆，但不到半晌便被證明是烏龍一場。又例如，在沉船當下，傳出韓國政府已派出五百名潛水員下水搜救，而事實上當時僅有八名潛水員得以進入沉船船艙搜救。

在大規模災難事件爆發之際，或因地理位置的阻隔、或因消息來源的混亂，或甚至是爲了搶快、搶獨家好獲取收視流量，往往對於收到的二手或多手消息疏於核實，對於誘人的流量紅盤易落入「先發再說」的惡習中。若臺灣讀者尙有印象，二〇一五年的二月及六月，北臺灣分別發生復興空難墜河，以及八仙樂園粉塵燃燒事件，當時雜沓混淆的訊息擾動著社會，甚至有些錯誤的資訊記載於維基百科，成爲臺灣社會公共記憶中的謊言眞實。

如同這樣的搶快報導，過去也讓不少媒體吃盡苦頭，有些媒體會持保守作風做爲緊急事件的處理原則，也會看到其他迂迴或稱妥協的作法，像是「不斷更新」。無論是「不斷更新」或所謂的「滾動式報導」，皆宣稱報導會隨事件演進不斷更新進度，而事實爲何，在此操作中成爲眞實的階段性版本。

換句話說，「眞實」爲何，是隨著事件的進展而有所不同，縱然報導出錯，媒體也可用「勘誤」回應。但現實是，這些一開始搶快發出去的錯誤資訊，可能成爲傷人的利刃，觀衆看了一開始的報導後，已在無意識間藉由這些訊息構築自己對該事件的「世界觀」了，面對錯誤訊息的認知偏差，要校正不是太容易的事。如本書中關於潛水員的薪資與獎金問題，始終是個說不清的簡單事實，縱然事後證明潛水員的薪資並不若青瓦臺發言人及媒體報導來得「激勵」，但對潛水員大發災難財的根深蒂固，並依此所形構的偏見，已難從閱聽衆的收視記憶中消除。

觀看他人苦難以後

世越號沉船事件後，作者金琸桓透過訪談事件關係人及一般民衆的看法，除勾勒事件的具體形貌，並賦予韓國社會問衝突與矛盾之血肉。其中，在採訪記者殷哲賢的章節，透過殷哲賢所經歷的「新聞現場」的視框，對韓國新聞媒體提出深刻的質問與自省。

做爲攝影記者的殷哲賢，在世越號沉船訊息傳出後，便被指派前往當地拍攝新聞照片。在編輯部「第一個抵達」的指令下，殷哲賢一行人不斷踩深油門，一路往出事地點疾駛而去。他一面如競賽般拍攝嗚咽與痛哭的家屬影像，另面則如全身掃描般攝下罹難者的遺體。他說，就算知道拍下遺體也不會登在報紙上，但因編輯部的要求以及同行的搶拍，自己也不得不參加這場苦難的競賽。

在一次次艦艇靠岸以及拍攝遺體的反覆循環中，一位美國籍記者瑪莉亞直指這是不道德的行爲，她的詰問讓殷哲賢感到羞愧並意識到攝影者與被攝者間的關係，相機不再如蘇姍・桑塔格所言只是一張通行證，使他得以卸下攝影者需擔負的責任。他轉而將鏡頭調焦對準家屬們望向大海的背影，不再拍攝遺體，那是他負起攝影者責任的方式。

從殷哲賢的自省以及爾後的攝影實踐，我們也不禁反問，觀看他人的痛苦所需擔負的責任是什麼？是一種不切實際的膚淺或浪漫，或是我們可藉由觀看獲得力量，主動了解他人的痛苦，並知悉你如何作爲。

謊言的力道

若我們將對此書的認識尺度稍微放寬到韓國社會的影視文本，無論是《殺人回憶》、《黎泰院殺人事件》，到近幾年於臺灣社群網站中熱議的《正義辯護人》與《熔爐》等，皆透出影視文化界對於韓國政府的不信任感。此外，關於對新聞業倫理的扣問，近年來也有《皮諾丘》或《菜鳥的逆襲》等通俗影劇作品。這些影視文本除了延續韓國社會裡的「恨」文化，也是一種對於政府、媒體不信任的加總。

世越號的悲劇事件不僅存在發生事故的當下，後續韓國政府的應變顢頇及新聞媒體的報導失當，更使海上的災害事件朝陸地擴散，不僅在受難者家屬的心上，亦在搜救潛水員的骨上。一次又一次的謊言，一次又一次搗毀他們破碎如爛泥的心。

如同《皮諾丘》裡主人翁所說：「正因爲人們認爲皮諾丘不會說謊，所以無條件的信任他，就像人們也會無條件相信記者一樣。無論皮諾丘或記者都必須知道，正因爲人們無條件的信任他們，他們說的每句話，殺傷力都比一般人更大！」

因無條件信任新聞的我們，讓這信任轉身成爲壓迫家屬與潛水員的來源。這樣的場景我們並不陌生，當謊言成媒體眞實，當謊言加深成見，當謊言建築世界後，面對謊言，沉默不夠，打破沉默同樣不夠，我們必須開始說、繼續說、不斷地說，與謊言展開公共記憶的爭奪，這是記憶的鬥爭，更是眞實的鬥爭。

「升上水面的時候，我不斷向失蹤者發問，這讓我一次又一次的潛入船內。」面對一層堆疊一層暗黑無際的深海，潛水員透過不斷向懷抱中的失蹤者發問，讓他篤定再次下沉的信念；身爲閱聽衆，我們也必須在一則則報導中不斷提問，面對眞相撲朔，用觸覺、嗅覺與聽覺去接近、去感受，直到將眞實的遺骸緊緊抓住的那一刻爲止。

國家的殘酷謊言

作家／盧郁佳

二〇一四年四月十六日世越號船難，四百七十六人中只有一百七十二人倖存。一週後，民間潛水員羅梗水被召來打撈遺體，冒險潛入深海，在黑暗侷促的船艙甬道中摸索，寸步難行，能見度十公分。牆地顛倒，海水灌滿樓梯，他不懂救援為何延誤，遺憾自己來遲；海防警察原應在船沉前就抓住那些還有呼吸的孩子的手，把他們救出來。

抓著空床鋪轉身，突然摸到一團擺動的海草，是失蹤男孩的頭髮。摸到男孩耳朵、額頭、眼睛、鼻子和嘴巴，再摸到男孩的名牌。全船只有他戴了名牌，讓父母在遺體叢中找到自己。

遺體卡在床縫出不來，羅梗水叫了男孩的名字：「我們回去吧，跟我一起回去吧。」終於拉出來一點，才發現還有三個男學生，四人罹難時緊抱互依。

每次展讀都令人恐怖戰慄，筋疲力竭，悲哀心碎。小說《謊言》始於潛水員羅梗水毫不知情來到打撈現場，一步步涉入官僚、海警、媒體、民眾的詭譎陰謀迷宮。潛水員明知已罹患減壓症、急性椎間盤突出，仍每天超限工作，因為他們的心痛更甚於病痛。

相對於潛水員深情付出，小說另一線是紀錄片般訪談潛水員、律師、船長、心理治療師等眞人；寫罹難者家屬，則是彙集實事重造。這一線寫謠言四起，疑雲重重：有些教會聲稱船難是上帝旨意、抗爭民眾是撒旦；坊間謠言攻擊潛水員大發災難財，裝忙閒閒沒事，故意囤積遺體不發等著領賞。家屬若去大鬧，就能速速找回罹難者。

作者因主持播客「四一六的聲音」，認識了民間潛水員金冠灯。作者覺得金的聲音是中心，其他人的聲音圍繞著他，靠這種感覺就能寫。於是，作者開筆把艱鉅的小說《謊言》一氣呵成。書中，某位潛水員殉職，民間潛水員被起訴究責，最後無罪，都是真事。受害者被輿論追殺，替誰揹黑鍋？為何媒體要抹黑第一線潛水員、家屬、抗爭者？

因為受難者家屬和人權團體持續抗爭，質問政府為何延誤救援，要真相、討公道，屢敗屢戰，累積能量。二〇一六年，首爾光化門百萬人示威，抗議總統親信崔順實干政，國會彈劾，終致朴槿惠下臺。抗爭揭穿了政府的失職和謊言，讓一整代青年政治覺醒，投身抗爭。各大學學生會紛發聲明，要朴槿惠辭職。這股覺悟，將推動政治和社會轉型。

現實中，眞相未明，生還學生每隔兩週看精神科，有兩個女學生惡夢煎熬失眠，自殺獲救，這批高三學生也怕上大學遭歧視攻擊。這些苦難，小說藉刻畫潛水員的奮戰表達，他們是一群純眞堅毅的風霜漢子，溫柔的同理，無情的命運，沉鬱孤獨，承受絕望的打擊。全書後記，始於金冠灯自殺後，作者到墓園弔祭，回憶往事，像擊打招魂鼓。金冠灯總有無數公益計畫要忙，他急於改善海上安全，幫助潛水員、漁民。但他也說，失眠症已兩年多，睡不好。

我懂了，創傷仍然在靈魂中餘震。小說長篇控訴，最終要說的仍只是，兩年多後，金冠灯還在船艙裡，作者領著讀者，下潛黑暗幽深之處去找他，想抱他回岸上，一起回家去。

因為愛，因為深情與冤屈，還有無數家庭，仍在船艙裡。

各界好評！

層層緊扣，直抵事件的核心。以第一人稱的小說敘事和採訪交錯，《謊言》的文字充滿眞實感，帶領讀者撥開那令人無法喘息的黑水。

——永楽座店主．石芳瑜

從當年播報這則新聞時的震驚、難過，到近期看完這本書後的難以置信和心疼……若不是透過潛水員勇敢站出來，還原實際的救援情況，外界著實無法想像這麼多人罹難，竟是因爲一開始的欺瞞及救援不力。書中情節環環相扣、字字句句撼動人心！

——香港鳳凰衛視主播．李亞蒨

一個讓人想透過閱讀、進入這悲慘世界裡杷梳眞相的眞實故事，但是必定淚水直流、哭完會再看！淚水代表憤怒、悲憫，透過閱讀，化爲檢視與思辨的力量，讓這種荒唐野蠻的欺騙無所躲藏，閱讀本書可以讓人們徹底正視風險、減災、救災等行動的必要！

——洪雅書房．余國信

從開頭的搜救行動到最後，我看到一個「男子漢式」的悲劇：明明知道下場，卻只能眼睜睜走進並沉沒。這本書是浮出來的一切，書中講述的所有細節都把讀者輕輕提起，重重放下。我們於是了解：當全世界都在逃避，而你卻逃不開時，就是人生了。這是一本很男人的傷心之書，哭泣的聲音很小、很久、很深刻。誠摯推薦給所有人。

——紀州庵文創書店店長・周耕宇

政府在搜救過程中隱瞞眞相，謊言背後究竟藏著什麼祕密？彷彿紀實報導文學般，爲讀者抽絲剝繭找出事件原因，過程令人不禁捏把冷汗，非常震撼，値得省思。透過本書窺見深刻的人性，也警醒著人們不要再有類似的憾事發生，應引以爲誡。

——荒野夢二手書店主人・銀色快手

世越號476位乘客中有304人身亡。閱讀《謊言》後，476、304不再是單純的數字，而是一張張暗夜裡的臉孔，與你擦身而過。你抬頭，四目交接，儘管他隨即遁入夜色之中、消失不見，但你知道剛才那人，與你無異，是一個活生生的人，可能也有家人，應該也有人在乎。但他們回不來了。

——出版人・陳夏民

本書一點一點揭開了被黑幕粉飾的事件中，令人心痛又憤怒的眞相。

——紀伊國屋書店中文採購・張瑋

我們都背負著對自己和他人完成幸福的使命，潛水員從千百個的選擇裡，走向毀滅自己、成就他人的路，這是一本値得你看的生命之書。

——青鳥 Bleu&Book 店長・瑞珊

各界好評

STORY 014

謊言：韓國世越號沉船事件潛水員的告白

作　者—金琸桓
譯　者—胡椒筒
主　編—陳信宏
責任編輯—尹蘊雯
責任企畫—曾俊凱
美術設計—海流設計
排　版—極翔企業有限公司

總編輯—李采洪
董事長—趙政岷
出版者—時報文化出版企業股份有限公司
一〇八〇一九台北市和平西路三段二四〇號三樓
發行專線—（〇二）二三〇六—六八四二
讀者服務專線—〇八〇〇—二三一—七〇五
（〇二）二三〇四—七一〇三
讀者服務傳真—（〇二）二三〇四—六八五八
郵撥—一九三四四七二四時報文化出版公司
信箱—10899臺北華江橋郵局第99信箱
時報悅讀網—http://www.readingtimes.com.tw
時報出版愛讀者—http://www.facebook.com/readingtimes.fans
法律顧問—理律法律事務所　陳長文律師、李念祖律師
印　刷—勁達印刷有限公司
初版一刷—二〇一七年九月二十二日
初版十二刷—二〇二二年九月六日
定　價—新台幣三八〇元
（缺頁或破損的書，請寄回更換）

時報文化出版公司成立於一九七五年，
一九九九年股票上櫃公開發行，二〇〇八年脫離中時集團非屬旺中，
以「尊重智慧與創意的文化事業」為信念。

謊言：韓國世越號沉船事件潛水員的告白/金琸桓 著;胡椒筒譯
-- 初版. – 臺北市：時報文化, 2017.09

面；　公分. -- (STORY; 014)

ISBN 978-957-13-7129-0 (平裝)

857　　106015426

ISBN 978-957-13-7129-0
Printed in Taiwan